과학이
내게로 왔다

카이스트 학생들의 찬란한 과학 입성기

과학이 내게로 왔다

김동준, 서승현, 윤호진, 이근민, 조영민 외 카이스트 학생들 지음

KAIST

살림Friends

| 차 례 |

추천사 • 6
들어가는 글 • 9

제1장 과학의 참맛을 알려 준 과학자와 과학책

페르마의 마지막 정리 : 전기및전자공학부 12 안수경 • 15
쇼팽을 닮은 맥스웰: 전기및전자공학부 11 서승현 • 24
호그와트로 갈 순 없잖아 : 물리학과 13 이근민 • 33
자연을 간결하게 서술할 수 있는 물리학의 아름다움 : 물리학과 12 김동훈 • 43
과학의 참맛 : 수리과학과 09 임재원 • 53
거슬러 올라가 만나는 '우주 고고학자'의 꿈 : 물리학과 13 배영경 • 62
책 한 권, 레고 그리고 연구 : 수리과학과 10 김남현 • 71
All is Beautiful : 수리과학과 11 박민재 • 81
나를 우주로 인도한 『코스모스』와 〈인터스텔라〉 : 생명화학공학과 12 양홍선 • 89
나노 기술로 꿈의 그물을 촘촘히 만들기 : 무학과 15 양성진 • 99

제2장 과학과의 설레는 첫 만남

과학자란 꿈을 실은 내 작은 비행기 : 바이오및뇌공학과 12 조영민 • 107
어린 시절의 연구 파트너, 개미 : 원자력및양자공학과 12 이민석 • 117
따뜻한 품속에서 과학을 품다 : 전산학부 12 박중언 • 125
밤하늘의 우연이 쌓여 과학적 필연을 이루다 : 화학과 12 이장민 • 131
나의 우상이자 친구가 되어 준 로봇 : 전기및전자공학부 14 김세은 • 141
과학 상자와 함께 완성했던 과학자의 꿈 : 전기및전자공학부 12 이찬호 • 151
놀이로 만난 과학, 인생의 동반자가 되다 : 수리과학과 12 박진호 • 160
그때, 내가 과학에게로 갔다 : 생명화학공학과 12 반지윤 • 169

제3장 과학의 재미와 소중함을 깨달은 순간

정말 좋아하는 것엔 이유가 없다 : 물리학과 09 최원준 • 181
과학을 싫어하던 내게 다가온, 참 가까운 교통공학 : 건설및환경공학과 11 김민재 • 191
수학과 과학의 의미에 눈을 뜨다 : 전기및전자공학부 11 이민수 • 200
발명과 해맑은 미소 : 산업및시스템공학과 10 이경율 • 209
꼬리에 꼬리를 무는 생각의 즐거움 : 생명과학과 12 이용재 • 218
공대의 중심에서 디자인을 외치다 : 산업디자인학과 11 민서영 • 227
어느 꼬맹이 철학가 양반의 인생 담론 : 물리학과 11 윤호진 • 239
나는 그를 이길 수 없었다 : 수리과학과 10 김동준 • 246
과학을 향한 고해성사 : 화학과 12 정우주 • 256

학생편집자 후기 • 265

| 추천사 |

과학이 우리에게 다가오는 순간을 기대하며

카이스트 인문사회과학부는 매년 카이스트 학생을 대상으로 '내가 사랑한 카이스트, 나를 사랑한 카이스트'라는 주제로 학생들의 글쓰기 대회를 열고 있습니다. 처음에는 한 동문의 기부로 시작된 일이 이제 카이스트의 정식 사업이 되어 올해로 제4회를 맞이하게 되었고 이 책 『과학이 내게로 왔다』는 그 네 번째 결과물입니다.

'내가 사랑한 카이스트, 나를 사랑한 카이스트'라는 말에서 '카이스트'란 단지 물리적 공간으로써의 카이스트뿐만이 아니라 이 울타리 안에서 청춘을 보내는 학생들이 경험하는 수업·실험실·우정·사랑·기숙사 생활 등등 다양한 의미가 담겨 있습니다.

이것들에 대한 진솔한 기록을 모은 '내가 사랑한 카이스트, 나를 사랑한 카이스트' 총서는 필자인 학생들에게는 자신의 삶을 돌아보고 앞날을 구상하는 기회가 되었습니다. 그리고 울타리 바깥의 독자들에게는 카이스트라는, 약간은 특별한 공간 속에서 살아가는 어찌 보면 '남달랐을 것 같은' 친구들의 성장기 혹은 일상을 엿보는 장이었습니다.

『과학이 내게로 왔다』는 학생들이 '과학이라는 것이 매우 재미있는 어떤 것이구나!'를 느낀 순간에 대한 기록입니다. 카이스트에 입학한 학생들은, 한국의 교육 체계 속에서 좀 더 일찍 관련 사교육을 받는다거나 했을 수도 있지만, 그렇다 하더라도 대부분 일상의 어느 순간에 반짝 '과학이 이런 재미를 주는 것이구나.' 하고 느낀 이후 좀 더 과학에 관심을 가지고서 놀기도 하고 공부도 한 결과 현재 카이스트에서 공부하고 있게 된 듯합니다.

이 책은 그런 학생들의 구체적인 경험을 모은 것입니다. 조그만 장난감, 주변에서 마주친 벌레, 감동적인 책 한 권, 인상 깊은 영화 한 편, 마음을 울리고 머릿속을 때리는 누군가의 말 한마디 덕분에 문득 과학에 관심을 가지게 되고 그렇게 생겨난 관심이 이후의 지속적인 호기심으로 이어지게 된 과정을 기록했습니다.

카이스트 학생들이 소박하게 자기 이야기를 쓴 것인데 재미있습니다. 그러니 즐겁게 읽어 주십시오. 지금 중·고등학교에서 어려운 '과학' 때문에 끙끙대는 친구들이라면 조금 더 편하게 주변을 둘러보는 시간을 가지는 기회가 될 것입니다.

그 시절을 지나면서 과학과는 완전히 멀어진 자리에 있다고 여기는 어른이라면 이 책을 읽으면서 '나에게는 한 번쯤 그런 순간이 없었던 것일까?' 하고 돌이켜 볼 수 있을 것입니다. 그리고 돌아보면 '아! 그 순간에 조금만 더 밀고 나갔다면 나도 과학을 참 흥미롭게 벗 삼을 수 있었겠구나.' 하고 깨달을 수 있을 것입니다.

하지만 과학에 흥미와 관심을 가지게 되는 순간, 과학과 친해지거나 사랑에 빠지게 되는 순간은 때와 장소를 가리지 않습니다. 언제라도 그 순간과 마주칠 수 있을 것입니다. 부디 이 책을 읽으면서 그 순간을 발견할 수 있었으면 좋겠습니다.

- 이상경(카이스트 인문사회과학부 교수)

과학을 좋아하게 된 이유를 찾아서

이 책은 카이스트 글쓰기 대회인 '내가 사랑한 카이스트, 나를 사랑한 카이스트' 수상작을 모아 놓은 작품집이다. 글쓰기 주제는 '과학과 처음 만나고 좋아하게 된 순간, 내가 과학을 좋아하게 된 이유'였고, 각 작품에는 과학을 좋아하게 된 저마다의 이유가 녹아 있다. 그뿐만 아니라 독자들은 각각의 글 속에서 과학에 대한 카이스트 학생들의 가치관을 엿볼 수 있다.

전문 과학자들의 글을 보면 세상이 너무나 아름답고 질서 정연하게 그려진다. 하지만 실제로 세상이 아름답기만 하거나 질서 정연한 것만은 아닐 것이다. 오히려 아름답지 않거나 알기 어려운 것으로 가득 차 있다고 볼 수도 있다. 그렇기 때문에 전문 과학자들의 글만 보고 과학에 대한 환상을 품은 채 대학 생활을 시작한 많은 학생들이 자신의 기대와 맞지 않는 현실에 좌절하는 경우를 많이 보았다.

이러한 맥락에서 이 책 『과학이 내게로 왔다』는 오히려 지식과 정보를 잘 풀어주는 기존의 과학 도서들과 차별이 된다. 이 책은 아직 아는 것보다 모르는 것이 더 많은 카이스트 학생들이 과학을 배워가면서 느낀 점을 진솔하게 담아냈기 때문이다. 어쩌면 이들의 특권은 자신이 무언가 모르는 것을 인정할 수 있다는 점일 것이다. 이 책에는 자신의 꿈과 미래를 위해 노력하는 카이스트 학생들의 좌충우돌 경험담이 그려지고 있다. 이들의 일상이 과학자의 꿈을 키우거나 장래를 고민하는 어린 독자들에게 더욱 친숙하게 다가갈 수 있을 것이다.

우리가 어떤 것을 좋아할 때 그것을 왜 좋아하는지 잘 모르는 경우가 많다. 좋아하게 되는 계기는 각자 찾아야 하는 것으로 가만히 있으면 저절로 찾아오는 것이 아니다. 좋아하는 이유는 때로 우리가 만들기도 하고, 때로 우리가 열심히 찾아야 만날 수 있는 것이기 때문이다. 우리는 무언가를 좋아하는 이유를 어떤 방법으로 찾을 수 있을까? 가장 좋은 방법 중 하나는 멀리 동떨어진 사람의 글이 아닌, 보다 가까운 사람의 생생한 경험담을 읽는 것이다.

책을 읽다 보면 과학고등학교처럼 특수한 환경이나 상황의 이야기가 나올 수 있다. 하지만 나와 경험한 것이 다르다고 도움이 되지 않는 것은 아니다. 왜냐하면 다른 환경 속에서 자란 사람들이 어떻게 느끼는지 지켜봄으로써 조금 더 입체적인 시각에서 자신과 주변을 바라볼 수 있기 때문이다. 과학고등학교 학생들은 배우는 교육 과정도 다르고 학습 환경도 다르지만, 독자는 그들이 자신과 별반 다르지 않은 사람들이라는 것을 느낄 수 있을 것이다.

고등학교를 졸업한 후에 알게 된 점이 있다면, 무엇을 배우는지가 중요한 게 아니라 무엇을 느끼는가이다. 지식은 찰나지만 인생의 태도는 인생의 전반을 지배하기 때문이다. 많은 독자들이 아직도 좌충우돌을 거듭하고 있는 카이스트 학생들의 이야기를 읽으며 커다란 무언가를 느낄 수 있었으면 좋겠다.

– 김동준(내사카나사카 학생편집장)

제1장

과학의 참맛을 알려 준 과학자와 과학책

페르마의 마지막 정리

전기및전자공학부 12 안수경

페르마의 마지막 정리

'임의의 두 정수를 각각 n제곱(n은 3이상의 정수)하여 더한 결과는 다른 제3의 정수의 n제곱으로 표현할 수 없다. 나는 경이적인 방법으로 이 정리를 증명했다. 그러나 이 책의 여백이 너무 좁아 여기 옮기지는 않겠다.'

여백이 부족해 적지 않겠다니…… 얼마나 오만한 태도인가? 이 말은 수학을 잘 알지 못하는 사람도 알 정도로 유명하다. 그만큼 많이 패러디가 되고 회자되었던 정리이다.

내가 수학과 과학을 좋아해 대전 과학고등학교를 졸업하고 카이스트에 다니고 있는 것은 사이먼 싱이 쓴 『페르마의 마지막 정리』라는 책 덕분이다. 물론 이 책을 읽기 전에도 수학과 과학을 좋아했지만 어느 순간 나의 장래희망 란에 수학자를 기재하기 시작했던 본격적인 계기는 분명 페르마의 마지막 정리 덕분이다.

어머니의 이야기에 따르면 유치원에 다닐 때에도 나는 수학을(사실 수학이라기보다는 산수에 가까웠겠지만) 잘했다고 한다. 더하기, 곱하기 숙제가 나오면 친구들이 내 숙제를 베끼는 것이 일상이었다는 걸 보면 곧잘 하기는 했나 보다. 하지만 어릴 때의 내가 수학을 좋아했던 것은 '잘하기에 좋아했던' 그 이상도, 이하도 아니었다. 잘하니 우쭐하고 그 기분이 좋아 더 열심히 하고 그러면 더 잘하고. 그래서 좋아했던 것 같다.

또한 아버지가 한국항공우주연구원에 다니시는지라 어릴 때부터 과학에 많이 노출되어 있었다. 아버지의 손을 잡고 자주 과학관을 가면서 과학은 자연스러운 그 무엇이 되었다. 다만 그때까지 과학은 당연하고 자연스러운 것이었지만 내가 좋아하는 것이라든가 흥미를 느끼는 것까지는 아니었다.

하지만 그렇게 '수학을 잘해서 좋아하고 과학이 태생적으로 익숙했기에' 서점에 가면 수학, 과학 코너로 쪼르르 달려가서 새로 나온 책이 없나 두리번두리번 살피는 습관을 가지게 되었다. 그리고 그렇게 만났던 책 『페르마의 마지막 정리』가 나를 진정한 수학, 과학의 길로 이끌었던 것이다.

초등학교 6학년이던 2005년 5월 21일이었다.(지금도 가지고 있는 『페르마의 마지막 정리』 책 밑에 찍힌 도장을 보면 알 수 있다.) 빨간 표지에 주황빛 도는 노란 글씨로 비장하게 '페르마의 마지막 정리'라 적힌 책을 들고 신이 나 집으로 돌아왔다. 여느 때와 마찬가지로 저녁을 먹고 방에 들어가 숙제를 하다가 잘 시간이 되어 이부자리를 폈다. 그리고 오후에 샀던 책을 꺼내 들었다. 무슨 내용일까? 페르마의 마지막 정리라니.

앤드류 와일즈와의 운명적인 만남

『페르마의 마지막 정리』의 내용에 대해 간략히 소개하자면 다음과 같다. 17세기 프랑스의 수학자 피에르 드 페르마는 수학 수수께끼 내기를 좋아했다. 그가 냈던 많은 수수께끼는 금방 또는 약간의 시간

근대의 정수 이론 및
확률론의 창시자로 일컬어지는 페르마.

만 투자해도 풀렸지만 단 하나, 3세기가 지나도록 많은 수학자가 덤벼들어도 풀리지 않았던 수수께끼가 있었다. 그것이 바로 페르마의 마지막 정리이다. 실제로 마지막 정리인 것은 아니지만 마지막까지 풀리지 않았다 하여 이런 이름이 붙었다고 한다.

"임의의 두 정수를 각각 n제곱(n은 3이상의 정수)하여 더한 결과는 다른 제3의 정수의 n제곱으로 표현할 수 없다."라는 정리는 사실 피타고라스의 정리(직각삼각형의 두 변의 제곱의 합은 빗변의 제곱이다)의 아주 단순한 확장판에 불과하다. 수학에 관심이 있다면 초등학생도 이해할 수 있는 수준이다. 그래서 초기에는 수학자들도 금방 풀릴 것이라 생각했고 대수롭지 않게 여겼다. 하지만 정수론의 대가라고 여겨지던 수학자들이 속속 실패하자 점점 이목을 끌게 되었다.

심지어는 페르마의 마지막 정리를 풀지 못한 것을 비관해 자살하는 수학자까지 생기게 되었다니 그 유명세를 알 만하다. 심지어 아서 포기스의 『악마와 사이먼 플래그』 중에는 이런 구절도 나온다.

악마가 조용히 말했다.
"이봐, 자네 혹시 이거 아나? 다른 행성에 사는 최고의 수학자들도 '페르마의 마시막 정리'를 증명하지 못했다는 거야. 토성에 갔더니 수학에 도가 텄다는 굉장한 친구가 있더군. 마치 기둥에서 빠져나온 버섯처럼 생긴 녀석이었지. 편미분 방정식을 암산으로 술술 풀어낼 정도로 대단한 녀석인데, 그 친구도 그 문제만은 완전히 두 손 들었대."

총명했던 소년 앤드류 와일즈는 이 난제를 한 허름한 동네 도서

관에서 읽게 된다. 후일에 회상하기를 그는 그때 이 문제를 풀어야겠다는 어떤 운명적인 힘을 느꼈다고 한다. 그렇게 자신의 일생을 바쳐 풀어내기로 결심하고 수학자가 되어 7년간의 은둔 생활 끝에 결국 350년간 수많은 수학자의 무릎을 꿇렸던 페르마의 마지막 정리를 풀어낸다. 1997년의 일이다. 내가 책을 읽었던 해가 2005년이니, 고작 8년 전의 일이었던 셈이다.

이 책을 읽는 내내 전율이 일었다. 앤드류 와일즈가 운명적인 힘에 이끌려 평생을 바쳤던 그 학문은 내가 알고 있던 단순한 수학이 아니었다. 완전무결한 그 무엇, 세상의 욕심이나 향락에서 벗어나 순수한 이상향을 추구하는 그 무엇이었다. 수학자들은 이 세상에 속한 사람인 것 같지 않았다. 지금 생각해 보면 플라톤이 역설했던 '이데아'의 개념과 비슷하다.

지금의 초등학생들은 새벽까지 학원 숙제를 하고 자는 것이 보편적이라고 하지만 나는 초등학생 때 자정을 넘겨 잔 기억이 거의 없다. 그런데 이 '페르마의 마지막 정리'를 읽던 밤에는 마지막 장을 덮을 때 시계를 보니 새벽 3시가 넘은 시각이었다. 시간 가는 줄 모르고 책을 읽었던 것이다. 다음 날의 학교 수업에 지장을 줄까 걱정해 늦더라도 2시 전에는 늘 잠에 들었던 안수경이 그야말로 무아지경으로 몰입하여 책을 읽은 것이다.

책장을 덮은 후 내가 수학을 대하는 태도는 180도 바뀌었다. 그냥 사칙연산의 연장선인 간단한 산수가 아니라 철학에서 출발했던 수학의 본질을 조금이나마 맛봤기 때문이리라. 실제로 하디는 이렇게 말했다.

아이스킬로스(고대 그리스의 3대 비극 시인 중 한 명)가 사람들의 기억에서 잊힌다 해도 아르키메데스(고대 그리스의 자연과학자)는 영원히 기억될 것이다. 언어는 사라지지만, 수학적 아이디어는 끝까지 살아남을 것이기 때문이다. '영원불멸'한 것은 실제로 존재하지 않으나 수학자들은 이 단어에 가장 근접한 사람들이라고 할 수 있다.

내 작은 심장을 뜨겁게 만든 수학

이때부터 내 장래희망은 수학자였다. 친구들이 의아한 얼굴로 "수학자는 무슨 일을 하는데?" 하고 물으면 "어…… 나도 몰라." 정도로밖에 대답하지 못했지만 그래도 꿋꿋하게 수학자가 되고 싶다고 적었다. 그게 어느 순간 과학자로 변했고 그 과학자의 꿈은 여전히 유지가 되고 있으니 페르마의 마지막 정리가 내게 주었던 수학적 영감은 엄청난 것이었다.

페르마의 마지막 정리가 나를 매혹했던 것에는 또 다른 이유가 있다. 바로 문제를 증명해 낸 앤드류 와일즈의 삶이다. 앤드류 와일즈는 열 살에 이 문제를 발견하고는 운명적 이끌림을 느꼈고 실제로 평생을 바쳐 아무도 풀 수 없을 것 같던 난제를 풀어냈다. 여기에는 몇 가지 특징이 있는데, 첫 번째는 와일즈가 고작 열 살일 때 인생의 목표를 정했다는 사실이다.

책 『페르마의 마지막 정리』를 접했던 내 나이가 만으로 열한 살이었으니 내게도 와일즈처럼 운명적 이끌림이 곧 다가올지도 모른다

앤드류 와일즈는 페르마의 마지막 정리를 증명한 후 한 부분에 오류가 있음이 밝혀졌다. 그래서 그는 오류를 피할 수 있도록 증명을 보완하였다.

는 두근거림, 설렘이 생겼다. 나는 그때, 지금은 그저 배우는 시기이고 삶의 방향은 먼 훗날에 잡힐 것이라는 수동적 태도가 아니라 지금 이 순간도 내 운명을 결정할 수 있는 중대한 시기라는 생각을 배웠다. 나를 책임지는 것을 배운 후 나는 수학, 과학 서적을 더 적극적으로 찾아보기 시작했다.

앤드류 와일즈가 페르마의 마지막 정리를 풀어낸 것은 권력에 대한 욕심이나 부 또는 명예에 대한 추구가 아니었다. 순전히, 정말 순전히 학문적인 동기였고 이상적인 동기였다. 그리고 350년 동안 풀리지 않았던 이 난제를 내 손으로 풀 수 있을 것 같은 자신감이 있었을 것이다. 초등학교 6학년은 어리다면 어리지만 또 적지만도 않은 나이다. 구체적으로 알지는 못해도 세상이 선함으로만 가득 찬 것이 아니라는 것을 깨달을 때 즈음 나에게는 오롯이 순수한 학문적 열정으로 똘똘

뭉쳐 평생을 살아 낸 그의 삶이 어떤 구원처럼 느껴졌다.

마지막으로 이 정리가 증명된 것이 책을 읽었던 시점에서 겨우 8년밖에 지나지 않았다는 점도 내게 큰 충격이었다. 큰일은 역사책 속에나 있을 법하다고 여겼었다. 짧게는 몇 십 년 전, 길게는 수천 년 전에 일어났던 일들을 배우는 것이다. 그런데 한눈에 보아도 정수론의 역사에, 수학의 역사에 그어진 굵은 하나의 획이 10년도 지나지 않은 최근이라니! 이때 나는 현재가 역사의 일부분이라는 사실을 자각했다. 지금 끊임없이 일어나는 일과 앞으로 일어날 일들이 역사 속에 적혀지고 기록될 것이라는 생각. 나도 수학 역사의 일부분이 될 수 있다는 생각. 그것은 초등학생의 작은 심장을 뜨겁게 했다. 이때의 경험은 아직까지도 내가 무언가를 선택할 때 무의식적인 판단 기준이 되곤 하는 것 같다.

앤드류 와일즈는 1953년생이고 현재 옥스퍼드 대학교의 교수로 재직 중이다. 아마도 그의 수업을 듣는 학생들은 내가 10년 전에 받았던 그 영감보다 더욱 강렬한 영감을 받고 있을 것이다. 수학의 살아있는 역사, 산증인이 바로 눈앞에서 강연을 하고 있다면 기분이 어떨까? 아마 매 수업이 특강 같지 않을까?

앤드류 와일즈는 수학계의 노벨상이라는 필즈상은 받지 못했다. 누구보다도 필즈상을 받을 자격이 충분한 그였지만 그 상을 받지 못한 이유는 40세 이하에게만 주어진다는 나이 조건을 넘겼기 때문이다. 하지만 이 세상에 단 한 명에게만 수상되는 상을 받았다. 바로 '볼프스켈'상이다. 이는 볼프스켈이 페르마의 마지막 정리를 푼 사람에게 주라고 남긴 10만 마르크의 상금이다. 상이 제정된 지 90년이 지나서야 상은 제 주인을 찾아갔고 물론 볼프스켈상은 폐지되었다.

흔히 '사람이 책을 만들고 책이 사람을 만든다.'고 한다. 초등학교 6학년의 안수경은 이 말을 들어 본 적은 없지만 이미 알고 있지 않았을까? 피곤한 줄도 모르고 책장을 한 장 한 장 넘기고 있었을 그때에 이미 수학 그리고 과학은 내게 한 발씩 다가오고 있었던 것이다. 마치 앤드류 와일즈에게 페르마의 마지막 정리가 운명처럼 다가왔던 것처럼 말이다.

쇼팽을 닮은 맥스웰

전기및전자공학부 11 서승현

"단순함이란 모든 어려움을 극복하고 나서야 얻어지는 가장 높은 수준의 목표이다. 수많은 음을 연주하고 또 연주한 끝에 단순함이라는 값진 보상이 따라오게 되는 것이다."

"Simplicity is the highest goal, achievable when you have overcome all difficulties. After one has played a vast quantity of notes and more notes, it is simplicity that emerges as the crowning reward of art."

- 프레데리크 프랑수아 쇼팽

피아노의 화가, 쇼팽

음악은 내 고등학교 생활의 동반자였다. 나는 싱가포르에서 국제학교를 다녔기 때문에 고등학교 때까지 문과, 이과, 예체능 중 하나를 결정해 집중적으로 공부할 의무가 없었다. 그 때문에 나는 다행히도 내가 가장 좋아하는 음악과 학업 중 하나를 포기하지 않고 병행할 수 있었다. 하지만 나는 음악과 공부를 똑같이 좋아하지는 않았다. 당시 음악에 푹 빠져 있던 나에게 수학, 과학 공부는 2순위였다.

학교 수업이 끝난 뒤 하루는 학교 교향악단에서 타악기 연주자로, 하루는 재즈 밴드에서 피아니스트로, 또 하루는 합창단에서 반주자로 정기 연습을 마치고 녹초가 되어 집에 돌아오곤 했다. 집에 돌아와서 피아노 레슨을 받고, 노을 지는 풍경을 담은 내 방 창문을 등지고 앉아 저녁까지 피아노 연습을 했다.

주변 이웃들에게 피해를 줄 걱정에 더 이상 연습을 할 수 없는 밤 8시쯤이 되어서야 나는 주섬주섬 책가방을 뒤져 과제를 시작하고 수업 시간에 배운 내용을 복습했다. 이마저도 공연이 있는 날이면 밤 11시가 넘어야 집에 돌아와 꾸벅꾸벅 졸면서 가장 급한 숙제를 겨우 끝내고는 잠이 들었다.

음악과 함께하던 고등학교 생활에서 내게 가장 큰 존재는 쇼팽이었다. 낭만주의 음악의 꽃을 피운 그의 작품을 듣노라면 그에게 '피아노의 시인'보다는 '피아노의 화가'라는 별명을 붙여 주고 싶었다. 왈츠부터 프렐류드, 소나타, 발라드에 이르기까지 그의 음악은 늘 나에게 음 하나하나를 아껴 가며 고심해 완성한 다채로운 색감의 아름다운 풍경화를 보여 주었다.

하지만 쇼팽의 가장 큰 매력은 마치 몇 백 가지의 물감을 써서 그린 그림이지만 전혀 과하게 느껴지지 않는 깔끔함에 있다. 낭만파 음악에 단순함의 미학이라니. 낭만파 음악은 곧 섬세한 감정의 반영이라고 알려져 있지 않은가? 낭만주의는 고전주의와 달리 명확한 규칙이나 질서에 기초를 두지 않는다고 배웠던 나에게 쇼팽의 어구는 혼란스러웠다. 이런 내가 쇼팽의 가치관을 이해하게 된 계기는 그의 대표작 중 하나인 '혁명'을 공부하면서이다.

그의 '에뛰드 Op. 10 제12번 혁명'을 들으면 러시아 군의 바르

폴란드의 작은 마을, 젤라조바 볼라에 위치한 쇼팽 박물관.
그의 생가를 개조한 박물관으로 1945년 개관하였다.

샤바 침입 소식을 듣고 그의 마음속에 이는 조국애와 분노를 강렬하게 느낄 수 있었다. 하지만 곡의 처음부터 끝까지 쉴 새 없이 움직이며 조국에 대한 사랑과 러시아 군에 대한 분노를 표현하는 왼손 선율과는 달리 단편적인 오른손 선율은 곡을 좀 더 장렬하게 만들어 줌과 동시에 절제된 듯한 슬픔을 보여 주었다. 마치 주먹을 꽉 쥐고 눈물을 참는 독립투사를 떠올리게 했다.

힘들지만 음악에 젖은 삶이 너무나 행복했던 내가 낭만파 음악의 절제미를 좇으면서부터 음악은 나에게 즐거움을 주는 존재 대신에 고민거리를 안겨 주는 존재가 되었다. 내가 혁명을 연주하면 비통한 표정의 폴란드 인 대신에 서러움에 어찌할 줄 모르는 울보 아이를 그려냈다. 우아하고 고풍스러운 풍경을 담은 유화와 같은 왈츠가 나의 손에 쥐어지면 다섯 살 꼬마 아이가 크레파스로 서툴게 그린 창밖의 풍경 같았다.

나에겐 피아노라는 새하얀 빈 도화지와 쇼팽의 작품이라는 색색의 물감이 있었다. 하지만 나에게 도화지를 아름답게 채울 수 있는 능력은 주어지지 않은 것 같았다. 새하얀 빈 도화지를 아름답게 채워야 한다는 부담감이 점점 나를 옥죄기 시작했다. 내가 생각하는 이상적인 미에 도달할 수 없음에 화도 나고 속상하기도 했다.

'수없이 많은 음을 연주했을 때에야 더 없는 보상으로 나타난다는 간결함의 아름다움은 도대체 언제쯤 나에게 코빼기라도 비출까?'

'연습을 더 많이 한다고 해서 거장인 쇼팽이 의도한 낭만파 음악의 절제된 감정 표현을 과연 비슷하게라도 흉내 낼 수는 있을까?'

부담감은 나를 연습에 온전히 집중할 수 없게 하였고, 나는 무대에서 실수를 하기 시작했다. 모든 사람이 나를 바라보는 때에 실수한 끔찍한 기억은 공연을 피하고 싶은 순간으로 만들고 말았다.

"모든 수리과학은 물리와 수리 법칙 간의 관계를 기본으로 한다. 그리하여 정확한 과학의 목적은 자연의 문제를 숫자를 이용하여 양적화 함으로써 단순화 시키는 것이다."
"All the mathematical sciences are founded on relations between physical laws and laws of numbers, so that the aim of exact science is to reduce the problems of nature to the determination of quantities by operations with numbers."

- 제임스 클러크 맥스웰

물리학의 쇼팽, 맥스웰

나와 과학의 진정한 만남은 햇살 가득한 어느 주말 오후였다. 활짝 열린 창문 아래, 나는 동남아의 쨍쨍한 햇볕을 받으며 월요일 아침에 제출해야 할 물리 숙제를 꾸역꾸역 하고 있었다. 여느 때처럼 나는 곧 있을 독주회에서 연주할 쇼팽의 스케르초를 배경 음악 삼아 물리 교과서를 넘기고 있었다. 가장 좋아하는 피아니스트 중 하나인 윤디 리가 연주한 스케르초를 들으며, 나는 숙제에 집중하지 못한 채 감탄에 감탄을 거듭하였다.

'만약에 쇼팽이 살아 있었다면 윤디 리에게 박수를 보냈을 거야.'

그러고는 책상 옆 피아노에 놓여 있는 쇼팽 악보를 쳐다보며 내 자신을 자책하였다.

'나는 왜 이렇게 쇼팽을 아름답게 해석하지 못할까?'

고개를 절레절레 흔들고 나는 다시 숙제에 집중하려고 물리 교과서로 애써 시선을 옮겼다. 내 눈앞에 펼쳐진 책장은 전기와 자기는 본질적으로 같다는 맥스웰의 전자기 이론에 대한 설명을 담고 있었다. 쉽게 눈에 들어오지 않는 내용에 나는 금방 다시 집중을 잃고 이리저리 시선을 옮겼다. 교과서, 악보, 교과서, 악보. 물리, 음악, 물리, 음악. 맥스웰, 쇼팽, 맥스웰, 쇼팽.

$$\nabla \cdot \mathbf{E} = \frac{\rho}{\epsilon_0}$$

$$\nabla \cdot \mathbf{B} = 0$$

$$\nabla \times \mathbf{E} = -\frac{\partial \boldsymbol{B}}{\partial t}$$

$$\nabla \times \mathbf{B} = \mu_0 (\boldsymbol{J} + \varepsilon_0 \frac{\partial \boldsymbol{E}}{\partial t})$$

물리학자들은 인류 역사상 가장 아름다운 식으로 맥스웰의 방정식을 꼽는다. 맥스웰은 전기, 자기, 빛의 너무나 복잡한 삼각관계를 단 4가지의 방정식으로 깔끔하게 풀어내었기 때문이다. 이 4가지 방정식은 단순하고도 우아하며, 심지어 대칭적인 아름다움까지 지니고 있다.

이렇게 보니 맥스웰이 추구하고 표현한 아름다움은 쇼팽이 추구하고 표현한 아름다움과 크게 다르지 않아 보였다. 마치 쇼팽이 그의 뒤섞인 감정을 셀 수 없이 많음 음으로 표현했지만 결국 그 음들을 몇

제임스 클러크 맥스웰의 업적은
과학사의 큰 획을 그었다.
2000년 영국 BBC에서 가장 위대한 과학자
100명을 선정하였는데, 맥스웰은 아인슈타인과
뉴턴에 이어 3위에 꼽혔다.

가지의 강렬하고 아름다운 선율로 함축했던 것처럼 말이다. 비슷한 시대를 살다 간 음악과 물리라는 분야의 거장인 쇼팽과 맥스웰의 가치관과 업적은 놀랄 만큼 닮아 있었다.

하나의 음에서 화음으로 그리고 다시 하나의 음으로

음악과 물리를 나란히 놓고 보니 둘 사이에는 의외로 닮은 점이 많았다. 과학자들은 인생을 바쳐 세상의 현상을 설명할 수 있는 단 하나의 궁극적인 이론을 찾고자 한다. 이런 과학자들의 꿈과 믿음은 마치 다양한 소리를 탐구하여 이 세상의 아름다움의 끝을 추구하려는 음악가들의 열망처럼 느껴졌다.

한 음, 한 음이 정교하게 조화를 이루어 아름다운 화음을 만드는 음악처럼, 물리도 결국에는 화음에 관한 학문이다. 물리 공식 하나하나가 정교하게 맞물려 우리 주변에 보이는 현상의 본질을 아름답게 설명해 준다. 이론과 응용이 화음을 이루어 세상 속의 패턴을 설명하는 답을 하나씩 발견해 나가는 물리가 아름답게 느껴졌다.

하지만 음악과 물리는 근본적인 부분에서 달랐다. 음악은 주변의 수많은 소리를 탐구해 아름다운 화음을 쌓아가는 예술이라면, 물리는 자연의 화음을 탐구하는 학문 같았다. 수없이 많은 음이 겹겹이 쌓여 만든 화음 안의 음 하나하나를 떼어 내는 과정 같았다. 또 음악과 물리는 정답이라는 부분에서 다른 관점을 보였다.

비록 나는 쇼팽이 자신의 곡에서 의도했던 낭만주의 음악 속의 절제된 미를 좇았지만, 하나의 곡은 연주자에 따라서 다양하게 해석될 수 있다. 음악에서는 각각의 해석이 그 나름대로의 아름다움을 지녔다고 믿기 때문이다.

하지만 물리는 자연 현상의 본질을 찾아내는 학문이다. 여러 개의 모범 답안 중 하나를 고를 수 있고 심지어 나만의 모범 답안을 만들 수 있는 음악과 달리, 물리는 이미 정해져 있지만 보이지 않는 하나의 답을 찾는 학문이었다.

나만의 연주를 만들고 쇼팽의 단순미 아래에서 나만의 아름다움을 추구해야 하는 음악과의 씨름에 지쳐 있던 나에게 확실한 답이 있는 물리는 매력적으로 다가왔다. 지금 와서 되돌아보면 답이 없는 것 못지않게 답이 있음에도 불구하고 찾지 못하는 괴로움도 크다는 것을 깨닫지 못한 순진한 생각이었다. 하지만 답이 없음에 지친 나에게 물리는 음악의 아름다움을 지니면서도 뚜렷한 답을 가지는 신선한 존재로 다가왔다. 그리고 그런 나의 순진함이 지금의 나를 과학으로 이끌게 되었다.

고등학생인 나에게 가슴보다는 머리로 생각하는 물리는 너무 딱딱하고 차가워 보여 정이 가지 않았다. 감정을 충실히 반영하며, 때때로 사람의 심금을 울려 기쁨에 환호하고 슬픔에 복받치게 하는 음악과는 전혀 다른 학문이라고 생각해 왔다. 이런 둘 사이에는 접점이 있을 수 없다고 내 맘대로 단정 지었다. 하지만 햇살 가득했던 그 주말 오후, 물리는 음악과 다른 듯하면서도 같은 매력을 가진 존재로 나에게 다가왔다. 나는 그렇게 나만의 편견 속에 갇혀 있던 과학과 대화를 시작하게 되었다.

호그와트로 갈 순 없잖아

물리학과 13 이근민

나는 '해리 포터' 세대이다. 『해리 포터』가 처음 나왔을 때 나는 책을 읽고 마법사가 되고 싶었다. 얼마나 멋진가? 지팡이를 몇 번 휘두르면 원하는 일이 이루어진다는 것! 거기에 펄럭이는 망토까지 하다니, 어린 나에겐 아주 멋져 보였다. 그렇게 『해리 포터』가 10년간 출간되는 동안 책이 너덜너덜해질 때까지 읽고 또 읽었다. 원서도 읽었다. 나는 해리와 가장 친한 친구였고, 론과 함께 거대한 거미들과 싸웠으며 헤르미온느와 마법 공부를 했다. 하지만 판타지는 판타지일 뿐 상상을 하다 현실로 돌아오면 마법 같은 것은 존재하지 않는다는 사실에 수긍할 수밖에 없었다. 그런 나에게 과학은 현실의 마법처럼 다가왔다. 과학을 좋아하게 된 계기가 무엇이냐고 물어봤을 때 딱 한 가지를 집어서 대답할 수 있는 사람은 없을 것이다. 나도 마찬가지로 여러 가지 이유가 있다. 하지만 굳이 뽑자면 가장 큰 이유는 마법사가 되고 싶어서였던 것 같다. 왜 마법사가 매력적으로 느껴졌을까? 나에게는 마법사가 자신의 주변 환경을 원하는 대로 바꾸고 원하는 현상을 일으킬 수 있기 때문에 매력적이었다.

현실 세계의 투명 망토와 마법 지도

『해리 포터』에서 가장 흥미를 끌었던 물건은 투명 망토와 마법 지도이다. 물론 다른 마법들과 하늘을 나는 빗자루도 가지고 싶었지만 이 두 물건은 활용도가 높고 내가 책을 읽을 당시 아직 현실 세계에 비슷한 것이 없었기 때문이다. 하늘을 나는 빗자루는 아니지만 우리는 하늘을 나는 의자를 발명했다. 나무를 순간적으로 크게 자라게 하는 마법은 없지만 나무가 크게 자라도록 할 수 있는 약물은 존재했다. 비교적 현실과 동떨어져 보이는 투명 망토와 마법 지도가 흥미롭게 다가왔다.

해리 포터에서의 투명 망토는 사람이 입으면 완벽하게 투명해지는 망토이고 마법 지도는 호그와트 성 내에 있는 모든 사람의 위치를 실시간으로 표시해 주는 지도이다. 해리는 이것으로 몰래 무언가를 가져와야 하거나 밤에 학교를 돌아다닐 때 유용하게 사용했다. 구미가 당기지 않는가? 다른 사람들로부터 나의 존재를 숨길 수 있고 다른 모든 사람의 위치를 알 수 있다니 활용성은 무궁무진할 것이다. 투명 망토와 마법 지도를 가지고 나는 무엇을 할까 상상하다 보면 하루가 금방 지나갔다.

그러던 어느 날 투명 망토가 개발되었다는 인터넷 기사를 읽게 되었다. 자세히 읽어 보니 원리 자체는 크게 어렵지 않았다. 망토 뒤에 달린 카메라로 사진을 찍은 후 앞에 달린 화면으로 사진을 보여 주는 방식이다. 하지만 사진을 찍고 화면으로 보내는 데 걸리는 시간 때문에 빠르게 움직이거나 할 수는 없었다. 더불어 화질에도 영향을 받아 가까이서 보면 티가 났다.

또 다른 연구원들이 만든 방법은 특정 주파수의 빛을 통과시키는 망토이다. 모든 가시광선을 통과시키는 것은 아니므로 투명하지는 않지만 특정 파장의 빛에 대해서는 투명하므로 개발한다면 제대로 된 투명 망토를 만들 수 있을 거라고 했다. 내가 기대했던 것만큼 완벽하지는 않지만 두 방법 모두 투명 망토에 꽤나 근접했다.

그럼에도 나는 이 기사를 읽으면서 전율을 느꼈다. 내가 판타지라고 치부하고 상상만 하던 때에 이 사람들은 마법을 현실화시킨 것이다. 이때 처음으로 해리 포터가 사는 세상의 마법사들이 어쩌면 내가 사는 세계에서는 과학자들일 수 있다고 생각했다. 가장 최근에는 더욱 간단하고 값이 싼 렌즈 4개를 가지고 투명화시킬 수 있는 기술이 개발되었다. 렌즈를 통과한 빛의 굴절을 이용해서 앞에 물체가 없는 것 같은 효과를 낸다고 한다.

마법 지도는 우리 세계에서 GPS라고 불린다. 하지만 개인적으로 해리 포터의 마법 지도와 가장 근접한 기술은 스마트폰과 함께 나왔다고 생각한다. 엄밀하게 따지자면 이것도 마법 지도와 완벽하게 같지는 않다. 사람의 위치보다는 스마트폰의 위치를 알려 주는 것이기 때문이다.

하지만 스마트폰이 나온 후부터 손에서 핸드폰을 내려놓지 않는 사람이 많아졌기에 스마트폰의 위치는 사람의 위치와 같다고 보아도 무방하다. 핸드폰을 잃어버려도 검색으로 자기 스마트폰의 위치를 알 수 있듯이 이 방법을 적용하면 마법 지도와 꽤나 근접한 핸드폰 지도를 만들 수 있다. 이렇게 기술과 과학의 발전으로 상상만 가능했던 일들이, 정말 마법이라고 생각했던 일들이 현실화되는 것을 보며 나의 꿈은 마법사에서 과학자로 옮겨 갔다.

내가 과학에 관심을 키워 갈 때 확실하게 나를 과학의 길로 들게 한 것은 역설적이게도 역사 수업 중에 들은 이야기였다. 역사 수업은 제2차 세계대전에 관한 내용이었다. 수업 중 선생님께서 태평양 전쟁에 관한 재밌는 이야기가 있다며 'Cargo Cult', 즉 화물 숭배에 대한 이야기를 해 주셨다. 태평양에 있는 섬들에 가 보면 나무로 만든 비행기 모형과 관제탑 그리고 땅을 평평히 다진 활주로 비슷한 것까지 있다고 한다. 비행기도 없는 섬의 원주민들이 왜 이런 것을 만들었을까?

태평양 전쟁이 한창일 때 태평양의 작은 섬들은 처음에는 일본군에게 점령을 당했다가 전쟁 막바지에는 미군이 군사 기지로 사용했다고 한다. 이 과정에서 한 번도 섬 밖의 세상을 경험해 보지 못한 원주민들은 기계화된 군대와 보급 물자가 들어오는 것을 보고 신들이 찾아왔다고 믿었다. 특히 관제탑 앞에서 빛나는 봉을 앞뒤로 흔들면 거대한 비행기가 보급 물자를 싣고 오는 것을 보며 자신들도 그것을 똑

© Tim Ross

남태평양 솔로몬제도에 위치한 나라, 바누아투는 여러 개의 섬으로 이루어진 나라로 제2차 세계대전 당시 문명이 닿지 않은 오지가 많았다. 그래서 신세계의 문물은 화물 숭배의 대상이 되기도 했다. 사진은 숭배 의식이 치러졌던 곳으로 바누아투의 탄나 섬에 위치한다.

같이 따라한 것이다. 그들한테는 하늘에서 떨어지는 보급 물자가 신의 기적처럼, 혹은 마법처럼 보였을 것이다.

영국의 과학 소설 작가 아서 클라크(Arthur C. Clarke)가 말했듯이 "Any sufficiently advanced technology is indistinguishable from magic.", 즉 충분히 발달한 과학은 마법과 구분할 수 없을 것이다. 태평양 섬의 원주민에게는 하늘에서 오는 보급 물자는 마법일 수밖에 없다. 현재까지도 이런 화물을 숭배하는 원주민들이 있으며 하나의 종교로 자리 잡았다고 한다. 어떤 무리는 특정한 미군 장교나 군인을 신으로 여기는 집단도 있다고 하니 클라크의 말도 큰 무리가 없을 것이다.

'IoT'는 인터넷을 기반으로 에어컨, 보일러, 현관문, 냉장고, 세탁기, 책상, 자동차, 시계 등 일상의 모든 사물이 연결되는 기술 및 서비스를 뜻하며 흔히 '사물인터넷'이라 일컬어진다.

이 이야기를 듣고 나는 또다시 해리 포터가 생각났다. 해리 포터의 마법들도 사실 마법이 아닐 수 있다. 우리의 과학이 그만큼 발전하지 못한 것일 뿐 언젠가는 우리도 지팡이 하나로 많은 것을 할 수 있을지 모른다. 이미 투명 망토와 마법 지도는 얼추 비슷한 것이 만들어지고 있으니 다른 마법 같은 일도 곧 현실화될지 모르겠다. 사실 우리는 '지팡이 정도'까지 온 것 같기도 하다. 요즘에는 스마트폰과 'IoT(Internet of Things)' 기술 덕분에 손가락 몇 번 움직이는 것만으로 집의 보일러 온도를 조절하고, 방에 불을 끄고, 외출하기 전 깜빡하고 잠그지 않은 가스 밸브를 잠그는 등 상상도 하지 못했던 일이 가능해지고 있다. 그리고 이 모든 것이 과학을 통해 이루어졌는데 마법사가 되려면 나는 당연히 과학을 배워야 하지 않겠는가?

세계의 공통어, 과학

과학이 나에게로 온 또 다른 이유는 바로 과학이 세계의 공통어이기 때문이다. 나는 어렸을 때 외국으로 유학을 갔다. 이탈리아에서 1년, 뉴질랜드에서 10년간 유학했다. 거의 모든 학업을 외국에서 한 셈이다. 외국에서 공부하며 많은 경험을 하였고 즐겁게 공부도 하였지만 힘든 일도 많았다. 하지만 그때마다 내가 위안을 얻으며 포기하지 않고 유학 생활을 끝낼 수 있도록 도와준 것이 과학이었다.

유학을 떠나는 모든 사람이 그렇듯이 언어의 장벽 앞에서 어린 나는 큰 좌절을 맛보았다. 알파벳이나 겨우 하던 내가 이탈리아에서 1년간 정규 수업을 받으려다 보니 당연히 힘들 수밖에 없다고 생각한다. 선생님들은 선생님들 나름대로 말이 통하지 않으니 답답하고 나도 표현을 제대로 못하고 뭘 묻는지 이해를 못하니 말수도 적어지고 소심해져 갔다. 모든 과목을 한쪽 귀로 듣고 한쪽 귀로 흘리고 있을 때 초등학교 4학년인 나에게 단비 같은 과목이 있었으니 바로 수학이었다. 숫자와 연산자들은 전 세계적으로 같으니 문제가 글로 주어지는 것이 아니면 나에게 아무 걸림돌이 되지 못했다. 더불어 내가 수학에 조금 소질이 있어 금방금방 풀어내니 선생님도 좋아해 주었다. 반 친구들도 다른 과목은 아무것도 못하면서 수학은 곧잘 해내니 신기했는지 와서 물어보기도 하고 말도 걸어 주었다. 그렇게 이탈리아 어가 조금씩 들리기 시작하더니 1년 뒤 한국으로 돌아올 때쯤엔 많은 친구와 소통도 하고 농담도 할 정도가 되었다. 수학과 과학에 파고들기 시작한 것도 이즈음이었던 것 같다.

뉴질랜드로 유학을 갔을 때 나는 위의 과정을 되풀이하였다. 조금 더 힘들었던 것은 초등학교 고학년이 되면서 저학년 때처럼 친절하고 선입견 없는 아이들이 사라졌다는 점이다. 말도 못하고 제대로 의사 표현도 못하면서 멀뚱멀뚱 교실에 앉아 있으니 애들에게 관심받기 쉬운 표적이었다. 그리고 피부색도 다른 동양인이니 나를 놀려 먹는 데 재미를 두는 아이들이 한둘 생겼다.

사실 따돌림을 당하거나 하는 것은 큰 문제가 되지 않았다. 내가 둔한 것도 있지만 별로 크게 신경 쓰지도 않았고 다른 좋은 친구들도 있었기 때문이다. 내가 가장 자존심 상한 일은 수업 시간에 바보 취급을 당하는 것이었다. 과학 시간에 선생님이 질문을 하셨는데 마침 내가 답을 아는 것이어서 손을 들었다. 한 마디도 하지 않던 내가 대답하겠다고 손을 드니 선생님이 내심 반가우셨는지 먼저 손을 든 아이를 제쳐 두고 나더러 말해 보라 시켰다.

하지만 자신 있게 답을 말하려던 순간 단어가 생각이 안 나 대답을 못하였고 그 모습을 본 아이들은 모르면서 손을 든다고 비웃었다. 그때 내 기분은 말로 표현하기가 힘들다. 부끄러움과 분노 등 여러 감정이 섞이며 얼굴만 붉으락푸르락할 뿐 아무 말도 못했다.

선생님은 나를 비웃는 아이들은 혼냈지만 나의 기분은 별로 나아지지 않았다. 그때부터 매일같이 나의 실력을 보여 주기 위해 영어를 공부하기 시작했다. 결국 나는 그해에 전국의 학생들을 상대로 하는 과학 시험에서 학교 개교 이래 최초로 'Distinction'이라는 성적을 올리며 상을 받았다. 다시 한 번 과학을 통해 내가 인정받고 소통하는 날이었다. 오랜 유학 생활이 나에게 가르쳐 준 것은 과학과 수학은 세계의 공통어라는 것이다. 언어 때문에 고생할 때 내가 유일하게 잘했던 것은 수학과 과학뿐이었다. 내가 언어로 소통할 수 없을 때 숫자와 과학 지식은 소통을 가능하게 해 주었다. 그리고 학교생활을 하면서 유일하게 할 수 있는 과목이 수학과 과학이다 보니 자연스럽게 파고들게 되었는데 공부를 해 보니 즐거웠다. 그래서 내가 과학을 많이 좋아하게 된 것 같다. 세상이 어떻게 작동하는지 그리고 그 관계를 어떻게 수학으로 표현할 수 있는지 등을 알게 되면 소위 말하는 깨달음의 쾌감을 느낄 수 있었다. 그래서 이 두 가지가 적절히 섞여 있는 물리학과에 진학한 것이다.

마지막으로 과학 중 특히 물리가 나에게 다가온 이유는 세상의 이치를 다루는 학문이기 때문이다. 난 마법사가 되고 싶었지만 그 마법이 어떻게 만들어졌는지도 알고 싶었다. 『해리 포터』를 읽으며 항상 누가 제일 처음으로 마법을 만들었는지 궁금했다. 그리고 무슨 원리로 마법을 만들게 되었는지도 궁금했다. 그리고 과학은 이 질문에 답할 수 있다는 것을 알게 되었다.

예를 들어 중력을 생각해 보자. 옛날 사람들은 태양과 달이 하늘에 떠 있는 것을 보고 신이라고 생각했다. 하지만 뉴턴이 떨어지는 사과를 보고 만유인력이라는 규칙을 자연에서 찾아낸 후 태양과 달은 간단하게 질량을 가진 천체로써 지구와 서로 당기는 힘 때문에 달은 지구 주위를, 지구는 태양 주위를 돌고 있다는 것이 밝혀졌다. 그리고 이 지식을 기반으로 인공위성을 지구 주위에 돌 수 있도록 만들었고 이 위성들로 우리는 GPS라는 마법 지도를 만들었다.

또 다른 예로 물속에 똑바른 물체를 넣으면 꺾여 보이는 현상을 분석하여 굴절이라는 규칙을 찾아내었고, 이 규칙을 적용하여 렌즈를 그리고 이 렌즈들을 사용하여 투명 망토를 만들 수 있게 되었다. 이렇듯 마법 같은 일을 가능케 하는 과학은 주변에서 일어나는 현상을 분석하여 그 현상을 원하는 대로 조절할 수 있게 되는 과정이 필요하다. 그리고 물리는 바로 현상을 관찰하고 그것의 기본을 꿰뚫어 보는 학문이기에 마법사가 되고 싶은 나에게는 완벽한 학문이다.

마법과 과학은 닮은 점이 많다. 둘 다 주변 환경을 내가 원하는 대로 조절할 수 있게 해 준다. 단 한 가지 중요한 차이점이 있다면 과학은 주변에서 일어나는 일을 분석하여 규칙을 찾은 후 그것을 조작해야 하는 반면 마법은 그런 과정이 없다는 것이다. 따라서 내가 해리포터의 세상에 살지 않는 이상 내가 마법을 배우려면 많은 학문의 기본이 되는 물리를 공부하여 세상의 이치를 깨닫고 주변 환경을 원하는 대로 조절할 방법을 찾아야 한다. 그리고 과학이라는 세계의 공통어를 통해 내가 찾아낸, 나의 마법을 보여 주는 수밖에 없다.

어쩌면 유치하다고 생각할 수도 있다. 하지만 내가 과학에 매달리기 시작한 가장 큰 이유는 정말로 마법을 부리고 싶어서이다. 그리고 내가 마법을 부리기 위해서는 내가 그 마법을 완벽히 이해하고 설명할 줄 알아야 한다. 그래서 나는 오늘도 마법사가 되기 위해서 아니, 나의 마법을 과학이라는 언어로(다시 한 번 강조하지만) 설명할 줄 아는 물리학도가 되기 위해서 물리를 공부한다.

자연을 간결하게 서술할 수 있는 물리학의 아름다움

물리학과 12 김동훈

사람들은 대부분 자신이 경험하고 생각한 것을 통해 자신이 믿는 세상을 만들어 낸다. 여러 가지 경험을 하면서 자신이 믿는 세계에 들어맞지 않는 상황을 직면하면 당황하게 된다. 그러고 나서 그 상황을 부정하거나 자신의 세계에 어떤 문제가 있는지 살펴보게 된다. 문제점을 발견하면 그 문제를 수정하여 좀 더 견고한 세계를 새롭게 구축하게 된다.

냉철한 지식인으로 분류되는 과학자들도 예외는 아니다. 수학자인 동시에 물리학자였던 라플라스는 "우주에 있는 모든 원자의 정확한 위치와 운동량을 알고 있는 존재가 있다면, 이것은 뉴턴의 운동 법칙을 이용해 과거와 현재의 모든 현상을 설명해 주고 미래까지 예언할 수 있다."는 주장을 했고, 막스 플랑크의 지도 교수였던 필립 폰 욜리는 플랑크에게 열역학의 기본 원리들이 모두 발견되어서 이론물리학은 이제 거의 완성 상태에 도달했기 때문에 아마도 더 이상 연구할 것이 없을 것이니 다른 전공을 택하는 편이 나을 것이라고 권유했었다.

하지만 얼마 지나지 않아 이들이 완벽하다고 간주하던 세계는 실험으로 관측된 미시 세계의 법칙들을 설명할 수 없었고 이를 설명하기 위해 기존 물리학의 틀을 부수고 양자역학이라는 학문이 태어나게 되었다. 이처럼 사람들과 사회는 자신들이 믿던 세계를 깨뜨리고 다시 새로운 형태로 세계를 만드는 과정을 반복하며 살아간다.

세상의 기초를 알아내겠다는 욕심

나에게도 내가 생각하던 것들이 깨지는 경험이 있었는데, 그 경험은 내가 처음으로 과학을 공부하게 된 계기가 되었다. 어린 시절 나는 '만유인력의 법칙'이 단순히 '만물은 서로 잡아당긴다.'는 것으로만 알았다. 그 이후에 만유인력의 법칙을 수학적으로 서술하는 식을 보게 되었는데(질량을 가진 두 물체 사이에는 인력이 작용하고, 그 인력의 크기는 두 물체가 떨어진 거리의 제곱에 반비례하고, 두 물체의 질량에 비례한다) 그것은 나에게 굉장한 충격이었다.

정말 간단하게 정성적으로만 알았던 내용이 원래는 수식으로 정립되어 정량적인 분석이 가능한 것이었다는 점, 짧은 수식 안에 필요한 내용들이 압축되어 전달된다는 점에서 말이다. 그때 처음으로 물리학을 제대로 배우고 싶다는 생각을 하게 되었다.

물리학을 좀 더 제대로 배우기 위해서 내가 거쳤던 첫 번째 과정은 과학고등학교를 진학하기 위해 준비하는 것이었다. 그 과정에서 자연스럽게 수학, 과학 올림피아드를 준비하게 되었다. 올림피아드 공부는 그동안 해 오던 공부와는 많이 달랐다. 어떤 지식을 알고 있는 것만으로 부족했다. 그것을 응용해서 문제에서 요구하는 것을 해결해 나가야만 했다.

예를 들자면 만유인력의 법칙을 서술하는 식을 알고 있는 것만으로는 안 되고 이를 이용하여 인공위성의 탈출 속도를 계산할 수 있어야 하고, 균질한 질량을 갖는 구형 물체 내부에서의 알짜 인력이 중심으로부터 떨어진 거리에 비례한다는 사실을 증명할 수 있어야 했다. 이러한 올림피아드 공부를 통해 기본적인 지식을 제한된 조건 내에서 확장하여 새로운 것을 알아내는 능력을 키우게 되었다.

내게 처음으로 물리를 가르쳐 주셨던 선생님은 기본적인 지식에서 새로운 내용들로 확장해 나가는 길이 다양하고, 그 다양한 방법을 찾는 도전을 해야 한다고 강조하셨다. 쏘아 올린 물체의 최대 도달 거리를 일반적으로 x, y 좌표로 나누어 계산하여 구하는 것이 아니라 포락선을 이용하여 구하고, 충돌하는 상황을 물체들의 질량 중심 좌표계에서 바라보고, 기준계를 바꿔서 사이클로이드 운동을 원운동으로 해석하는 등의 접근들은 그냥 그 자체로 신선하고 재미있었다. 한 가지의 결과를 놓고 다양한 방법을 생각할 수 있는 것은 과학, 수학이 갖고 있는 특별한 매력이다. 그것이 꼭 문제 풀이에만 국한되는 것은 아니다.

수학자 라그랑주가 뉴턴 역학을 해석적인 방법으로 풀어내어 라그랑지안 역학을 만든 것, 윌리엄 해밀턴이 광학에서 쓰이던 최단 시간 경로의 원리를 역학에 적용하여 최소 작용의 원리를 만들어 역학을 새롭게 서술할 수 있게 된 사례 등 같은 결과에 대한 새로운 접근이 큰 변화를 가져온다는 것을 증명해 주었다.

새로운 접근을 많이 생각해 보고 그러한 접근법을 다룬 자료들도 찾아보는 노력도 하게 되었다. 그렇게 자료를 찾는 습관을 갖게 되었고 『200 puzzling physics problems』이라는 책과 David Morin 교수가 쓴 『Introductory Classical Mechanics With Problems and Solutions』을 읽은 후 점점 더 신선하고 새로운 풀이, 사용할 수 있는 가장 간결한 풀이들을 찾는 일에 많은 관심이 생겼다.

그러는 도중 나는 내가 다른 것보다 무언가를 알아 가고 배워 가는 것에 욕심이 많다는 것을 알게 되었고, 이러한 성격 때문에 보다 근본적이고 기초적인 개념에 집착하고 그것을 공부하려 한다는 것을 깨닫게 되었다. 또한 평생 이러한 것을 고민하고 생각하면서 사는 물리학자의 삶을 살고 싶다는 생각을 처음으로 하게 되었다.

능동적인 도전이 주는 희열을 맛보다

다행히 좋은 결과를 얻어 진학하게 된 과학고에서는 대학교에서 배우는 일반물리학과 일반화학, 일반생물학 등을 배우게 되었다. 배워야 하는 내용이 원래 공부하던 내용보다 방대해졌고 그 수준 또한 더 어려워졌다. 심화된 내용을 배우면서 내가 원래 알던 것들이 새롭게 배우는 내용의 일부일 뿐이라는 것을 알게 되었고, 더 많은 수학을 공부할수록 보다 더 일반적인 상황을 서술할 수 있음을 깨닫게 되었다. 역학, 전자기학은 상대론과 양자역학에 의해 수정이 되어야만 한다는 사실도 알게 되었고, 새로운 이론들에 대해 아주 잠깐 맛보기 공부도 하게 되었다.

또 한 번 내가 믿던 세계가 깨지는 느낌이었다. 어느 정도 내용을 이해했다고 생각하면 그 내용을 포함하는 더 큰 내용과 보다 더 일반화된 상황에서 들어맞는 설명이 기다리고 있었다. 이해했다고 믿을 때마다 내가 이해하지 못한 것임을 증명해 주는 것이 등장했다. 하지만 확실한 것은 그전보다 더 많은 것을 알아간다는 점이었다. 이런 일이 반복될수록 더 알아야겠다는 오기가 생겼고 물리학에 점점 더 빠져들게 되었다. 나에게는 무언가를 제대로 알고 있다는 확신이 필요했다. 이미 밝혀진 내용들을 정확하게 이해하고 그 내용으로 나만의 해석을 만들어 내고 싶다는 열정이 커졌다.

그렇게 공부를 지속하던 중 '나는 왜 이런 오기와 열정을 갖게 된 것일까?'라는 의문이 들었다. 답은 명확했다. 나는 물리학이 가진 두 가지 특징에 매료되었기 때문이다. 하나는 자연을 이해하고 간결하게 서술할 수 있게 해 준다는 놀라움이었고, 다른 하나는 그 자체가 미적인 아름다움을 갖는다는 점이다. 예술 작품도 아닌 것이 무슨 미적인 아름다움이 있냐고 하겠지만 물리학과 수학은 분명히 구조적으로 아름다움을 지니고 있다.

대표적인 예로 맥스웰 방정식과 뇌터의 정리를 들 수 있다. 벡터 미적분학을 이용하면 전자기 현상에 관한 모든 이론이 4가지 방정식에 압축되는데 이 방정식을 맥스웰 방정식이라 한다. 패러데이 장 텐서를 이용하면 2가지 방정식으로 압축된다. 간결하다. 복잡해 보이는 현상들이 단 2개의 방정식에 압축된다. 심지어 자기 홀극의 존재가 확인된다면 맥스웰 방정식은 대칭성을 갖는 방정식이 된다. 아름답다. 아인슈타인의 말처럼 우주가 이해할 수 있는 구조로 되어 있는 것도 이해할 수 없는 일인데, 심지어 그 구조가 굉장히 간결한 구조로 되어 있다는 것은 정말로 경이로운 일이다.

뇌터의 정리는 '대칭성이 있다면 그 대칭성에 대응되는 물리량이 보존된다.'는 정리인데, '왜 특정 물리량들이 보존되어야 하는가?'라

영국의 이론물리학자 폴 디랙은
양자역학을 탄생시킨 과학자 중 한 명으로
1933년 노벨물리학상을 수상했다.

는 질문에 대해서 자연 자체가 갖는 대칭성 때문이라는 답을 주는 정리이다. 자연 자체의 특성으로부터 답을 찾은 놀라운 결과이다. 이것뿐만 아니라 사실 셀 수 없을 정도로 이렇게 멋진 예들이 많다.

이러한 것을 공부할 때면 그 경이로움에 놀라고 흥분하게 된다. 아마도 과학과 수학을 업으로 삼는 사람들은 대부분 이러한 아름다움에 매료된 경험이 있을 것이다. 대표적인 사람으로 위대한 물리학자 폴 디랙을 꼽을 수 있다. 그는 1955년 모스크바에서 열린 한 세미나에서 물리학에 대한 그의 철학을 정리해 달라는 질문을 받았을 때 "물리법칙은 수학적 아름다움을 갖고 있어야 한다."라고 말했다.

이렇게 새롭고 포괄적인 내용들을 배우고 익히는 생활만을 계속해 오다가 우연한 기회가 생겨 'RNE, KYPT' 등의 연구 활동에 참여하게 되었다. 수백 년 전부터 다른 사람들이 정립해 온 내용을 배우는 것과 연구 활동은 완전히 다른 것이었다. 가장 큰 차이점은 질문을 내가 해야 한다는 점이었다. 그동안의 공부는 누군가가 무언가를 궁금해 해서 밝혀낸 것을 배우는 것이었지만 연구에서는 무엇을 궁금해 하는지를 나 스스로 구체화시켜야 했다.

그 질문이 정해지면 이제 그것을 해결하기 위해 내가 어떤 이론을 적용해야 하고 어떤 실험들을 해야 하는지 찾아야 했다. 이렇게 능동적으로 도전하여 결과에 도달하게 됐을 때 얻는 희열은 수동적으로 무언가를 배워서 알게 될 때 갖는 희열과는 다른 종류의 느낌이었다. 배우는 것만큼 밝혀 나가는 것에도 흥미를 느꼈고, 그때 확실히 난 물리학자가 되겠다는 결심을 굳혔다.

과학고를 졸업한 뒤 카이스트에 진학하게 되었다. 물리학은 좀 더 포괄적인 내용들을 자세히 다루기 시작했다. 전자기학과 고전역학, 열 물리학 등은 일반물리학 수준에서 더 깊은 수준까지 들어갔고, 맛보기로만 봤던 양자역학, 상대성이론, 통계물리학 등을 다루기 시작했다. 실험 분야보다는 이론 분야에 관심이 많았기 때문에 이론물리학자가 되고 싶다는 생각을 하고 있었고 그러기 위해서는 수학 실력을 많이 올려야만 했다.

결국 수학과 물리학을 복수 전공하게 되었고 이는 아마도 내가 대학 시절 했던 선택 중 가장 잘한 선택이 아니었나 싶다. 수학은 고등학교 때까지 하던 수학과는 완전히 다른 종류의 수학을 배우게 되었다. 문제 풀이 위주로만 배우던 수학과 달리 정확하게 체계를 잡고 그 체계를 바탕으로 여러 가지 'Theorem(정리)'들을 증명하는 방식의 수학이었다.

특히 해석학과 미분기하학, 대수학이 놀라웠다. 해석학은 애매모호하게 배웠던 미적분학을 보다 체계적이고 엄밀한 방식을 도입하여 이해하게 해 주었고, 미분기하학은 곡면을 이해할 수 있는 기반을 주었다. 대수학은 그 자체의 구조가 굉장히 신기했고 그로부터 증명되는 여러 정리들이 놀라웠다.

더 놀라운 것은 이 구조들이 물리학과 밀접한 관련을 가진다는 것이었다. 일반 상대성이론은 물체의 존재를 기하학적으로 이해하는 구조를 갖고 있고 대수학은 양자역학의 구조의 기반이 된다. 수학만으로는 물리를 할 수 없지만 물리를 하기 위해서는 수학이 필요하다는 생각을 갖게 되었고, 두 공부를 같이 병행했다. 시간이 지날수록 내가 배우는 것은 점점 더 새롭고 재밌어졌고 열정은 커져만 갔다.

카이스트를 다니면서 공부뿐만 아니라 콜로키움, ICM(세계 수학자 대회) 등 강연들을 찾아가 최대한 많은 강연을 들으려고 노력했다. 현재의 최신 연구는 무엇이고 어떤 방향으로 흘러가는지 감을 잡아야 한다고 생각했기 때문이다. 그곳에서 나는 나보다 훨씬 열정적이고 전문적인 지식이 많은 분들을 만날 수 있었다.

그들이 같은 주제를 가지고 소통하는 모습을 보면서 나도 빨리 지식의 최전선으로 나가 그들과 소통하고 자연의 원리에 대해 제대로 된 해석을 내놓고 싶다는 생각을 하게 되었다. 그러기 위해서는 견고한 기반을 다지는 것이 우선이므로 선배 과학자들이 정립해 놓은 것을 제대로 이해하고 내 나름의 방식으로 이해하려는 노력을 계속하고 있다.

앞으로도 공부를 하면 할수록 앞서 언급했던 놀라운 내용과 새로운 관점을 많이 배울 수 있을 것이라는 기대가 있다. 그것이 바로 내가 계속 과학을 하는 이유이다. 최종 목표는 현재까지 알려져 있는 자연 현상들을 정확하게 이해하고, 그것에 대해 나만의 독자적인 해석을 할 수 있으며 그로부터 새로운 것을 찾아내는 단계까지 가는 것이다. 혹시라도 자연이 생각한 것만큼 간결하게 서술되지 않더라도(현재 통일장이론 등에 반대 의견을 내는 학자들처럼) 그것의 본질을 파고들어 이해한다는 것 하나만으로도 과학은 충분히 가치가 있고 재미있는 학문이다.

부끄러운 말이 될지도 모르지만 나는 과학을 하는 이유로 인류를 위한 공헌, 국가를 위한 헌신 등의 거창한 이유를 생각해 본 적이 없다. 지금도 그것은 부수적인 것일 뿐이지 내가 과학을 하는 이유가 될 수 없다고 생각한다. 처음 과학을 시작하고 좋아하게 되었던 이유가 지금도 내가 계속 과학을 해 나가는 이유이다. 그것이 가진 경이로움, 아름다움에서 나는 재미와 행복을 찾고, 아마 앞으로도 계속 그럴 것이다. 그 재미를 위해 평생을 바친 여러 과학자와 수학자처럼 말이다.

과학의 참맛

수리과학과 09 임재원

모든 사람은 각자의 관심 분야가 다 있고 그들을 좋아하는 이유도 제각각이다. 나 같은 경우에는 어렸을 때부터 과학에 관심을 쏟았고 물론 지금도 좋아한다. 하지만 과학의 참맛을 느낀 건 불과 5년이 채 되지 않는다. 하나의 사물을 좋아하는 것과, 그것과 제대로 마주하는 것은 같은 말이 아니다. 다른 사람과 마찬가지로 과학을 제대로 파악할 때까지 수많은 시간 동안 과학에 대해 생각하고, 공부하고, 즐겼다. 그러던 나에게 과학의 본 모습을 알려 준 건 다름이 아니라 과학철학이라는 과목이다.

과학철학은 정말 우연히 접하게 되었다. 친한 친구들이 듣는다고 하여 인문사회 과목 학점이나 채울 생각으로 신청했지만 후에 나에게 새로운 눈을 뜨게 해 주었다. 그 학기 전까지만 해도 나에게 과학이란 '종교에 반(反)하고 인간 최고의 지성들이 표현하는 논리만을 사용하는 학문'이라고 믿었다. 이러한 헛된 믿음은 과학철학 수업이 시작된 첫 주에 깨지고 만다. 허나 내 마음속에 굳세었던 과학의 표상이 무너져 내렸지만 나는 새로이 세운 과학의 모습이 오히려 멋지고 인간적으로 보여 더욱 좋았다.

과학의 매력은 반증 가능성

내가 믿었던 과학의 특성 중 하나인 '논리성'이 처음 내 앞에서 처참히 무너지고 만다. 영국의 유명한 철학자 데이비드 흄에 따르면 과학을 할 때 사용되는 귀납법은 어떠한 방식으로도 정당화될 수 없다. '태양이 매일 동쪽에서 뜬다.'라는 명제는 여태까지 부정된 바 없지만 혹시라도 반례가 하나라도 발견된다면 언제든지 버려지는, 논리적으로 정당화된 명제가 아니다.

최근에 발견된 검은 홍학을 떠올려 보자. 이전까지 과학자들은 '홍학은 모두 하얗다.'라는 명제를 경험에서 얻었고 이에 대한 반례가 없었고 오랜 시간 당연하다고 믿었기 때문에 저 명제를 참으로 인식했다. 2014년 이스라엘에서 검은 홍학이 발견되자 그들의 믿음은 철저히 반증되었고 이제 홍학의 색에 대해 함부로 단정할 수 없게 되었다.

검은 홍학은 2014년 이스라엘에서 처음 발견된 후 2015년 4월에는 지중해 동부의 키프로스 섬에서도 관찰되었다. 둘이 같은 개체인지는 확실하지 않다. 동물학자들은 검은 홍학이 피부나 조직에 멜라닌 색소가 과잉 생산되는 멜라니즘(melanism)으로 인해 검은빛을 갖게 된 것으로 추정하고 있다.

이와 마찬가지로 단순한 명제뿐만 아니라 과학에서 사용하는 상대성이론, 양자역학 같은 이론들조차 반례가 발견된다면 버림받을 수 있다. 우리는 이미 뉴턴의 만유인력의 법칙이 미시적인 세계에 들어가면 성립하지 않는 것을 관찰하였다. 그렇기 때문에 우리는 학교에서는 뉴턴의 법칙을 꾸준히 배우지만 물리학자들은 더 이상 이 법칙에 의지하지 않는다.

흄의 사상을 따라가면 과학의 논리성에 대한 회의를 가지기 마련이다. 과학의 이론에 대한 우리의 생각이 귀납에 대한 믿음이며 이는 어떠한 방식으로도 정당화될 수 없다. 이러한 생각의 흐름을 따라간다면 과학이 인문학과 다를 바 없고 나아가 예술과도 다른 것이 없다. 하나의 믿음, 예를 들면 막스 사상의 이론과 아인슈타인의 상대성이론이 귀납을 사용하면서 논리적으로 보았을 때 정밀도가 같다는 말이다. 아마 어렸을 때부터 과학을 좋아했던 과학고 친구들이 이 말을 듣는다면 매우 낯설게 느낄 것이다.

과학을 다른 학문과 구분했던 또 다른 기준은 반증 가능성이다. 칼 포퍼에 따르면 과학 이론과 다른 이론의 차이점은 반증 가능성의 유무이다. 예를 들면, 물리학의 만유인력의 법칙은 반증 가능하다. 언제라도 이론에 반대되는 실험에 성공한다면 이 이론은 반증되며 버려져야 한다. 허나 정치학, 문학 및 예술에서는 이론을 반증할 수 없다.

예를 들어 칼 막스의 정치철학 이론을 살펴보자. 그의 공산주의적 이론은 최근 많은 부분에서 경험적으로 반증되며 버려졌다. 하지만 그의 추종자들은 이론을 살짝 바꾸어 반증되는 사례들을 변호했다. 이는 본래의 이론과 다르지만 그들은 마치 원래부터 맞던 것처럼 주장하며 막스의 이론을 버리지 않았다. 따라서 칼 포퍼의 주장에 따르면 과학과 다른 학문은 여기서 차이점을 확인할 수 있다.

하지만 과학에서도 이러한 반증 가능성을 가지지 않는 이론이 대다수이다. 뉴턴의 만유인력 법칙이 처음 반증 사례를 만났을 때를 살펴보자. 이는 천체를 관측할 때 일어났다. 아무리 명왕성의 궤도를 계산해도 만유인력의 법칙과 어긋나서 많은 사람이 만유인력의 법칙이 틀리지 않았느냐고 주장했다. 하지만 뉴턴의 추종자들은 천왕성과 명왕성 사이에 다른 행성이 존재하기 때문에 만유인력의 법칙에 의한 계산이 맞지 않았다고 주장했다.

다행히 나중에 밝혀진 결과 해왕성의 존재 때문에 명왕성의 궤도 계산이 옳지 않았지만 사실 이러한 논리의 흐름은 우리가 믿는 과학 이론의 흐름과 전혀 맞지 않다. 그들은 자신들이 추종하는 뉴턴의 만유인력 법칙이 사실이라고 가정한 후 아직 발견되지 않은 행성의 존재를 억지로 주장한 것이다.

나의 가려운 부분을 긁어 준 과학철학

여기서 그치지 않고 과학 이론의 탄생조차도 논리와 상관없이 사회과학과 비슷하게 형성된다는 이론을 배웠다. 이는 토마스 쿤이 주장한 과학의 사회성에서 나온다. 일단 그의 이론에 따르면 과학에는 패러다임이 존재하고 이러한 큰 패러다임이 변화하면서 과학의 지각변동이 일어난다. 먼저 같은 패러다임 속에서 진행되는 과학은 단순한 문제 풀기이며 이는 일반 과학(normal science)라고 부른다. 예를 들면, 지금 우리 과학의 패러다임은 양자역학과 상대성이론 안에서 이루어지는 일반 과학이라 볼 수 있다.

토마스 쿤이 지적한 과학의 사회성은 일반 과학에서는 이루어지지 않는다. 하지만 일반 과학이 계속 진행됨에 따라 앞에서 말한 반례가 일어나면서 균열이 일어난다. 이러한 균열은 한두 개일 때에는 무시하면서 이론을 수정해 가거나 새로운 관찰 사실을 주장하지만 균열이 너무 많아 무시할 수 없게 될 때에는 과학의 새 바람이 분다.

예를 들어 보자. 예전에는 지구가 태양 주위를 돈다는 지동설이 아닌, 하늘이 지구를 도는 천동설을 주장했다. 이러한 이론이 사실이 아님을 깨달은 갈릴레이는 천동설이 아닌 지동설을 따라야 한다고 주장했다. 하지만 갈릴레이는 오히려 교회에 불려 가 심문을 받고 말았다. 이러한 균열과 반증의 수가 감당할 수 없을 정도로 커지자 드디어 과학계는 천동설이 아닌 지동설을 받아들였다.

뉴턴의 만유인력의 법칙이 버림받고 상대성이론과 양자역학이 물리학계에서 자리를 잡는 과정도 별반 다르지 않다. 쿤은 이러한 전환 과정에서 벌어지는 일들이 마치 정치에서 다수결과 투표로 이루어지는 것과 마찬가지라고 주장했다. 실제로 새로운 패러다임을 받아들이는 것은 과학자 사회에서 유명세와 힘을 가지는 몇몇 학자가 주도한다. 마치 국회의원들이 국민을 대신해 법을 제정하고 국민의 수장인 대통령이 행정을 주도하는 모습과 별반 다르지 않다.

이처럼 과학은 정치학을 비롯한 사회과학과 전혀 다르지 않고 경제학과 같은 인문학과도 전혀 다르지 않다. 그들의 이론은 반증될 수 없고 논리적으로 완전무결하지도 않다. 또한 논리적으로 전개되는 것이 아니라 때로는 정치처럼 다수결과 소수의 독점으로 이루어진다. 이러한 과학의 특징은 오히려 나의 관심을 끌었다.

원래 과학의 무결함을 믿지 않았던 나는 가려운 부분을 마치 과학철학이 긁어 준 것처럼 시원했다. 이제는 과학을 제대로 바라보고 즐겁게 할 수 있었다. 또한 인문학과 사회과학에 대한 이공계 종사자들의 반감을 이제는 이해할 수 없었다. 일종의 자기혐오처럼 보였고 오히려 나는 이공계 친구들에게 내가 깨달은 사실과 다른 학문 또한 별반 다르지 않으므로 조금 더 관심 분야를 넓히자고 말한다.

과학의 참맛을 보다

나를 놀라게 한 또 다른 내용은 과학과 종교를 둘 다 믿을 수 있다는 점이다. 이는 진화론이 딱히 과학적으로 완벽하지 않다는 점에서 출발한다. 기독교가 주장하는 내용 중 하나인 창조론에 정면으로 맞서는 진화론을 살펴보자. 물론 진화론에 여러 형태가 있지만 내가 배운 형태는 자연선택설과 적합설을 합친 이론이다. 이는 현재 살아 있는 모든 생물의 종은 자연선택에 적합성이 높기 때문에 살아남았다. 이러한 적합성을 측정하는 것은 허나 사후밖에 가능하지 않다.

예를 들면 생물의 적합성은 그 생물이 살아남았느냐, 살아남지 못했느냐의 구분으로 측정 가능하다. 살아남은 종은 적합성이 높다. 그러나 앞에서 말했던 것처럼 지금 살아남은 종은 적합성이 높기 때문에 살아남았다고 했다. 이는 순환 논리이다. 이러한 진화론에 대한 반증은 굴드가 주장한 바이다. 굴드는 또한 과학과 종교는 양립 가능하며 한쪽이 다른 한쪽을 반증할 수 없다고 했다. 종교와 과학은 각자의 탐구 영역과 방법론, 해답을 가지고 있다. 과학은 사실과 관찰에 대한 경험적 탐구인 반면 종교는 의미와 가치, 도덕에 관한 내용을 담고 있다.

따라서 굴드는 과학과 종교는 고유의 영역이 있다고 믿었다. 그리고 이 둘은 평화롭게 공존할 수 있으며 서로를 물어뜯을 이유가 전혀 없다고 주장했다. 굴드는 과학계와 종교계 모두에게 호소했다. 창조론자들이 자신의 원리를 좀 이해하고 수용해 줬으면 좋겠다는 것이었고, 종교는 가치와 의미만을 얘기하면서 객관적인 실재에 대해서 의미 있는 주장을 하지 않았으면 좋겠다는 것이었다. 또한 창세기는 의미를 부여하고자 만든 신화이며 이러한 신화에서 실재적인 현상이나 이론을 끌어내려고 하지 않아야 한다고 주장했다.

굴드에 따르면 인간은 지극히 불완전하고 자기중심적이다. 따라서 인간이 객관적이고 합리적이지 않기 때문에 과학을 맹신하는 것은 매우 위험하다. 오히려 가치 판단과 윤리에 대해서 종교를 믿는 것이 타당하다. 따라서 과학과 종교 중 하나를 선택하고 다른 하나를 배척하는 것은 위험하다. 한쪽만 선택하는 것은 균형을 잃은 사상을 안겨줄 것이며 이는 우리를 좋지 않은 방향으로 이끌 것이다.

과학과 종교의 양립성은 실제로 많은 사람에게 충격을 줄 것이다. 아직도 과학계에 있는 대다수의 학생과 학자들에게는 종교가 사실이 아니며 실재하지 않는 신에 대해 무조건적으로 믿는 비이성적인 이론일 뿐이다. 또한 종교계에 있는 대다수의 신도와 성도에게 과학은 신의 가르침을 반대하는 어리석고 건방진 사람이나 믿는 이론이다. 허나 이렇게 반대되어 보이는 두 가지의 이론이 양립 가능하다는 점을 안다면 수많은 갈등이 사라질 것이며 창조과학과 같은 쓸모없는 이론이 사라질 것이다. 또한 아직도 종교는 틀리고 과학이 맞다고 주장하는 우리 학교 학생들도 이런 이론을 한 번쯤은 봤으면 좋겠다.

이처럼 과학이 완벽하지 않다는 점과 과학과 종교는 양립 가능하다는 사상은 내가 과학이라는 학문을 제대로 마주할 수 있게 해 주었다. 나는 이런 경험을 '과학의 참맛을 봤다.'라고 표현하고 싶다. 단순히 올림피아드에서 문제를 풀고 과학책을 많이 본다고 과학을 제대로 마주했다고 볼 수 없다. 만약 그렇다면 과학을 마주한 사람은 우리나라 사람들 대부분일 것이다.

하지만 우리나라 사람들이 다른 어느 나라보다 과학을 잘 이해하고 과학기술의 혜택을 보지만 과연 과학의 참맛을 본다고는 할 수 없을 것이다. 아직도 과학계는 인문학과 예술을 배척하고 또한 종교를 무지한 사이비 학문으로 치부한다. 또한 종교계는 과학을 신을 배척한 건방진 이론이라고 무시한다. 이러한 배척성은 과학을 제대로 마주한다면 사라질 것이다.

나는 이후로도 과학철학을 넘어서 논리적 실증주의, 대륙철학 등을 배우면서 과학자들과 이면에 숨어 있는 과학의 참모습을 더 발견했다. 실제로 과학 이론을 제대로 이해한 것은 대학 초반과 지금이 별반 다르지 않다고 생각한다. 하지만 과학 자체를 이해하고 과학이 어떻게 돌아가는지에 대한 사상의 깊이는 지금이 훨씬 깊다.

만약 과학을 제대로 마주하고 싶은 사람은 과학책을 한 권 더 읽는다거나 과학 논문을 하나 더 읽는 것보다 오히려 과학철학에 대한 개론서라도 읽는 것이 좋을 것이다. 과학을 제대로 마주하지 않으면 과학을 하는 참 기쁨을 느낄 수 없기 때문이다.

거슬러 올라가 만나는 '우주 고고학자'의 꿈

물리학과 13 배영경

나는 현재 내 삶을 거슬러 올라가고 있다. 장래희망으로 '천체물리학자'를 결심한 것은 과연 언제였을까? '그때 과학이 내게로 왔다.'라는 순간이 언제일까? 그러다가 문득 특정 순간으로 인해 내가 어떤 결정을 한 것인지, 의문이 들었다. 아기 새가 처음 날아야겠다고 마음먹는 것이 한순간의 충동으로 인한 것일까, 아니면 어미가 나는 것을 보며 축적된 기억으로 인한 것일까?

나는 '거슬러 오르기'를 잠깐 중단하고 생각에 빠졌다. 이 글에 하나의 선택의 갈림길을 담는 것보다 여러 개를 담는 것이, 내가 과학을 하게 된 진정한 계기를 설명해 주지 않을까 생각했다. 그리고 나는 다시 거슬러 올라가기 시작했다.

할머니의 사랑을 듬뿍 받았던 어린 공학자

한적한 바닷가의 시골 마을. 맹랑한 꼬마 아이가 열심히 달려가고 있다. 짧은 다리로 날아가듯 아랫목을 향해 뛰는 꼬마를 아낙네들은 걱정스런 눈으로 쳐다보지만 한 소리 하려고 하면 벌써 저만치 내려가니 결국 입만 벙긋하고 만다. 무엇 때문에 저리 열심히 뛰려나? 아랫목을 보니, 여기 시골의 분위기와는 다른, 나이 든 여인이 서 있다. 하얀 승용차에서 내리는 그녀의 모습은 촌 동네의 그것과는 다르다. 어느새 아랫목에 내려온 꼬마가 주위를 두리번거리더니 그녀를 향해 쏜살같이 달려간다.

"할머니!"

아하, 그렇구나. 꼬마의 할머니는 팔 벌려 그를 반긴다. 할미 품에 안겨 좋아하는 꼬마 모습이 썩 보기 좋구먼. 꼬마는 손을 꼭 붙잡고 다시 윗목에 있는 집을 향해 할머니를 이끌고 올라간다. 꼬마의 손에는 못 보던 레고 장난감이 들려 있다. 손주가 레고를 좋아한다는 것을 알고 준비한 선물이겠지.

먼 곳에서 여기까지 온 할머니를 붙잡은 소년은 한참 동안이나 그 느린 말솜씨로 자신에게 있었던 일을 설명하느라 바쁘다. 이 꼬마가 얼마나 느린고 하니, 제 어미를 불러 세우는 데 10초, "화장실 가고 싶어요."를 말하는 데 1분이 걸리니 아이의 엄마는 "화장……."이라는 말만 나오면 꼬마를 안고 화장실로 데리고 갔다. 그렇게 자신의 일을 다 본 후에도 꼬마는 꼭 자신이 뱉은 말은 끝까지 마쳐야 하는 터라, 화장실을 나오면서 "……싫어요."를 말한다.

이렇게 느린 꼬마의 말을 끝까지 들으면서도 할머니는 연신 사랑스러운 눈길을 보내며 꼬마를 바라본다. 동네 아저씨들에게 '아기 곰'이라고 놀림받은 일, 친구들과 축구한 일 등등을 이야기하며 꼬마는 할머니의 다리를 주무른다. 이 남쪽 섬까지 오느라 피곤에 젖은 다리는 아이의 손에 맡겨지자 녹아내리고 만다.

"할머니! 나 다음에 커서 할머니 발 주물러 드리는 안마 기계 만들어 드릴게요!"

할머니는 이러한 손주의 다짐이 귀엽게만 느껴졌던지 그저 웃음을 짓는다. 말도 예쁘게 하는 우리 손주. 내일 아침 일어나서 손주가 좋아하는 김치찌개를 해 줘야지. 꼬마는 발 안마를 마치고 뛰어가 아랫목에서 받은 레고의 조립을 시작한다. 한번 엉덩이를 붙였다 하면 완성하기 전까지는 절대 엉덩이를 떼지 못하기에, 어린 장난꾸러기가 더 이상 말썽을 피우지 못하도록 부모도 종종 레고 조각을 흔들어 보이곤 했다. 오늘 요놈이 새 레고를 받았으니 오랜만에 집이 조용하겠지. 어린 공학자는 만들기 세계로 점점 빠져든다.

바다의 짠 내를 맡고 자란 꼬마는 어느덧 훌쩍 커 버렸다. 어릴 때 그렇게 장난꾸러기이던 모습은 어느새 기억 속으로 사라졌고 더 이상 이 소년에게서 할미한테 매달려 울던 꼬마의 모습을 떠올리기 어렵다. 지나가던 동네 아저씨들도 다들 그런 소년을 보며 한마디씩 한다.

"아이고, 아들내미가 저리 컸으니 이제 웅담 좀 봐야겠네."

할머니에게 '발 안마 기계'를 만들어 주겠다는 다짐은 '과학자'가 되는 것으로 모습을 바꾸어 마음속에 자리 잡았다. 사실 소년의 아버지는 그의 진로를 검사나 경찰 쪽으로 했으면 하고 여러 번 소년을 찔렀다.

"아들, 아직까지 우리나라는 검사가 제일 잘 나가! 나도 검사 아버지 한번 돼 보자."

하지만 아이고! 이 소년의 고집도 고집인 것이, 하루는 진지한 얼굴로 제 부모를 자리에 앉히고는 평소 쓰도 안 하는 존댓말로 말을 꺼낸다.

"아버지, 어머니. 저 앞으로 과학자가 될 거예요. 그런데 과학자가 되면 돈을 많이 못 번다고 하니 저한테 돈 많이 벌어 올 것을 기대하시면 안 돼요."

이러니 그 후로는 소년에게 더 이상 다른 꿈을 말할 수 없었다.(그리고 이 이야기는 놀림거리가 되어 아직까지 그를 괴롭히고 있다.)

'우주 고고학자'의 꿈을 키우다

이번에 영재 교육원에서 과제로 나온 『MT(Map of Teens) 천문학』 읽기. 초청 강연으로 오시는 교수님이 이 책의 저자라고 한다. 아름다운 미지의 세계인 우주는 누구에게나 매혹적으로 다가온다. 미지에 대한 의구심 때문일 수도 있지만 놀라울 정도의 아름다움과 그 속에

감춰진 진리 그리고 인간의 근원에 대한 강한 질문이 우주를 그토록 매력적으로 만드는 것이 아닐까? 이러한 우주를 연구하는 천문학은 소년에게도 상당히 흥미롭게 다가왔고 책을 읽으며 말 그대로 우주에 꽂혀 버린다.

특히 그를 매료시킨 것은 우주의 96%를 이루는 '암흑 물질'과 '암흑 에너지'였다. 생각해 보라. 스스로 지혜롭다는 종이 우주에 대해 아는 것은 고작 4%이고, 나머지는 96%의 미지로 가득 차 있다는 것을! 소년은 꿈을 꾼다. 망원경을 바라보는 자신을. 그리고 미지의 세계를 탐험하는 자신의 모습을.

어릴 적, 소년은 어머니와 함께 〈인디아나 존스〉를 자주 보았다. 숨겨진 유물을 찾으러 다니며 온갖 모험을 하는 인디아나 존스가 멋져 보이던 그는 한동안 고고학자와 과학자 중 무엇이 될지 고민하기도 했을 정도. 그런 그에게 천문학이 들어오자 그는 멋진 해결책을 찾게 된다. 바로 '우주 고고학자'가 되는 것이다! 즉 별과 성운, 은하 등을 연구하며 우주의 역사를 연구하면 두 마리 토끼를 다 잡는 것이 아닌가! 책은 과연 그 제목대로 소년에게 보물섬을 향한 지도가 되어 주었고, 소년은 지도에서 '우주론'이라는 보물을 꿈꾼다.

드디어 결전의 날. 소년은 책을 읽고 또 읽었다. 책을 온전히 자기 것으로 만든 후 교수의 강연을 듣는다. 요놈이 이렇게 집중하는 것은 또 처음 보네. 교수는 50대 중후반의 장난기 많은 동네 아저씨와 같은 분위기를 자아냈다. 그의 주름진 눈은 그가 연구한 별처럼 반짝여 앉아 있는 학생들보다 그 생기가 더하면 더했지 싶다. 교수는 교육원의 어린 꿈나무들이 조금이라도 더 많이 흡수하도록 열정적으로 강연을 진행하였으나, 강연 자체가 학부모와 함께 듣는 강연인지라 그가 원하는 방향으로 흘러갔는지는 잘 모르겠다. 하지만 소년은 그 강연을 상당히 인상 깊게 새겼다.

"우리는 별의 후손이다."라는 말로 시작한 강연은 별과 은하, 성운을 살펴보고 우주의 역사(이때 소년의 눈이 가장 반짝였다.)를 다루며 어느덧 끝이 났고 질의응답 시간이 다가왔다. 몇몇 아이가 준비한 질문을 하기 시작하는데 질문이 딱히 마음에 들지 않았는지 교수의 표정이 약간 일그러졌다. 소년은 한참이 지난 후에도 이 상황에서 왜 교수의 표정이 그러했는지 잘 모르겠다. 질문의 내용이 강연과 너무 동떨어져 있었나? 어쨌든 어린 소년은 질문을 할지 말지 망설이고 망설이다가 끝내 손을 들어 이렇게 질문했다.

"안녕하세요, 교수님. 강연 중 암흑 물질과 암흑 에너지에 대해 설명해 주셨는데, 현재까지 밝혀진 것 중 이들로 생각되는 가장 유력한 후보가 있다면 뭐가 있나요?"

지금 생각해 보면 딱히 별거 없던 질문이었는데 당시 교수의 얼굴은 지나치게 펴졌다. 이전의 약간 일그러진 표정과는 상반되게, 얼굴이 환해지며 질문한 소년에게 멋진 질문을 해 주었다고 칭찬하였다. 당시 옆에 있었던 할머니의 말에 의하면 손주가 교수에게 큰 칭찬을 받으니 상당히 기분이 좋았다고 한다.(손주에 대한 사랑으로 약간의 왜곡이 있을 수도 있음을 인정한다.)

교수는 어린 학생의 질문에 열정적으로 답해 주었고, 재차 "이정도 설명이면 충분해요?"하며 학생이 만족했는지 물었다. 교수는 알았을까? 무심코 던진 그의 칭찬이 그 소년의 마음에 불을 지폈다는 것을. 가뜩이나 천문학에 빠져 있는 학생에게 그러한 칭찬을 하였으니, 짝사랑하던 대상이 "사실 나도 너 좋아해."라고 말한 것과 같은 기분이지 않았을까? 소년은 장래희망을 적는 란에 '과학자'라는 말 대신 '천문학자'라는 말을 적기 시작했다.

밤하늘을 올려다보니 내 꿈이 보인다

소년은 이제 본격적으로 자신의 꿈에 대해 계획을 짜기 시작했다. 마침 괴짜로 불리던 과학 선생님이 담임이 되어 아이들에게 앞으로 무엇을 할지 적고 그 꿈을 어떻게 이룰 것인지에 대해 써 보라 하였다. 소년은 고민하더니 한 자 한 자 정성스레 종이에 계획을 적고 제출하였는데, 이 종이는 3년 후 소년에게 돌아와 소년으로 하여금 자신이 꿈을 향해 나아가고 있음을 일깨워 주었다.

"저는 수학, 과학을 집중적으로 공부하여 과학고등학교에 진학하고, 그 후 카이스트로 진학하여 그곳에서 원하는 공부를 즐기는 천문학자가 될 것입니다."

옥상에 있는 돔에서 낑낑거리며 삼각대나 경통 등을 꺼내는 소년의 모습이 보인다. 그러더니 어느덧 망원경 조립을 마치고 요리조리 망원경을 돌리면서 하늘을 바라본다. 허, 그놈 망원경을 다루는 솜씨가 하루 이틀 만진 솜씨가 아니다. 저번에는 전국 천체 관측 대회에 출전하여 수상도 하였단다. 하여튼 저놈 고집이란, 뭔가 하면 끝장을 본다니까. 소년은 망원경을 돌려 가며 오리온 대성운, 안드로메다은하, 목성 등을 보며 연신 감탄사를 뱉는다. 그리고 친구들과 함께 망원경에 카메라를 설치하여 성운을 찍고 오들오들 떨며 다시 돔 안으로 후퇴한다.

이들을 카메라로 찍는 것은 상당히 오래 걸리고, 또 늦은 밤에 해야 하기 때문에 소년은 종종 천체 관측 동아리 부원들을 꼬드겨 사감 선생님 모르게 옥상으로 올라가곤 했다.(만약 사감 선생님이 후드를 머리에, 이불을 목까지 뒤집어쓴 채 벽을 바라보며 자는 사람은 매우 드물다는 것을 알았다면 이 작전은 성공하지 못했을 것이다.) 돔 안을 보니, 아이고 이놈들, 한두 번 해 본 솜씨가 아니다. 누가 가져왔는지 바닥에는 돗자리가 깔려 있고

지구의 자전으로 인해 밤하늘의 별들은 정지해 있지 않고 움직인다.
덕분에 별의 일주 운동을 한 장의 사진에 담을 수 있다.

이불과 헤어 드라이기가 준비되었다. 이불을 덮어쓰고 그 안에 헤어 드라이기를 넣어 따뜻하게 만드니 학생들은 추운지도 몰랐다.

소년은 노트북으로 촬영한 사진을 편집하기도 하고 프로그램으로 하늘을 보며 성단이나 성운들의 위치와 모양을 살펴보았다. 이렇게 밤을 새며 하늘을 보던 것이 그에게는 잊혀지지 않는 추억이 되어 지금도 이따금씩 밤하늘을 바라보며 별 볼 일 많았던 그때를 추억하곤 한다.

소년은 어느덧 대학생이 되어 카이스트 물리학과에 재학 중이다. 그는 물리학에 대해 깊이 있게 배우며 자신의 꿈을 더욱 구체화시키고 있다. 어릴 적 할머니의 '발 안마 기계'를 시작으로 했던 나의 여정은 여전히 'ing'이다. 언제 과학이 내게 다가왔냐고? 글쎄, 아마 내 전 생애에 걸쳐 다가오지 않았을까 싶다. 어느 순간 과학이 다가와 나에게 꿈과 미래를 보여 주었다기보다는 천천히 내게 다가오며 적절한 순간 나에게 선택권을 주었다.

내가 만약 『MT 천문학』을 소홀히 읽었다면 천문학에 그토록 빠지진 않았을 것이고, 질문하기를 망설이다 결국 하지 않았다면 어떻게 되었을지 모르겠다. 어쩌면 고고학자가 되기를 희망했을지도 모르지. 앞으로도 여전히 과학은 나에게 무한한 가능성을 보여 주며 다가올 것이다. 나는 그 많은 길 중 어떠한 길을 선택하게 될까? 아직까지 알 수 없다. 이제 나는 바다를 향해 나아가기를 행해야 할 때이다. 이 길을 알 수 없어 두렵지만 나는 내가 사랑한 과학을 믿기에, 나는 햇살을 바라보기 위해 다시 나아간다.

책 한 권,
레고 그리고 연구

수리과학과 10 김남현

과학이라는 조금은 추상적인 것을 생각할 때면 어릴 적 집 책장에 꽂혀 있던 『신비로운 우주여행』이라는 책이 떠오른다. 희끄무레한 순간의 기억으로 남아 있는 것을 보면 때는 이제 막 책을 읽을 수 있을 정도로 한글을 익혔을 즈음인 듯하다. 수많은 책들 중 한 권일 뿐이었던 그 책은, 작지만 영리했던 나에겐 호기심 천국이었다.

얼마나 재미있었는지 유독 그 책은 '위편삼절'을 몸소 체험하듯 너덜너덜해질 때까지 읽었던 기억이 난다. 책을 견고하게 묶어 주던 실밥이 풀려 군데군데 낱장이 찢어질 정도로 말이다. 한 장 한 장이 떨어져 나갈 때마다 혹여나 잃어버려서 다음에 보지 못할까 봐 슬퍼

하며 책갈피 사이에 고이 잘 끼워 놓곤 했다. 그토록 그 책을 좋아했던 이유는 아마도 순수했던 나에게 우주의 신비가 그대로 다가와, 끊임없이 상상의 나래를 펼치게 했기 때문이었던 모양이다.

사실 책장에는 〈신비로운 00여행〉 시리즈를 포함하여 다른 과학 도서들 그리고 다른 학문의 서적도 많았다. 때문에 부모님은 나에게 왜 그 책만 계속 읽는지 물었고, 나는 대답했다.

"그냥 이게 재밌어."

당시 나에겐 왜 그 책만 유독 좋아하느냐는 물음에 대한 가장 명쾌하고 정확한 답변이었을지도 모른다. 어쩌면 아무 이유 없이 어떤 것을 좋아하게 됨은 그 자체가 가장 강력한 이유일 수도 있다. 또 한 가지 생각이 나는 것은 유독 레고 놀이를 많이 했던 기억이다. 『신비로운 우주여행』에 나오던 우주선 모형을 그대로 상상해 만들어 내고는, 며칠간 누구도 건드리지 못하도록 했었다.

때로는 아무도 알아볼 수 없는 나만의 레고 모형을 만들어서 부모님이 이것이 무엇인지 자주 물어보곤 했다. 레고 박스는 커다란 파란색 직육면체 모양에 3등분으로 나누어져 3개의 붉은색 덮개가 있었고 크기는 몸집만 했다. 레고 조각의 유형에 따라 각 3곳으로 나뉘어 담겨 있었다. 그러한 레고 박스를 보물 상자 다루듯이 끌고 다녔고 그 위에 앉아 편히 쉬는 의자로 사용하기도 했다.

아직도 모습이 생생한 그 레고 세트를 지금이라도 구할 수 있다면 구하고 싶은 마음이다. 그만큼 『신비로운 우주여행』과 레고 세트는 나에게 존재 이상의 의미로 소중했다. 그들이 나에게 준 순수했던 흥미와 놀이는 내 인생의 커다란 바람을 일으킬, 작지만 아주 중요했던 나비의 날갯짓이 아니었을까 생각한다.

그렇게 자연스러운 우주에 대한 관심을 시작으로 과학에 대한 지식을 넓혀 갔고 지금은 세계 과학의 중심에 서 있다. 그러나 『신비로운 우주여행』을 향한, 순수하지만 막연했던 어린 마음이 내 인생을 과학에 걸기로 결심한 이유만은 아니었다. 과학을 공부하면 할수록, 과학의 중요성을 깨달아 갔고 그럴수록 과학은 한 발짝씩 내게 다가오게 되었다.

일상에서 찾을 수 있는 과학의 소중함

과학이 얼마만큼 중요한가는 정확히 짚고 넘어갈 필요가 있다. 실제로 과학은 개인에게, 집단에게 그리고 나아가 우리가 생각할 수 있는 모든 시스템에 영향을 미친다. 시곗바늘이 돌아가고 달력이 거듭하여 넘어갈수록 과학기술의 지대함은 지구를 넘어서 전 우주를 향하여 빠르게 나아가고 있다.

인류가 전구 하나를 사용할 수 있게 된 데에 얼마나 오랜 시간이 걸렸는지 되돌아보면, 무빙워크에 서서 한 손에는 스마트폰을 들고 주머니엔 수테라바이트의 대용량 저장소를 간직한 사람의 모습이 과학의 강력한 영향을 얼마나 잘 보여 주고 있는지 알 수 있다. 길거리에 수천 대의 차가 활주하고 지구 반대편에 있는 사람과 화상 전화를 주고받을 수 있게 한 교통, 통신의 발달은 우리의 생활을 매우 편리하고 효율적으로 바꾸어 주었다. 또한 기계화와 자동화에 의한 생산력의 증대는 식량난이나 노동력 문제를 해결해 주었으며, 이는 우리가 편히 휴식을 취하고 여가 생활을 즐길 수 있는 이유이기도 하다.

근래에는 '빅데이터와 기계 학습'(많은 양의 자료를 컴퓨터에 입력하여 결과적으로 컴퓨터가 추가적인 자료에 대해 판단을 할 수 있도록 하는 연구 분야)을 통해 인간의 고유 영역에 대한 기계의 대체가 이루어지고 있다. 이제 컴퓨터는 사진 속의 그림이 고양이인지 개인지 구별할 수 있고, 사람과 대화를 할 수 있으며, 사람의 감정을 맞출 수 있다.

무인 자동차는 개발된 지 오래고, 빠른 시일 내에 개인용 비행 장치인 드론이 하늘을 점령해 수많은 일을 대신하게 될 것이다. 곧 일어날 인공지능의 도래는 또 한 번 우리가 사는 세상의 패러다임을 통째로 변화시키며 새로운 편의를 가져다줄 것이다. 이처럼 조금만 생각해도, 일상 속의 여러 방면에서 과거를 변화시켜 현재를 창조한 그리고 미래를 만들어 나갈 과학기술의 위대함을 느낄 수 있다.

또한 과학은 인간의 삶에 지대한 악영향을 미칠 수 있다는 점에서 중요성이 높아진다. 과학기술의 가치의 대단함은 부인할 수 없지만 그 이면에는 우리 모두가 함께 고민해야 할 문제점도 적지 않다. 극도로 산업화가 되면서 공장의 매연과 자동차의 배기가스가 깨끗한 공기의 자리를 빼앗고, 여러 온실 가스는 오존층에 구멍을 내고 있다.

토양과 수질에는 합성수지가 위협을 가하고 영원히 순수할 것만 같던 빛조차 '광공해'라는 이름을 달기 시작했다. 이러한 환경 오염원들은 계절 변화와 지구 온난화 등의 전 지구적인 변화를 야기하고 있다.

이러한 문제들은 'N. J. 퀴뇨가 발명한 자동차는 환경을 파괴하고 있는데 그렇다면 그 발명은 큰 잘못이다.'라는 상징적인 주장을 야기

광공해는 '빛공해'라고도 불리는데, 인공적으로 발생된 필요 이상의 빛 때문에 밤이 밝아지는 현상을 말한다. 어두워야 할 밤이 밝아지면 천문 관측 방해뿐만 아니라 시기에 맞지 않게 꽃이 피거나 열매가 열리는 등 생태계가 교란된다. 또한 인체의 멜라토닌과 같은 호르몬 분비에도 영향을 주어 불면증, 우울증, 고지혈증의 원인이 될 수 있다.

했다. 예를 들면 노벨의 노력이 다이너마이트 발명으로 이어졌고, 맨해튼 작전에 투입된 수많은 과학자의 노력이 히로시마에 투하된 원자폭탄 발명으로 이어졌다는 것이다. 이를 통해 과학의 발명이 무슨 의미가 있겠는가 하는 과학의 양면성과 가치중립성에 관한 끊임없는 공방전을 낳은 것이다.

순수한 과학기술과 인간이 그것의 가치를 심어 주는 선택 사이에서 어느 쪽에 더 책임이 있느냐는 본질적인 문제에 직면했고 이는 윤리 문제로까지 이어지게 되었다. 몇몇 이기적인 과학자로 인한 핵심기술 유출, 해킹, 바이러스와 같은 과학기술의 악용 사례들이 사회에 엄청난 영향을 끼치고 있다.

몇 년 전의 디도스 바이러스(DDoS, 해킹의 한 방식으로 여러 공격자를 분산 배치하여 한 시스템이 더 이상 제 기능을 하지 못하도록 만든 바이러스)도 국가적인 혼란 및 경제적 손실을 일으켰다. 또한 근래에는 인공지능 사회에 대한 염려가 있는데 과학기술의 발전이 인류의 멸망을 초래할 수도 있다는 예측이 빗발치고 있다. 이렇게 과학 이면의 관점에서 보더라도 확실한 것은, 과학이 정말 중요하고 앞으로도 더 중요해질 거란 것이다.

이처럼 과학은 참 매력적이다. 우리가 느끼는 모든 편리함이나 유용함에서 과학기술의 긍정적인 영향을 찾아볼 수 있다. 과학기술의 발달로 인하여 불필요한 시간과 힘을 낭비하지 않아도 되고, 거래와 소통이 원활해지면서 초국가적인 문화권을 누리게 되었다. 덕분에 삶의 본질적인 가치를 추구할 수 있게 되었고 더 아름답고 윤택한 삶을 살 수 있게 되었다.

과학을 더 가까이 느끼게 해 준 연구 활동

그러나 역으로 관점을 조금만 달리 한다면 환경, 윤리 문제와 사생활의 침해 문제에서부터 우리 스스로 저지른 대재앙에 이르기까지 과학기술의 부정적인 영향을 찾아볼 수 있는 것도 사실이다. 이토록 실생활에 밀접하고 크게 영향을 미칠 수 있는 분야가 또 있을까?

과학의 중요성은 대략적인 관찰보다 특정 과학 분야의 이론을 공부하고 연구함으로써 더 크게 다가온다. 관련 내용 그 자체와 한계, 적용 가능한 분야와 발전할 수 있는 방향을 깨닫기 때문이다. 그렇기 때문에 과학에 '중독'되었는지도 모르겠다. 앞서 말했듯 과학이 이만큼 중요하기 때문에 과학의 양면성에 대해 우리가 가져야 할 태도 또한 분명해야 한다. 과학을 공부함으로써 그 중요한 결정을 내릴 수 있는 사람이 된다는 것은 아주 흥미로운 일이다. 논란의 여지가 많겠지만 이 세상의 모든 학문을 통틀어 과학이 제일 중요하다고 말하고 싶고, 그렇기 때문에 내가 과학을 선택했다고 말하고 싶다.

과학에 대한 흥미를 느끼며 과학에 제대로 빠지게 된 이유는 바로 과학이 미칠 수 있는 영향에 관련된 연구 활동을 하면서 확실해졌다. 사람은 비로소 경험해야 깨닫는다고 했던가. 역시 실제 연구 경험은 강력하게 나를 과학에게로 유인했다. 과학에 대한 심도 있는 학습을 위해 과학고등학교에 진학했고, 입학 후에는 과학을 이용해 중요한 사람이 되겠다는 열정을 불태웠다. 이를 바탕으로 높은 경쟁률을 뚫고 천문 동아리 부원이 되어 천문학에 대해 연구하고 천체를 관측하며 활동할 수 있게 되었다.

연구에 대한 나의 열정을 알아주었는지, 대학 기관과 연계하여 연구하는 'R&E(Research & Education)' 기회가 찾아왔다. '야천광의 시간적, 공간적 밝기의 변화에 대한 탐구'라는 주제를 이해하는 데만 오랜 시간이 걸렸지만 팀원들 모두 의지를 가지고 연구에 임했다. 야천광, 즉 밤하늘의 빛에는 사람에 의한 인공광 성분이 날로 증가하여 공해의 요소로 작용했고 이는 내가 생각해 왔던 과학의 중요성 중 부정적인 영향에 상응되는 것이었다.(인공광, 즉 사람에 의한 빛이 아닌 경우 본래에는 별빛이나 태양빛이 굴절되어 올라오는 경우뿐이지만 현대 사회에서는 사람에 의

한 빛에 의해 밤하늘이 밝혀지고 있다.)

이와 관련하여 수차례의 밤샘 관측을 포함한 지속적인 연구로 광공해의 척도뿐 아니라 대기 오염의 정도를 가늠할 수 있는 유용한 자료를 만들어 냈다. 과학의 중요성과 과학의 부정적 결과에 대한 연구 주제였기 때문에 나에게는 너무나도 흥미로운 연구 방향이었다.

그뿐만 아니라 처음으로 과학 연구 활동을 하면서 얻게 된 값진 것이 많아 과학에 더 다가가게 되었다. 연구를 진행함에 있어서 전에는 몰랐던 생소한 분야였기 때문에 수많은 난관에 처했지만 그때마다 우리 팀은 끝없는 토론을 통해 서로의 의견을 나누며 극복해 나갔다. 그때 당시에는 매우 힘들었지만 누구보다 열심히 했던 뿌듯한 기억이 난다.

또한 무언가 도전해 보겠다는 생각에 용기를 가지고 자원하여 훌륭한 교수님들 앞에서 연구 성과를 발표하기도 했다. 완벽을 위해 목이 쉬어 가며 연습하고 돌발 질문 하나하나를 대비했던 프레젠테이션이 교수님들의 기립 박수 속에 끝나고 나니 그 기회를 통해 지식적인 것은 물론 이제 무엇이든 도전하여 이뤄 낼 수 있을 것 같은 정신적 자기 발전을 포함해 기타 말로 표현할 수 없는 여러 가지를 깨달았던 것 같다.

무엇보다 그 이후로 진정한 과학도로서 올바른 과학적 탐구 자세로 연구를 하면서 학습에 대해 흥미를 느꼈던 것 같다. R&E는 A등급이라는 우수한 성적을 이뤄 냈다는 점보다는 다양한 지식과 더불어 나 자신의 새로운 능력을 발견하고 진로 확립에 도움이 된 열정이 담긴 활동이었다는 점에서 매우 소중했다. 세상에서 가장 중요한 학문으로 과학을 생각하게 되었고, 그런 과학을 공부해 조금 더 값진 사람이 되고 싶었던 나는 운이 좋게도 그런 사상에 걸맞은 연구 주제로 좋은 경험을 가질 수 있었다.

미래 사회의 과학기술 인재상을 그리다

과학은 내 마음속에 굳건히 뿌리를 내렸다. 새로운 과학기술에 가치를 부여할 수 있는 사람이 되고 싶었다. 즉, 그것을 어떤 의도로 사용할 것인가에 대한 선택의 과정 속에 그 결과가 다방면에서 어떠한 영향을 미칠지 고민하고, 진정으로 인류를 위한 것인가에 섬세한 주의를 기울여 중대한 결정을 할 수 있는 사람이 되고 싶었다.

과학이 사회와 집단 등에 미칠 수 있는 힘에 대해 먼저 깨달았던 터라 환경 문제, 윤리성, 사회적 기여도와 관련된 가치 등에 대해서도 생각해 볼 수 있었다. 그 가치에 무게를 두어 과학이 진정한 긍정적 진보를 의미할 수 있도록 만들 수 있는 사람이 되고 싶었다.

같은 맥락에서 내가 직접 과학의 중심에 서서 과학기술 개발의 규칙과 원칙에 대한 깊이 있는 사색을 하고 싶었다. 그리고 과학의 중요함과 그 속에는 부정적인 영향도 있다는 사실을 깨달았기 때문에, R&E 연구 활동을 하고 난 뒤로부터는 과학을 하는 사람에 대한 올바른 모습을 생각해 왔다.

과학자는 개개인이 올바른 가치관을 가지기 위해 노력하고 '노블레스 오블리주'('사회 지도층은 책임이 있다.'라는 뜻의 프랑스 어)에 걸맞은 인품과 덕성을 함양해야 한다. 그리고 결과적으로 올바른 판단을 내려 과학이 인간의 삶에 보탬이 될 수 있도록 해야 한다. 그것이 미래 사회가 바라는 과학기술 인재상이 아닐까 생각하고, 내가 되고 싶은 모습이기도 하다.

어린이용 과학 도서 한 권과 파란 박스의 레고는 내게 과학의 문을 열어 주었고, 잊지 못할 연구 경험은 나를 과학으로 채워 가게 만들어 주었다. 그때 과학은 내게로 왔고 현재 나는 세계 과학의 중심에 서 있다.

그리고 과학이 내게로 왔던 때에 그렸던 과학자의 모습을 향해 달려가고 있다. 가끔은 어릴 적 그때 『신비로운 우주여행』이라는 책이 내 책장에 없었더라면, 파란 박스의 레고가 내 방에 없었더라면, 좋은 R&E 기회를 얻지 못했더라면 지금 내 모습이 어땠을지 생각해 본다.

All
is Beautiful

수리과학과 11 박민재

피타고라스는 "만물은 수(數)이다.(All is Number.)"라고 선언했다. 얼핏 들으면 만물은 신의 창조물이라는 종교적 이야기와 비슷하다. 왜 하필 수일까? 어떤 의도로 그런 말을 했던 것인지는 모르지만 한 가지 확실한 것은 피타고라스가 수라는 개념을 선택한 것은 상당한 선견지명이었다는 것이다. 현대에는 이전과 비교할 수 없을 정도로 수의 힘이 극대화되고 있기 때문이다. 시간이 흐를수록 피타고라스의 발언은 빛이 바랜다기보다 오히려 끊임없이 재해석되며 후세에 커다란 영향을 주고 있다.

『어린 왕자』의 주인공은 어른들이 오직 숫자만을 좋아한다고 한

탄한다. 분명 우리는 수가 세상을 지배하는 시기를 살고 있다. 매일 아침 일어나 오늘 기온은 몇 도인지 확인하고, 점심은 몇 칼로리인지 계산하며, 통장에 잔액이 얼마나 남아 있나 등을 고민하다가, 잠자리에서는 몇 시간이나 잘까 헤아리며 하루를 마친다. 하지만 역설적이게 많은 사람이 섭씨 15도가 얼마나 추운 날씨인지 혹은 더운 날씨인지 제대로 알지 못하는 것을 보면 우리는 그저 맹목적으로 수를 믿으며 사는 것인지도 모른다.

어쨌거나 그런 세상에서 나 역시 수의 영향에서 벗어날 수 없었다. 별 지식이 없던 어린 시절부터 숫자는 언제나 나를 따라다녔다. 역설적이게도, 사칙연산을 반복적으로 해야 했던 수학 시간의 숫자들이 나를 따라온 것이 아니라 성적에 따른 나에게 부여된 숫자들이 나를 졸졸 따라왔다. 카이스트 수리과학과에 재학 중인 것과는 달리 나는 어릴 적 수학을 하는 것을 축구공을 더욱 잘 차기 위해 기술을 연습하는 것과 같다고 생각하였다.

나를 특별하게 만들어 준 숫자와의 인연

숫자 1은 가장 작은 자연수이다. 피타고라스는 1을 이성의 수라고 불렀다. 대수학에서 1은 환(ring)이라는 구조의 항등원이 되며, 그 존재 여부만으로도 수학적 체계에 큰 차이를 만들어 낸다. 그러나 그런 것을 몰라도 누구나 숫자 1이 매우 특별하다는 사실을 안다. 현실에서의 1은 인정과 성공의 숫자이다.

부모들은 자녀가 학교에서 언제나 1등을 하길 바라며, 그다음에는 일류 대학에 입학해서 일급 상류 사회의 구성원이 되길 기대한다. 경연에서는 1등을 한 사람만이 주목받고, 세계인의 축제인 올림픽에서조차 1등을 가리기 위한 노력이 펼쳐진다. 1은 또한 사랑의 숫자이다. 호감을 느낀 이성에게 가장 좋아하는 사람이 되지 못하면 더는 다가갈 수 없다.

그러므로 나는 언제나 좌절할 수밖에 없었다. 시험에서 만점을 받은 적은 거의 없었고 경시대회를 나가면 아주 못하는 것은 아니었지만 한 번도 금상을 받지 못했으며, 짝사랑하던 여자에게 선택받지 못했기에 그녀의 손을 잡을 기회는 영영 오지 않았다. 개인에게 부여된 숫자를 통해 선택받는 소수와 선택받지 못한 다수가 있었고 나는 대개 후자에 속하는 빛나지 않는 학생이었다.

속상한 나머지 타인과의 경쟁 속에 뛰어드는 것 자체를 멀리하곤 했다. 경연에서 실력을 뽐내는 것을 두려워했고, 좋아하는 이에게 고백하기보다 지켜보는 쪽을 택했다. 내게 부여된 숫자는 항상 1이 아닌 무엇이었기에 부모님을 제외한 누군가에게 특별한 사람이 되리라는 기대를 하지 않게 되었다.

중학생 때 키가 그리 크지 않았던 나는 반에서 10번이라는 번호와 함께 1년을 지냈다. 그저 그런 아주 평범한 숫자였다. 아마 그래서 당시 한 강연에서 들었던 피타고라스의 수에 관한 철학이 기억에 남았는지도 모르겠다. 그의 이론에 따르면 10은 완벽한 우주의 숫자라고 한다. 이유는 몰랐지만 왠지 그때부터 내 번호에 자부심이 생겼던 것 같다.

시간이 흘러 수학을 깊이 공부하면서 피타고라스뿐 아니라 많은 수학자가 숫자에 독특한 의미를 부여한다는 것을 알았다. 예를 들어 가우스는 정17각형을 자와 컴퍼스로 작도할 수 있음을 보였다. 그 발견은 그가 수학을 시작하게 된 계기였으며, 가우스는 심지어 자신의 무덤에 정17각형을 새겨 달라고 했다.

수학자 라마누잔은 병문안을 온 사람이 "타고 온 택시 번호가 1729인데 아무 특징 없는 재미없는 숫자네."라고 농담한 것을 듣고는 1729는 두 세제곱수의 합으로 나타내는 방법이 두 가지($1729=12^3+1^3=10^3+9^3$)인 가장 작은, 아주 특별한 숫자라고 대답했다. 그 숫자에는 '택시 수'라는 이름이 붙여졌다.

어린 나에게 그런 수학자는 남들이 볼 수 없는 것을 보는 마법사였다. 무심코 지나칠 법한 들꽃의 아름다움을 발견하고 이름을 붙여 주는 정원사와도 같았다. 수학의 세계에서 1은 여전히 특별한 숫자지만 그것은 그저 수많은 특별함 중 하나일 뿐이다. 자연수를 연구하는 정수론자는 1보다 오히려 유일한 짝수 소인수인 2에 더욱 큰 애착을 가진다.

나 역시 은연중에 아직 이름이 없는 것에 이름을 붙여 주고 싶다는 바람이 생겼다. 이는 1이 되지 못한 나 자신의 의미를 찾고자 하는 갈망과도 일맥상통하는 것이었다. 수학을 공부하는 사람이라면 누구나 π(3.14), Ø(1.618), e(2.718)와 같은 수를 보며 아름다움 아니, 어쩌면 경외감마저 느낄 것이다. 이 세상에서 나는 그런 하나의 고유한 숫자가 되고 싶었다.

수학을 통해 경험했던 단 하나의 희열

중고등학생들에게 수학을 왜 좋아하느냐고 물으면 대부분은 다른 과목과 달리 확실한 답이 있어서라는 이유를 든다. 나도 언젠가는 그렇게 생각했다. 그러나 수학을 공부하면 할수록 그 안에는 예술이나 철학만큼 다양한 개성과 미학이 있다는 것을 깨닫게 된다. 학교에서 배우는 수학은 마치 바둑에서 포석 문제를 푸는 것과 마찬가지이다. 또는 미술을 처음 배우는 학생이 선 그리기의 기본을 배우는 것과 같다. 일련의 준비 과정이 끝나면 모두가 무한한 자유로움 속으로 내던져진다.

고등학생 때 참석했던 국제 수학 여름 학교의 개회사 중 한 교수가 이런 말을 했다.

"나는 학창 시절 수학이 세계 어느 곳에서나 통용되는 범우주적인 언어라 배웠고, 또 그렇게 믿어 왔습니다. 그러나 지금 이 순간, 확실히 말할 수 있죠. 수학은 개인의 문화, 모국어, 경험, 가치관 그리고 자신의 본질을 반영한다고 말입니다. 이렇게 다양한 곳에서 살아온 여러분을 한곳에 모은 것도 그런 앎을 일깨워 주기 위함입니다."

여러 사람은 자신만의 시각에 따라 똑같은 숫자나 결과에서도 서로 다른 의미를 발견할 수 있고, 이러한 특징은 수학 속에서 자아를 찾고자 했던 나의 욕구를 더욱 자극했다.

프랑스의 시인 폴 발레리는 말했다.

"창조에는 두 가지 요소가 필요하다. 하나는 조합하는 것이고, 다른 하나는 조합된 덩어리 중에서 자신에게 가장 필요하며 중요한 것을 인지하고 선택하는 것이다. 우리가 통상 천재성이라 부르는 것은 대부분 전자에 대한 것이라기보다 자신 앞의 가치를 이해할 수 있는 후자에 대한 준비 상태이다."

곧 어떤 분야의 재능이란 무엇이 진정으로 아름다운지를 인식하는 능력이다.(물론 그것은 일관성을 지녀야 하지만 말이다!) 최후의 선택은 오직 개인의 독특한 미감에 좌우된다. 자신의 취향에 확신이 없는 사람은 언제나 선택의 갈림길에서 방황하기 마련이다.

하지만 고유의 미학이란 단기간에 갑작스레 형성되는 것이 아니다. 언젠가 음악에 조예가 깊은 지인과 대화를 나눈 적이 있었다. 그는 어떤 장르의 음악을 좋아하느냔 질문만으로도, 타인이 음악을 진지하게 대하고 있는가를 판단할 수 있다고 말했다. 보통 너무 시끄러운 음악만 아니면 딱히 가리는 음악이 없다는 대답을 한다.

그러나 그에 따르면 "확고한 취향이 없다는 것은 노력하지 않았다는 것."이다. 마음을 다해 음악을 감상하게 되면 단순히 그것이 '좋다, 싫다'로 모호하게 분류되는 것이 아니라, 이 음악의 어떤 부분은 어떻게 좋고 어떤 부분은 어떻게 싫은지에 대한 명확한 의견이 생기기 마련이라는 것이다. 개개의 감상이 쌓이며 결국 한 사람의 음악적 취향이 형성된다. 그가 타인에게서 기대하는 답은 그런 노력의 산물이었다.

그에 대한 보상은 종종 영감(靈感)으로 드러난다. 수학을 통해 경험했던 단 하나의 희열을 꼽으라면 난 주저 없이 16살 무렵의 무더웠던 하루를 떠올린다. 학원에 가겠노라 집을 나섰지만 온화한 햇살에 왠지 게으름을 피우고 싶어 밖을 걸어다니며 시간을 보내려 했다. 갑작스런 모험심에 처음 보는 버스를 타고 처음 보는 정류장에서 새로운 땅에 발을 내딛으려는 찰나, 머릿속을 스쳐 가는 생각이 있었다.

그것은 일주일 전에 한참을 고민하다 결국 풀기를 포기해 버린 몹시 어려운 수학 문제였다. 왜 갑자기 그것의 풀이가 떠올랐는지 모르겠지만 주변에서 급하게 휴지를 찾아 그 위에 생각난 아이디어를 적어 놓았다. 집에 돌아와 정리를 하고 마침내 그 문제가 풀렸다는 것을 깨달은 순간 온몸에 전율이 흘렀다! 그것은 나의 무의식이 인도한 거의 처음이자 마지막 경험이었고 나는 그 계시를 허투루 놓치지 않았다.

모든 것은 아름답다!

앞서 바둑과 미술을 언급했다. 솔직히 나는 바둑보다는 체스가 마음에 들고, 수채화보다는 소묘를 좋아한다. 드넓은 바둑판 앞에서는 도무지 무엇을 해야 할지 잘 모르겠지만 비교적 좁고 말의 수가 제한된 체스판 안에서는 앞으로 두어야 할 수가 분명하게 보였다.

마찬가지로 어떤 사물의 비례와 명암만을 정확하게 묘사하는 소묘는 자신이 있지만, 채색을 할 때는 가장 적절한 색을 선택해야 하는 그 무한한 자유 속에서 마치 길을 잃은 듯한 느낌이었다. 수학에 애정을 느낀 것도 비슷한 이유이다. 수학을 할 때면 언제나 내가 걸어가야 할 길이 분명해 보였고, 설령 실패하더라도 끝에 도달할 때까지 매순간 확신을 할 수 있었다.

돌이켜보면 그런 절제와 분명함이 체스나 소묘, 혹은 수학 그 자체의 고유한 성질은 아니었다. 많은 사람이 수학을 대할 때면 내가 색을 칠하며 겪었던 비슷한 좌절을 경험한다. 어쩌면 내가 계시라고 믿고 확신에 차 디뎠던 걸음은, 사실 은연중 형성된 나의 미적 감각이 인도한 걸음이었던 것인지도 모른다. 무더웠던 그날, 무의식이 내게 직접 말을 걸었던 그 순간 나의 본질적인 미학은 수학의 미학과 상당 부분 닮아 있었다는 것을 깨닫게 되었다. 그때부터 수학은 나에게 세상의 아름다움을 판단하는 하나의 미적 잣대가 되었다.

다시 피타고라스로 돌아가 보자. 아리스토텔레스에 따르면, 피타고라스는 수학이란 어떤 실체를 이해하고자 할 때 그것이 단순히 비례적으로 질서가 있는 것처럼 보이는 것인지, 아니면 그 바탕에 진정한 기하학적 구조를 가졌는지 파악하는 열쇠라고 강조했다. 예컨대 플라톤이 『티마이오스』에서 묘사했듯 천체의 배열은 우연한 결과가 아닌 수학적 질서이므로 아름답다. 이를 이해하지 못하는, 숫자를 한낱 숫자로밖에 보지 않는 사람은 단지 수학에 대해 진지한 노력을 하지 않았을 뿐이다.

반면 수학자는 자신만의 미학으로 자연에 내재한 수학적 아름다움을 발견하고자 한다. 만물에 특별함이 있다는 믿음으로부터 그것의 고유한 이름을 찾아주는 것, 그것이 내가 처음 동경하고 닮고자 했던 수학자의 모습이다. 수학적인 것은 아름답다. 고로 피타고라스의 말은 나에게 다시금 이렇게 메아리친다.

"모든 것은 아름답다.(All is Beautiful.)"고.

나를 우주로 인도한 『코스모스』와 〈인터스텔라〉

생명화학공학과 12 양홍선

내가 과학이라고 여기는 학문을 공부하고 쏟은 시간은 결코 적지 않다. 그럼에도 불구하고 아직 대학도 졸업하지 못했으니 그 끝은 멀고 먼 것이 틀림없다. 고백컨대 나는 과연 그 끝이 있을까 하는 의문을 가지고 있다. 수 세기에 걸쳐 과학자들이 이루어 낸 업적을 어림짐작만 해도 상상을 초월하는 노력과 시간이 들었을 것이다.

내가 과학자가 되어 그 틈바구니 속에서 두드러지는 성과를 이루어 낼 수 있을까 하는 자격지심이 생긴다. 단순히 과학을 좋아한다는 이유로 공부를 계속하는 것은 오래 가지 못할 것이 분명하다. 되돌아보면 나를 지금까지 이끌어 준 끈기나 열정이 없었던 때도 많았기 때문이다. 그래서 나는 오늘 나 자신을 위해 내가 진정으로 과학과 만나게 된 순간을 기억하고자 한다.

나는 과학을 만나기 위해서 현상을 먼저 겪어야 한다고 생각한다. 과학은 자연에서 이루어지는 현상을 설명하는 학문이기 때문이다. 그리고 내가 겪어 본 현상 중 기억하는 최초의 현상은 거울의 반사다. 아주 어릴 적, 승용차 뒷좌석에 앉아 있었는데 정면에 아버지의 얼굴이 보이는 것이 아닌가! 그래서 어떻게 내가 아버지의 얼굴과 뒤통수를 동시에 볼 수 있는가 물었더니 아버지는 반사(Reflection)의 원리 때문이라고 답하셨다. 나는 그 대답에 고개를 갸우뚱하면서도 그렇구나 하고 받아들였다. 사실 내가 원한 대답은 어떻게 내 시야에 아버지의 얼굴이 잡히는지에 대한 설명이었는데 아버지는 처음 들어보는 단 하나의 단어로 답을 해 주신 것이다.

나의 좁은 인식을 넓혀 준 광공해 측정 연구

나 나름대로 그 일화에서 배운 것이 있었다. 나는 화장실의 거울에 비춰진 나의 모습은 당연하다고 생각했다. 하지만 비스듬한 각도의 거울 때문에 아버지의 모습이 두 개나 보인다는 현상을 궁금해했다. 반면 아버지는 이미 반사라는 현상을 이해하고 있고 그것이 머릿속에 정리되어 있었다. 아버지와의 문답을 통해 나는 이 의문스러운 일이 어떻게 단 한 마디로 정리될 수 있을까 궁금해지기 시작하였다.

반사 현상은 내게 두 가지의 의미로 다가왔다. 첫 번째로, 현상을 한 단어로 요약할 수 있다는 것이었다. 그 현상에 대해 깊이 알지는 못해도 그것을 부를 수 있게 되어서 한층 친숙하게 다가왔으며 잘 알지 못하는 것을 찾아보게끔 나를 이끌었다. 두 번째로, 개인이 가까이서 쉽게 받아들일 수 있는 현상이 있다는 것을 처음으로 지각했다는 것이다.

학교에 다니며 수업을 듣고 공부를 하는 것은 내게 큰 의미로 다가오지 못했다. 누구나 하는 것이기 때문이다. 하지만 과학고등학교에 진학하고 보다 과학과 가까운 커리큘럼을 받으면서 나는 좀 더 멀리 있을 현상을 만나 볼 기회를 얻었다. 미국으로 수학여행을 떠나면서 과제를 수행하게 되었다. 지구과학 공부를 잘하는 친구와 같은 조가 되어 대전과 미국 본토의 광공해를 비교하게 되었다. 망원경을 이용해 별의 밝기를 비교 분석하는 방식이었다. 결론은 그리 대단치 않은 것이었다. 대전은 광공해가 심한 도시였고, 미국의 작은 도시는 별이 잘 보였지만 뉴욕 같은 곳에서는 별이라고는 흔적도 찾아보기 힘들었다.

당시에는 멋모르고 행한 실험이었으며 그다지 특별할 것도 없는 활동이었지만 저 대기권 밖의 것을 직접 관측하면서 코스모스(우주)를 처음으로 엿볼 수 있었다. 내가 행한 실험이 미약할지라도 저 코스모스의 그림자를 스쳤다는 사실이 잔잔하게 다가왔다. 거울의 반사 현상처럼 똑같은 자연 현상일지라도 내게 다른 의미로 다가온 것 같다.

열역학에 있는 'System'과 'Surrounding'의 관계라 칭하고 싶다. 내가 똑똑히 인지할 수 있는 공간인 System에서 일어나는 현상이 거울의 반사라면, 광공해를 측정하기 위해서 망원경 속에 담긴 코스모스는 Surrounding이다. 그런데 이 Surrounding은 미국의 경험으로 알게 된 것이고, 나의 좁고 좁은 인식의 경계를 조금이나마 넓혀 주었다.

칼 세이건과 만나 코스모스를 거닐다

광공해 측정을 끝마치고 권장 도서 중 하나였던 칼 세이건의 『코스모스』를 읽은 것이 이와 같은 감상을 느끼게 하는 데 일조했다. 칼 세이건은 코스모스를 정관하는 것이 마치 미지 중의 미지와 마주함과 같으며 그 울림은 인간이라면 누구나 느끼는 것이라 하였다. 나는 그 울림이란 것을 느낀 것이라 생각한다. 물론 그 울림이 코스모스와 비교하자면 아주 소규모적인 생각에 불과했지만 울림이란 결국 퍼지는 것이 아닌가? 『코스모스』는 단순히 우주에 대해 알려 주기보다는 오랜 역사 끝에 인류가 여태껏 발견한 과학 지식과 탐구의 역사를 해설하였다.

나는 이 책이 인간보다 훨씬 넓으면서도 고차원적인 우주적 관점에서 인간을 사색하였기 때문에 높이 평가한다. 『코스모스』는 내 시야를 넓혀 준 점에서 현상과 과학을 만나게 해 주었다고 생각한다. 그리고 단순히 과학에 대해서 생각하게끔 한 것이 아니라 조금 더 깊숙한 본질에 대해서 묻게 도와주었다. 칼 세이건은 우리가 지구 생명의 본질을 알려고 노력하고 외계 생물의 존재를 확인하려고 애쓰는 것이 사실은 하나의 질문을 해결하기 위한 방편이라 하였다. 그것은 우리

©NASA

미국항공우주국 나사(NASA)에서 만든 무인 화성 탐사선 바이킹 1호 모델과 칼 세이건. 바이킹 1호는 1976년 7월 20일 화성 표면에 착륙하여 사진 촬영과 다양한 실험을 진행한 후 1982년 작동이 정지되었다.

는 과연 누구인가 하는 질문이다.

칼 세이건이 제시한 화두 중에서 나를 가장 사로잡은 것은 다음과 같다. 벌어진 상황을 설명하기 위해 신을 들먹이는 것은 여러 문화권의 공통된 현상이다. 하지만 신이 무(無)에서 우주를 창조했다는 답은 임시변통에 지나지 않는다. 우리가 근원을 묻는 이 질문에 정면으로 대결하려면 당연히 그 창조주는 어디에서 왔냐는 질문을 해결해야 한다.

칼 세이건은 이 답변을 제시하기보다는 과학자들의 자정 능력 그리고 과학이 가진 양면성을 지적하면서 수많은 별이 탄생하고 멸망한 것처럼 언젠가 지구도 그와 같은 운명을 겪을 것이라 확신한다.

세티(SETI) 프로젝트에는 '세티 앳 홈(SETI@home) 프로젝트'를 통해 전 세계의 일반인도 참여할 수 있다. 인터넷에 연결된 개인용 컴퓨터에 무료 프로그램을 설치하면 외계에서 수신된 방대한 양의 전파망원경 자료를 분석하는 데 일조할 수 있는 것이다.

그리고 저 머나먼 코스모스가 지구와 같은 행성을 품고 있을까 하는 질문이 던져진다. 우리의 태양계가 있는 은하에만 3,000억에서 5,000억 개의 별이 있다고 추정되는데 우리와 같은 지적인 생명체가 살 수 있는 행성을 거느린 별은 태양 하나뿐이라고 단언할 수 없다는 것이다. 이 질문은 결국 우리가 누구인가 하는 질문으로 이끌어 준다. 진리는 탐구에서 나오며 지식에서 나오는데 그 중심점에 있는 과학에 대한 진중한 고민을 처음으로 하게 되었다. 『코스모스』를 쓴 칼 세이건의 의중을 어림짐작하자면 과학은 세상을 있는 그대로 보여 주고 그 원리를 짐작케 하는 학문이다.

거울 반사는 내가 기억하는 최초의 현상이며 칼 세이건의 『코스모스』는 내게 과학이란 무엇이냐는 의문을 던지게 해 주었다. 그리고 과학을 공부하게 될 나의 상상력을 자극한 영화가 두 편 있다. 첫 번째 영화는 〈콘택트(Contact)〉라는 영화다. 엘리 애로웨이라는 여성 과학자가 외계 지적 생명체 탐사 프로젝트인 세티(SETI) 프로젝트에 참여하여 우주로부터 오는 각종 신호를 취합해 외계인이 보낸 신호를 잡아낸다. 그러다 어느 날 우연히 외계인이 보낸 신호를 받게 되고 온갖 상황이 벌어진다. 어렸을 적부터 반복적으로 본 영화라 그런지 줄거리보다는 상징적인 의미를 더 찾게 되었다.

행성 간 1인승 워프게이트에 대한 사람들의 반응이라든지, 과학과 종교의 대립이 실은 한 가지 길로 향하는 여정의 일부라는 것을 보여 준다. 또 과학계에 만연한 여성 차별을 강도 높게 드러내어 현실의 과학계를 비판한다.

〈콘택트〉는 내게 무한한 공상과 상상을 할 기반을 마련해 준 영화이다. 1990년대의 영화들이 그렇듯이 2000년대를 앞두고 틀에서 벗어난 주제를 보여 주었다. 외계인이 출연하지 않는 외계인 영화라는 점 그리고 인류만이 세상의 영적, 지적 생명체라는 독선을 부정하였다. 그리고 엘리 애로웨이의 명대사가 가슴 깊이 다가온다.

"넓은 우주에서 우리뿐이라면 엄청난 공간의 낭비일 것이다."

무릎을 탁 치게 만드는 대사다.

영화 〈인터스텔라〉가 주었던 떨림

내 상상력을 자극한 두 번째 영화는 최근에 나온 크리스토퍼 놀란 감독의 〈인터스텔라〉이다. 이 영화는 저명한 이론물리학자 킵 손이 발표한 논문 「시공간의 웜홀과 행성 간 여행에서의 유용성」을 바탕으로 구상 및 표현되었다. 나는 크게 두 가지 측면에서 〈인터스텔라〉를 감상했다. 내가 주목한 첫 번째 측면은 바로 영화 배경이다. 〈인터스텔라〉가 보여 주는 머지않은 미래에서는 환경 오염과 병충해로 인해 인류가 식량 부족 문제를 겪는다. 밀이나 쌀과 같은 작물은 더 이상 자라지 않고 기껏 키우던 옥수수도 상해서 밭을 태워야 하는 지경이다.

국가 기능이 약화되고 정부 기관과 군대도 사라지고 인류가 여태껏 이룩한 과학기술도 도로 퇴행해 버려 사람들의 의식이 바뀌었다. 쿠퍼가 딸인 머피의 담임 교사와 면담을 가졌을 때, 교장이 했던 말이 잊혀지지 않는다. 그는 세상이 더 이상 과학자를 필요로 하지 않는다고 했다. 기차나 텔레비전이 필요한 것이 아니다. 식량, 즉 농사꾼이 절실하다고 주장했다. 이 대목에서 나는 칼 세이건이 던져 준 과학은 과연 무엇인가 하는 의문이 떠올랐다. 과학은 진리를 추구하면서도 결국 필요에 의한 학문, 혹은 필요에 의해 그 방향이 언제든지 바뀔 수 있다는 것을 깨달았다.

〈인터스텔라〉에서 인상 깊었던 두 번째 대목은 바로 과학의 시각화였다. 막연하게 이론으로만 알던 것들을 대형 스크린의 이미지로 보는 것만으로 확실한 동기 부여가 되었다. 그저 머릿속으로만 그렸던 과학보다 구체적인 결과물을 마주하게 되는 것은 피가 끓어오르는 감각이었다. 칼 세이건이 말한 코스모스의 울림이란 것을 느끼고 또 전율했다. 쿠퍼가 탄 인듀런스 호가 중성자별을 우회해서 감속하고 웜홀의 실체에 가까운 무언가가 스크린에 비춰질 때, 영화 〈2001 스페이스 오디세이〉에서 느껴졌던 카타르시스가 재현되었다.

쿠퍼가 우주를 유영하는 짧지 않은 시간 동안 머피가 어른이 되고 늙는 현상, 시간 지연은 관객들에게 난폭하면서도 당황스러운 경험을 안겨 준다. 과학이란 이렇게 어리둥절하고 터무니 없는 현상을 설명하여 준다. 아인슈타인의 일반 상대성이론은 질량이 시공간을 휘게 만들어 중력장을 형성한다고 설명한다. 그리고 이 중력장에서 빛조차도 휘는 기상천외한 현상이 일어난다는 것이다. 〈인터스텔라〉에서 나오는 웜홀은 빛이 빨려 들어가 다시는 나올 수 없을 정도로 중력의 세기가 강하다. 그래서 우리가 지각하는 시간의 척도에도 변화가 생긴다. 우리가 보는 관찰자의 시선에서 웜홀 내부의 시간이 정지한 것처럼 보일 따름이다. 그래서 중력이 강한 행성에서 머무른 몇 시간

동안 지구는 10년이 지나가 버린 것이다.

이 영화는 킵 손의 자문을 성실하게 받은 것처럼 보인다. 과학적인 관점에서 견해 불일치는 조금 있을 수 있어도, 나는 〈인터스텔라〉가 보여 준 시각화를 통해 내가 이해한 과학, 이해하지 못한 과학 그리고 이를 초월한 정서가 잘 버무려진 과학과 영화를 한껏 만날 수 있었다.

비록 내 전공이 생명화학공학이라 할지라도 화려한 우주 영화를 보고 다양한 현상을 두 눈으로 보고 느끼고 칼 세이건이 말하는 울림을 느낄 수 있었다. 나는 이 울림이야말로 현상을 설명하려는 과학을 위한 떨림으로 해석한다. 일개 인간이 느끼는 바를 초월하는 현상, 혹은 사소한 경험에서 우러나오는 떨림일지라도 앞으로 꾸준히 과학을 계속 바라보게 될 원동력이 되리라 생각한다.

나노 기술로
꿈의 그물을 촘촘히 만들기

무학과 15 양성진

당연한 말이겠지만 어렸을 적의 나는 이 세상에 대해 아는 것이 별로 없었다. 초등학교를 거치고 중학교를 거치면서 나는 이상하리만큼 주변과 잘 어울리지 못했다. 지금도 크게 달라진 것은 없지만 몸이 그렇게 건강하지 못했던 것도 그 요인 중 하나이리라. 점심시간에 거의 책만 읽고 다녔으니까. 아직도 어리기만 한 나지만 그 어렸을 적의 나에게 우연은 찾아왔고 지금까지 그리고 앞으로도 계속될 인연이 찾아왔던 것이다.

학교 도서관에서 만난 나노 기술

중학교 2학년 때, 학교에 있는 관심 가는 책은 거의 모두 읽었기 때문에 심심해졌다. 학교 도서관이 상당히 작았기 때문이기도 하고, 척 봐서 재미없겠다 싶으면 안 읽는 버릇도 있었기 때문이다. 내가 보통 읽었던 것은 과학이나 기술 쪽 책들이었다. 왜 그쪽에 관심이 있냐고 물어본다면 특별한 이유는 없었다. 그냥 끌렸다. 그때도 마찬가지로 대충 읽을 만한 것들을 뒤지던 중 한 권이 나를 사로잡았다. 『한 권으로 읽는 나노 기술의 모든 것』, 상당한 자신감이 느껴지는 제목이었다. 표지에는 어떤 기계가 적혈구를 타는 모습이 보였다. 물론 그게 뭘 뜻하는 건지는 몰랐지만 뭔가 멋져 보였다.

단숨에 몇 시간이 흘렀다. 나는 어느새 나노 기술(나노란 그리스 어로 난쟁이를 뜻하는 'nanos'에서 왔으며, 나노 기술은 10억분의 1m 크기 수준에서 이루어지는 기술을 의미한다.)이 갖고 올 미래를 꿈꾸고 있었다. 누가 보아도 막연하기 짝이 없지만 나에게는 멋있어 보였다. 본문의 중간에 『창조의 엔진』이라는 책의 서문이 발췌되어 있었다. 나노 기술에 대해 거의 최초로 서술된 책이라고 하였다. 곧바로 서점으로 달려가 책을 사 왔지만 읽다가 몇 번 졸게 될 정도로 내용이 상당히 길었다. 하지만 천릿길도 한 걸음부터라는 말이 있듯 꾸준히 읽어 나가다 보니 어느새 마지막 장을 덮게 되었다.

그 순간 거대한 세계가 머릿속에서 일어났다. 가장 작은 것으로 가장 큰 것을 만드는 창조의 세계. 그 후로 나는 나노 기술에 빠져들게 되었다. 그때부터 나노에 관련된 일을 하고 싶다는 생각을 했고 어째서인지는 모르지만 화학 분야에 관심을 갖게 되었다. 뭔가 화학이 나노와 관련되어 있다고 생각했기 때문이리라. 그러다 보니 과학고등학교에 입학해야 좋아하는 공부를 더 할 수 있겠다는 생각까지 이어졌다. 그리고 여러 가지 걱정 탓에 못 들어갈 줄 알았는데 다행히 입학을 하게 되었다.

고등학교로 넘어오니 삶이 급격하게 변하기 시작했다. 중학교 시절까지만 해도 나는 공부를 많이 하지 않았다. 이는 결국 고등학교 시절에 공부로 고생을 하는 원인이 되었다. 하지만 삶이 변하는 중에도 나는 여전히 화학을 좋아했다. 잘하는 친구들처럼 고등학교 수준 이상의 것을 공부하지는 못했지만 화학을 공부하는 것은 그냥 좋았고 좀 더 알기 위해서 늘 신경을 많이 썼다.

물론 시간이 날 때마다 나노 기술에 관한 책을 찾아 봤다. 책을 찾아 읽는 데 사용할 수 있는 시간은 줄어들었지만 아는 것이 많아질수록 할 수 있는 것도 더 많아졌다. 이해하기가 쉬웠던 것은 아니다. 아는 게 많이 없으니 한두 번 본다고 해서 알 수 있는 것도 아니었다. 하지만 좋아하는 것을 배우는 것은 항상 즐거운 일이었으므로 바쁜 일정 중에도 즐거움을 찾을 수 있었다. 즐거운 것을 할 때는 힘이 그렇게 많이 들지 않는다. 노는 것처럼 화학 관련 책을 찾았고 그렇게 화학과 친구가 되었다.

이렇게 공부를 하고 책을 읽으면서 내 꿈의 그물은 좀 더 촘촘해졌다. 하지만 이 그물의 매듭이 애초에 꼬였다는 사실을 알게 된 건 얼마 지나지 않는다. 나는 나노 기술, 그중에서도 나노 소재 분야에 관심을 갖게 되면서 자연스럽게 미래의 학과도 비슷한 방향으로 생각하고 있었다. 신소재공학과 혹은 화학공학과를 생각하였다.

하지만 너무 단순한 생각이었다. 고등학교 시절에 이미 몇 번 흘려듣기는 했지만 카이스트에 입학한 이후로 학과 설명회를 들으면서 알게 된 사실이었다. 신소재공학과나 화학공학과는 '화학'이라는 본질에 대해 집중하는 것이 아닌 수학과 물리적 관점에서 접근하는 경향이 강하다는 것이었다. 물론 화학을 공부한다고 해도 어느 정도의 수학, 물리학 지식은 필요하겠지만 내가 희망하는 과들이 화학과 별 관련이 없다는 사실은 꽤나 큰 충격이었다.

하지만 크게 걱정할 이유는 없었다. 살면서 어떤 일이 생길지는 아무도 모르며 사람은 실수를 하면서 발전한다고 하지 않는가? 내가 관심 있는 분야는 화학, 즉 물질의 근원을 탐구하는 일이다. 이미 그런 사람을 위한 길이 마련되어 있으니 충분히 바로잡을 기회가 있다. 또한 나는 아직 나노 기술에 대한 꿈을 포기하지 않았다.

내 꿈의 주춧돌이 될 화학 분야

학문이라는 것은 본디 하나의 근원 사실에서 출발한다. 예컨대 수학과 물리와 화학, 이 세 분야는 겉에서 보면 별로 연관이 없어 보인다. 하지만 깊게 들어갈수록 본질은 같다는 것을 알 수 있다. 중요한 본질은 근본된 것이 무엇인지를 찾는 것이다. 이것이 각 학문의 방식대로 표현되는 것일 뿐이지, 사실 최종적인 목표는 같은 것이다.

또한 나노 기술과 소재에 관심이 많았던 시절,(솔직히 말하면 지금은 바쁘다는 핑계로 관심이 줄어들었다.) 독특한 소재들을 찾아보는 도중에 알게 된 사실이 있다. 바로 현대의 연구 기반은 전부 '융합'과 '연계'에 있다는 것이다. 예컨대 화학과 교수가 소재를 개발할 수 있는 것이다. 카이스트의 유룡 교수님만 하더라도 화학과 교수로서 성능이 뛰어난 제올라이트를 개발하지 않았는가?

이 이야기는 한 우물을 깊게 파는 것과 여러 우물을 동시에 파는 것에 비유될 수 있다. 전자의 경우 한 분야를 집중적으로 공부하는 것을 말하는데, 깊게 들어갈수록 주변으로 통할 수 있는 구멍의 수가 많아지게 된다. 이는 대부분의 학문은 그 종점이 거의 같다는 점으로부터 쉽게 알 수 있는 사실이다. 반면 후자의 경우에는 여러 분야를 얕게 아는 경우인데, 이러한 수준에서는 서로 간의 연계되는 정도가 적어 어떤 하나를 잡는다고 할 때 차질이 생기기 마련이다.

예를 들어 보자. 새내기인 나는 새터반에 소속되어 있는데 담당 교수님이 생명화학공학과에 재임 중이다. 교수님과 면담을 나눈 적이 있는데 자신은 원래 화학을 전공했다가 이 지식을 남을 도우는 데 쓰기 위해 화학공학 쪽으로 건너왔다고 하셨다. 또한 "화학을 하는 데 화학공학은 필요 없지만, 화학공학을 하려면 화학이 필요하다."고도 하셨다. 이는 앞에서 말한 문제와 상통한다. 화학을 깊게 배우면 그에 대해서 파생된 분야인 화학공학을 하는 데 큰 자산이 되는 것이다.

내가 화학에 관심을 갖고, 좋아한다고 해서 내가 항상 그것에만 온 힘을 쏟는 것은 아니다. 역사에 남는 천재들은 항상 자신의 분야를 갈고닦았다는데 솔직히 그렇게까지 할 자신도 없고 할 능력도 없다. 카이스트에 합격한 후로 개강 전까지 대략 3개월의 공백기를 가졌다.

이 시간동안 잠시 손을 놓고 나에 대해서 생각해 볼 수 있었다. 이 공백기 이후 다시 화학책을 보는 순간, 역시 내가 화학을 좋아하고 있다는 것을 깨달았다. 물질에 대해 이해하기 위해 '싸우고', 결국에 '이기는' 것은 항상 나를 즐겁게 만들었으니까.

그렇게 해서 지금은 예전부터 내가 계속 좋아했던 화학 분야로 가기로 결정했다. 그리고 기초를 확실히 다진 후 내가 하고 싶었던 것들을 하는 데 주춧돌로 삼을 생각이다. 지금은 보잘것없는 작은 원자와도 같은 상태이지만 우주는 그러한 원자로부터 출발했다.

나 역시 그럴 것이다. 과거 모든 학자들이 그러했듯이.

제2장

과학과의 설레는 첫 만남

과학자란 꿈을 실은 내 작은 비행기

바이오및뇌공학과 12 조영민

작은 비행기가 하늘을 날고 있었다. 힘차게 풀리는 고무줄은 프로펠러를 돌리며 적막한 운동장에 잡음을 흩뜨리고, 이에 놀란 꼬마들이 가끔 하늘을 올려다보고는 한다. 나의 기억 속 작은 비행기는 노른자 빛으로 물들어 가는 하늘을 배경으로 줄곧 뱅글뱅글 돌고 있었다. 열두 살의 봄, 나는 고무 동력기를 통해 '처음'으로 과학을 만났다.

당시 막 6학년이 된 나는 심심했다. 학원이나 과외를 모르던 나에게 공부는 계속 반복되는 일상에 불과했고, 매일 친구들과 의미 없이 이곳저곳을 쏘다니기 일쑤였다. 그렇게 내 초등학교 마지막 학년이 시작되었다. 새 학년이 시작된 직후, 4월 과학의 달을 맞아 학교에서 고무 동력기, 과학 상자 등의 과학 경진 대회를 열었다. 우연이었을까, 담임 선생님의 공지가 있던 다음 날, 준비물인 찰흙을 사러 간 학교 앞 문구점에서 고무 동력기를 싸게 팔고 있었다. 아, 이건 사야 한다는 생각이 들 정도로 싼 가격에 찰흙도 빼먹고 고무 동력기를 사 버린 나는 그날부터 그 작은 비행기에 빠져들었다.

내 꿈을 실은 고무 동력기의 첫 비행

까맣게 잊은 찰흙 덕에 된통 혼이 났지만 품에 가득 들어오는 길쭉한 고무 동력기 상자는 나로 하여금 무엇인지 모를 기대감으로 마냥 신이 나게 만들었다. 집에 들어와 얼른 상자를 열었고 곧바로 고무 동력기를 만들기 시작했다. 복잡해 보이기만 했던 고무 동력기는 뜻밖에 간단한 구조로 되어 있었다. 일자로 쭉 뻗은 뼈대를 중심으로 날개 한 쌍의 살을 만들어 붙이고, 꼬리날개의 살을 붙인 다음 빳빳하고 얇은 종이를 오려 살 위에 덮어 붙인다. 그다음 뼈대 앞에 프로펠러를 붙이고 고무줄을 한두 차례 접어 갈고리에 매달아 놓으면 훌륭한 고무 동력기 하나가 완성이다.

프로펠러를 돌돌 돌리면 연결된 고무줄이 점점 꼬여서, 이를 놓아주면 고무줄이 풀리는 반동으로 공중을 날게 되는 것이다. 나는 나름대로 무언가 조물조물 만드는 것을 잘하기도 하였고 좋아도 하여 작은 비행기 하나를 금방 만들었다. 잠깐 어머니께 자랑한 뒤 옆에서 지켜보던 동생을 데리고 1시간 동안 혼을 쏟아부은 역작을 시험하러

학교 운동장으로 나갔다.

첫 비행은 성공적이었다. 쭉 나아가지 않고 제자리에서 큰 원을 그리며 뱅글뱅글 도는 점이 어딘가 이상했지만 무게와 체공 시간만 재는 대회에서 이는 오히려 큰 장점이었다. 처음에는 흥미롭게 지켜보며 재잘거리던 동생은 질렸는지 어딘가로 가 버렸지만 나는 내가 직접 만든 비행기가 하늘을 날고 있다는 흥분에 다시금 비행기를 날렸다.

고무줄을 몇 겹 더 접어서 꼬기도 하고, 기름칠을 해 보기도 하고, 던지는 방법을 바꿔 보기도 했다. 동생이 다시 돌아와 부모님께서 집에 돌아오라 하신다고 전해 줄 때서야 어느새 태양이 달로 바뀌었다는 것을 알아챌 수 있었다.

며칠 밤낮으로 고무 동력기를 날리다 보니 막상 대회 당일은 아무 긴장이 되지 않았다. 내 비행기는 최고임이 틀림없었다. 어느 비행기보다 더 높게, 더 오래 날 뿐만 아니라 꽤 정교하게 만들어져 멋스럽기까지 했다. 날개 표면을 오리고 남은 종이로 몇 군데 강조점을 준 멋스러움은 모든 친구가 알아봤으리라.

결과 또한 예상했던 바였다. 내 멋진 비행기는 모두의 비행기를 제치고 당당히 1등을 차지했다. 다른 모든 비행기가 땅에 떨어졌을 때, 내 작은 비행기는 홀로 유유히 하늘을 날고 있었다. 그렇게 나는 과학의 달 교내 행사 고무 동력기 부문에서 금상을 받았고, 학교 대표로 시·도 대회에 나갈 자격을 얻었다.

그때부터 주변의 협력이 늘어났다. 초등학생으로서 하나 사기도 망설여지는 가격대의 고무 동력기를 선뜻 수십 세트 마련해 준 교장

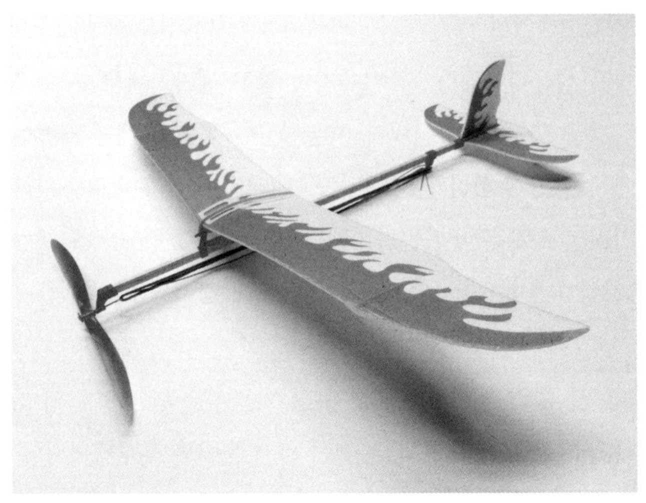

고무 동력기는 프로펠러를 돌돌 돌리면 연결된 고무줄이 점점 꼬이고, 이를 놓아주면 고무줄이 풀리는 반동으로 공중을 날았다.

선생님을 비롯해, 나 하나를 위해 과학실을 밤늦게까지 열어 주신 과학 선생님까지 모두들 물심양면으로 지원을 아끼지 않았다. 선생님들은 내가 부담스러워하지 않을까 걱정했지만, 대회를 나가는 것보다 비행기를 더 많이 만들고 더 많이 날릴 수 있다는 사실에 마냥 신났던 나는 이를 기쁘게 받아들였다. 이렇게 오후의 과학실은 나만의 아지트가 되었고 아낌없는 지원을 통해 무엇이든지 만들 수 있는 꿈의 공간이 되었다.

내 기지에서 나는 왕이었다. 배가 고프면 동생이 가져온 어머니의 특제 도시락을 먹을 수 있었고, 가끔 선생님께서 기분 내어 맛있는 것을 사 주기도 했다. 졸음이 몰려오면 엎드려 자고, 피곤하면 넓은 창문을 통해 넓은 운동장과 아름답게 물들어 가는 하늘을 바라보며 심신을 환기시키기도 했다. 특히 과학실은 다른 교실들과는 뚝 떨어진 곳에 있는 터라 워낙 사람의 왕래가 적어 차분히 비행기 만드는 일에 집중할 수 있었다. 조금 있으면 떠나야 한다는 아쉬움이 들었지만 그래도 나는 오늘을 즐기자고 생각하며 행복해했다. 이렇게 며칠간 나만의 기간제 왕국이 건국되었다.

시·도 대회는 교내 대회로부터 2주 뒤였다. 길다면 길지만 짧다면 짧은 기간이기에 나는 내 기지에 틀어박히다시피 했고 비행기 1호를 뒤따라 10호, 20호 이상의 형제들을 속속 만들었다. 그 정도가 되니 설명서는 아예 보지도 않았다. 처음에는 간단하게 고무줄 감는 횟수와 던지는 방법을 다르게 하며 변화를 주었지만, 비행기 형제가 다섯이 넘어간 이후부터는 슬슬 날개와 꼬리날개, 심지어 뼈대에까지 변화를 주었다.

보통은 대나무 살을 쓰는 뼈대를 값비싼 카본 재질로 바꾸어도 보고, 날개 표면을 사포로 갈아 최대한 얇게도 만들어 보고, 고무 동력기 상자 안에는 없는 한지 같은 특이한 재질을 활용하기도 했다. 나는 저녁만 되면 밖으로 나가 하루 동안 만든 비행기 형제를 모두 날렸고, 색색의 날개는 붉게 바림으로 물드는 하늘을 자유롭게 수놓았다.

멋진 광경이었다. 서로 충돌해서 상처를 입고 입히는 불행한 사고도 적지 않았지만 이들을 수리하는 것도 하나의 즐거움이었다. 마치 서로 다툰 후의 말썽꾸러기 형제에게 반창고를 붙여 주고 화해시키듯 하나하나를 정성스레 어루만져 주고는 했다.

더 나은 비행을 위한 끝없는 도전

이렇듯 내 왕국에 비행기 형제가 늘어 가던 행복한 나날이 계속되었다. 하지만 대회 날이 가까워질수록 내 마음속은 점점 불안으로 가득해지기 시작했다. 비행기 1호를 뛰어넘는 작품이 나오지 않았기 때문이다. 비행기를 만들고 날리는 것 자체로도 즐거웠지만 슬슬 실적을 내야 했기에 불안은 가중되어 갔다. 1호를 만들 수 있었던 것은 초보자의 운이었던 것일까? 1호랑 최대한 비슷하게 만들어 보아도 체공 시간은 더욱 떨어졌고, 도안을 그대로 따라 하거나 나름대로 변화를 주며 여러 비행기를 만들어 보아도 만족스러운 결과는 나오지 않았다. 결국 나는 학교에서 마련해 준 고무 동력기 상자들을 헤치고 나와 내 왕국을 잠시 떠나기로 했다. 새로운 비행기가 필요했다.

먼저 행동으로 옮긴 것은 지역 곳곳을 돌아다니며 좋은 고무 동력기 상자를 구하는 일이었다. 아쉽게도 학교에 쌓여 있는 기존의 고무 동력기 상자들을 쓰지 않고 내 독단으로 새로운 것을 구하려는 것이어서 학교의 지원은 기대하기 어려웠다. 과학 선생님께서도 고무 동력기에 한해서는 더는 도와줄 것이 없다며 미안해했다.

당시 나에겐 낯선 수단이었던 인터넷으로 정보를 모으고, 여러 과학사에 전화하고 방문하여 좋은 고무 동력기 상자를 찾는 일에 온 신경을 집중했다. 좋은 재질을 찾는 것이 끝이 아니었다. 구매도 문제였던 것이다. 대부분 구하기 힘든 것이라 판매처를 찾아도 다 떨어졌다는 답변뿐이었다. 특히 카본 재질 중에 가장 좋은 것은 따로 주문해야 할 정도로 구하기 어려웠다. 이렇게 다시 학교로 돌아가 기존의 상자들을 사용해야 하는가 고민을 하던 차였다. 학교로 돌아오는 버스를 타러 가는 중, 한 초라한 문구점이 눈에 띄었다. 마지막으로 들어가 보자는 생각에 주인아저씨께 원하는 모델 번호를 말했다.

돌아오는 길의 발걸음은 가벼웠다. 기적이었다. 마지막이라 생각하고 들어간 가게에 가장 원하는 물건이 있었고, 기쁨을 감추지 못한 나는 가게의 해당 모델을 모두 구매했다. 모두 팔리고 딱 2개밖에 없었지만 그래도 6만 원은 초등학생에게는 큰 결심이었다. 집에 있는 돼지 저금통의 배는 텅텅 비었지만 좋은 물건을 샀다는 생각에 자신감이 이를 채우고도 남았다.

다음 날 학교가 끝나자마자 과학실로 달려간 나는 당장 전날 구매한 상자를 뜯어 최고의 재료로 고무 동력기를 만들었다. 남은 하나는 대회 당일에 쓸 결전의 무기로 남겨 놓은 뒤, 연습용으로 산 하나에 2주일 가까운 시간과 수많은 비행기 형제들로부터 얻은 지혜를 쏟아부었다. 날개를 빳빳하게 세우고 꼬리날개의 각을 한 치의 오차도 없이 재었고, 날릴 때에는 정확히 45도로 하늘을 향했다.

성공이었다. 이전의 비행기에 비해 무게는 반으로 줄었을 뿐만 아니라 체공 시간도 1호와 가깝게 늘어났다. 이제 남은 상자가 없다는 사실이 안타까웠지만 기존 모델과 구조상으로 다른 점이 거의 없으므로 대회 당일은 그다지 문제가 되지 않으리라 생각했다. 그렇게 비행기 형제 중 좋은 유전자는 모두 물려받은 듯한 막내를 하늘에 띄우며 대회를 준비했다.

대회 당일이었다. 시간은 생각보다 빠르게 흘렀고 비행기랑 놀며 대회를 준비했던 나는 부랴부랴 어떻게든 준비를 끝마칠 수 있었다. 대회 장소까지는 과학 선생님께서 자가용으로 태워 주셨다. 내가 슬럼프에 빠져 있을 때 적절한 도움을 주지 못한 일을 계속 마음에 담아 두신 듯했다. 어째 나보다 더 긴장하신 선생님의 배웅을 뒤로하고 결전의 장소에 들어서자 팽팽하게 긴장된 공기가 피부로 짜릿하니 느껴졌다. 마치 단거리 달리기에서 총소리를 기다리는 선수들이 모인 듯했다. 덩달아 긴장하여 두세 번 화장실을 다녀온 뒤 나는 마지막 비행을 준비했다.

시작종이 울렸다. 참가자들은 모두 일사불란하게 손을 움직여 점점 틀을 잡아갔다. 이날을 위해 2주일을 밤낮으로 준비해 온 나도 질 수 없었다. 뼈대를 잡는다. 카본 재질의 살을 조심히 구부린다. 부드러운 종이를 당겨 빳빳하게 붙인다. 무게를 최소화하기 위해 여백을 최대한 잘라 내고 풀을 최소한만 사용한다. 갈고리와 플라스틱 부품의 무게를 줄이려고 사포로 갈고 쓸모없는 부분은 과감히 버린다. 다음은 고무 동력기의 심장인 고무줄을 준비한다. 내구도와 신축성이 보통보다 훨씬 좋은 고무줄에 특제 기름을 발라 준다. 마지막으로 고무줄을 잘 접어서 한 차례 꼬아 프로펠러와 그 반대쪽 갈고리에 연결한다.

모든 준비가 순조로웠다. 두 시간가량 지나자 각종 변화를 주어 더욱 가볍고 더욱 힘찬 고무 동력기가 내 손에 들려 있었다. 형들을 뛰어넘는 막내의 탄생이 틀림없으리라. 고무 동력기는 원래 작지만 그중에서도 더 작아진 내 막내 동력기는 다른 참가자의 고무 동력기 옆에 놓으니 마치 어른 옆의 꼬마 같았다. 작은 고추가 더 맵다고 했다. 이제 그 진가를 보여 줄 시간이 왔다.

밖으로 나오니 이미 운동장은 참가자들로 가득 차 있었다. 너도 나도 고무 동력기를 소중히 안고 하늘을 바라보며 필승의 마음 다짐을 하는 듯이 보였다. 하늘은 털구름 몇이 흐를 뿐 높고 푸르게 물들어 있었다. 나는 마지막 주자였다. 차례가 되자 정성스레 고무줄을 꼬기 시작했다. 한 차례, 두 차례 막내가 다치지 않을 정도까지 최대한 꼰 다음 당장에라도 날아갈 것 같은 프로펠러를 붙잡는다.

호루라기가 울리자 드디어 긴장 반 흥분 반의 손길로 비행기를 하늘로 떠나보냈다. 성공이었다. 빠른 속도로 하늘을 누비는 내 작은 비행기는 모두의 시선을 사로잡았다. 문득 이 작은 몸체가 하늘을 날아올라 자유롭게 활공한다는 사실이 놀라웠고 이를 만든 나 자신이 뿌듯했다. 하지만 마지막은 예고 없이 찾아왔다. 부풀어 오른 마음을 붙잡고 따라 달려가는 나를 뒤에 남겨 둔 채 막내는 방향 한번 꺾지 않고 저 멀리 시야 너머로 사라져 버렸다.

시합 결과는 좋지 않았다. 내 작은 비행기는 분명 최고로 멋있게 날아올랐다. 누구의 비행기보다 더 높이, 더 멀리 날았다. 하지만 오히려 그 장점이 너무 커서 단점으로 바뀌어 버렸다. 감독관이 땅에 발을 붙이고 있는 사람인 이상, 높은 하늘을 날아가는 비행기를 계속 쫓을 수는 없었다. 그래서 저 멀리 아파트 숲으로 사라져 버린 내 비행기의 기록은 무효로 처리되었다. 기껏해야 눈에 보이는 시간까지만 기록으로 쳐 줄 뿐이었다.

심지어 내 비행기를 쫓았지만 어디에 떨어졌는지 흔적조차 보이지 않았다. 마지막까지 시합을 지켜본 주변 참가자들과 감독관 그리고 과학 선생님까지 모두 같이 찾아보았지만 결국 녀석은 발견되지 않았다. 특별한 봄을 안겨 준 내 작은 비행기, 녀석은 처음이자 마지막 비행으로 작별 인사를 건넸다.

아직도 나는 가끔 하늘을 보면 어디선가 아련한 그리움과 안타까움이 솟아오른다. 그때 가졌던 씁쓸한 기분과 뜨거운 열기가 느껴졌다. 내가 그렇게 열정을 가지고 무언가에 집중한 적이 또 있었을까? 텅 비어 있는 하늘에 아직도 고무 동력기가 빙글빙글 돌고 있을 것만 같은 기분에 사로잡힌다. 난 어느새 대학생이 되어 비행기와 상관없는 전공을 공부하고 있지만 초등학교 6학년의 봄, 한순간이나마 내 모든 것이었던 작은 비행기가 하늘에 분명히 아로새겨진다.

어린 시절의 연구 파트너, 개미

원자력및양자공학과 12 이민석

사실 언제부터 과학을 좋아했는지 잘 기억나지 않는다. 그나마 남은 기억이라고는 내가 수학, 과학 성적이 좋은 중학생이었다는 것 그래서 과학고등학교를 진학하게 되었고 지금의 내가 있다는 사실이다. 아직도 왜 그렇게 과학을 미친 듯이 공부했는지 모르겠다. 하지만 과학에 대해 어릴 적 추억을 되돌아보면 한 가지 생각나는 게 있다. 초등학생이었던 나는 친구들과 시간 보내기를 좋아했지만 어린 나이에 가끔 고독을 즐기며 사색에 빠질 때가 있었다. 그때가 바로 길가의 개미를 관찰할 때였다. 왜 하필 개미였을까?

개미는 항상 무리지어 다니며 어디서나 쉽게 볼 수 있다. 종류마다 크기도 다양하고 생김새도 단순하여 다른 곤충에 비해 덜 징그럽다. 게다가 한국에 서식하는 개미들은 독이 없고 공격성도 없기 때문에 초등학생도 쉽게 다룰 수 있는 연약한 생물이다. 마음만 먹으면 개미를 이용해 해 보고 싶은 것 모두를 시도할 수 있었다. 물론 윤리적인 측면에서 생각하면 그리 긍정적이지는 못하다. 하지만 그 과정 하나하나를 살펴보면 어린 시절 나의 과학적, 공학적 사고 능력의 시발점이라고 할 수 있다. 개미와 관련하여 어린 시절의 몇 가지 일화를 소개해 보려고 한다.

어항 속 '개미 왕국'을 완성하다

첫 번째 일화는 '개미 왕국'이다. 어렸을 적 남학생들 사이에서 가장 인기 있는 만화책을 꼽으라면 바로 삼국지일 것이다. 드넓은 중원 대륙을 차지하기 위한 영웅들의 이야기도 재밌지만 무엇보다 남학생들의 이목을 집중시킨 대목은 바로 수만~수십만 명에 이르는 군사와 거대한 크기의 성, 건축물이었다. 그래서인지 나는 친구들과 모래와 돌로 담을 쌓고 전쟁하는 놀이를 많이 했던 것 같다.

어느 날 학원 버스를 기다리며 길가에 떨어진 사탕에 들러붙은 개미 떼를 보았다. 순간 거대한 성을 점령하기 위해 수많은 군사가 공성전을 펼치는 삼국지의 한 장면이 스쳐 지나갔다. 놀이터의 모래알을 이용해 두꺼비집 만들 듯 성을 만들고 그곳에 수많은 개미를 잡아

넣으면 내가 상상하던 삼국지의 한 장면, 큰 건축물과 수많은 군사가 있는 일명 '개미 왕국'을 재현할 수 있을 것 같았다. 그날은 왕국을 설계하는 데 시간을 보냈다. 열성적으로 가르치는 학원 선생님의 말은 귀에 들어오지도 않았다.

마침내 주말이 되었고 계획을 실행하였다. 먼저 집 안에 쓰지 않는 투명한 어항을 놀이터로 가져가 모래를 가득 담았다. 그러고 나서 모래가 가득 든 어항에 물을 부어 촉촉하게 만든 후 성벽을 만들고 한가운데에는 두꺼비집을 만들었다. 하지만 내가 상상했던 것과 다르게 물이 마른 후 성벽과 두꺼비집은 순식간에 무너져 버렸다. 이 난관을 어떻게 해결할 수 있을까? 해답은 쉽게 찾았다. 왜냐하면 얼마 전 과학 시간에 퇴적층에 대해 배우고 실험했기 때문이다. 퇴적층을 만들기 위해서는 모래알에 물풀을 섞어서 주먹으로 꾹꾹 눌러 무거운 돌을 올려 둔다. 그러면 모래알들이 하나로 뭉쳐져서 딱딱한 돌처럼 변한다. 이를 응용하면 튼튼하고 단단한 성을 만들 수 있을 것 같았다.

나는 당장 나의 작은 물풀 한 통을 모래와 섞었다. 그 후 설계한 대로 성을 만들고 사이사이의 빈 공간을 채울 사각형 모양의 돌을 모아 성벽의 구조를 지탱하게 만들었다. 계획은 성공했고 다음 날 길가를 돌아다니며 이곳저곳에 있는 개미를 잡아 성에 풀어놓았다. 그리고 개미들이 빠져나가지 못하도록 집에서 쓰다 남은 아크릴판으로 어항을 덮어 두었다. 물론 모든 것은 계획대로 되었지만 개미들은 한 시간 내로 모두 죽어 버렸다.

도대체 무엇이 잘못되었을까? 개미들은 모두 특정한 구석에 모여 죽어 있었다. 그곳을 자세히 살펴보니 어항과 아크릴판 사이의 가장 큰 틈이 있었다. 즉, 개미들은 숨구멍을 찾다가 죽었다는 사실을 깨달게 된 것이다. 물론 내가 벌인 일에 집 안은 엉망이 되었고 부모님께 야단을 맞아 추가적인 계획은 실행하지 못했다. 하지만 지금 생각해 보니 모든 것은 하나하나 과학적, 공학적 사고와 관련되어 있었다. 성을 설계하는 과정에서 건축학적 사고를, 모래와 풀을 섞어 필요한 재료를 만드는 과정에서 화학적인 사고를, 개미가 죽어 버린 이유를 고민하면서 생명과학적 사고를 한 것이다.

실패한 '개미 섬'에 과학이 싹트다

두 번째 일화는 '개미 섬'에 관한 것이다. 학교 뒤에는 작은 오름이 있는데 이곳에 작은 천이 있어 초여름이면 개구리 알로 가득 찼다. 그곳에서 친구들과 자주 놀았는데 특히 개구리 산란기에는 500ml 물병을 들고 개구리 알을 채집했다. 알을 집으로 가지고 온 후 곰팡이가 피지 않게 물을 매일매일 갈아 주면 일주일 후 올챙이들을 볼 수 있다. 아쉽게도 나는 수온을 조절하지 못해 부화에 실패했고 친구로부터 올챙이 한 마리를 받아 키우게 되었다.

처음에는 매일 신기한 눈빛으로 빵부스러기를 먹이로 주며 얼른 개구리가 되길 기대하였다. 시간이 지날수록 올챙이에게 다리가 생기면서 점차 개구리의 모습으로 변했다. 하지만 점점 개구리에게 줄 먹잇감에 대한 고민이 생기기 시작했다. 개구리는 살아 있는 곤충만 먹는다는 것이 일반적인 상식이다. 혹시나 하고 집에 오는 길에 작은 개미 한 마리를 잡아서 개구리가 살고 있는 어항에 넣어 주었다. 신기하게도 잘 먹는 것이었다. 하지만 내가 일일이 개미를 잡아 챙겨 주는 것은 꽤 번거로운 일이었다.

이때 한 가지 좋은 생각이 떠올랐다. 그것은 바로 물로 가득 찬 어항의 한가운데에 육지를 만들어 개미를 사육하고, 개구리가 알아서 먹이를 먹게 하는 것이다. 이 방법은 개미가 고립되어 탈출할 수 없기 때문에 한꺼번에 많이 잡아서 넣어두면 된다는 장점이 있다. 가장 이상적인 시나리오는 개미들이 고립된 곳에서 스스로 땅을 파 집을 짓고, 공간을 효율적으로 활용하여 더 많은 개미를 수용하게 만드는 것이었다. 이를 위해서는 입자가 작고, 수분을 머금은 흙을 구해 어항 한가운데에 섬처럼 만들어야 한다. 하지만 흙이 어항의 물과 섞이면 물이 쉽게 오염되고, 흙 안의 개미집이 무너질 수 있기 때문에 분리되어야 한다.

이때 섬의 모양이 원기둥처럼 단순할 경우 어항을 차지하는 물의 표면이 육지에 의해 줄어들기 때문에 개구리의 활동 반경이 줄어들 것 같았다. 따라서 일반적인 원뿔 모형의 섬을 만들어 물 표면으로 노출된 면적을 줄이고 수면 아래의 공간은 넓게 사용할 수 있게 만들 계획이었다.

어항이 그렇게 크지 않았기 때문에 2리터짜리 페트병의 입구 부분을 잘라서 넓은 부분을 막아 접착제로 붙였다. 그리고 입구 부분으로 모래를 대충 채워 놓고 어항에 담가 보았다. 하지만 너무 가벼운 탓인지 제대로 가라앉지 못하고 자꾸 뒤집어지는 것이었다. 따라서 큰 돌 몇 개와 모래를 채워 넣고 어항에 다시 담그니 제자리를 잡

예상치 못하게 개미들은 헤엄쳐서 어항 밖으로 탈출하여 계획은 실패했다.
하지만 이 과정에서 기하학적 설계와 부력의 개념에 흥미를 가질 수 있었다.

게 되었다. 그 후 개미들을 풀어놓았다. 물론 계획대로 실행되진 않았다. 예상치 못하게 개미들은 헤엄쳐서 어항 밖으로 탈출하였고, 개구리는 개미들로부터 도망가기 바빴다. 계획은 실패했고 개구리는 얼마 후 죽어 버렸다. 지금 생각해 보면 이 과정에서 기하학적 설계, 부력의 개념에 대해 흥미를 느끼고 몸소 체험하게 되었다.

'개미 배'를 타고서 과학의 세계로 나아가다

마지막으로 소개할 일화는 '개미 배'와 관련된 것이다. 말 그대로 개미가 타고 다닐 수 있는 배를 의미한다. 항상 비가 오고 나면 놀이터에 큰 웅덩이가 생겼다. 그때마다 개미를 한 마리 잡아 나뭇잎 배에

태우고 웅덩이 한가운데에 배를 띄워 놓았다. 개미는 어쩔 줄 몰라 하며 나뭇잎 위를 서성이다 스스로 물에 몸을 던져 허우적거리다가 죽고 말았다. 내가 만들어 준 나뭇잎 배가 마음에 들지 않아서였을까? 물웅덩이를 빠져나가기 위해 다리로 배를 저어 앞으로 나갈 것이라고 내심 기대했다.

정말 나는 개미가 큰 강을 건널 수 있게 해 주고 싶었다. 그래서 생각한 것이 스스로 나아가는 배를 만드는 것이었다. 마침 집에는 미술 수업에서 쓰다 남은 하드보드지와 며칠 전 시켜 먹고 남은 피자 상자가 있었다. 이들은 종이 중에서도 비교적 튼튼한 편에 속하기 때문에 배를 만들 수 있는 재료로 안성맞춤이었다. 판옥선처럼 일반적인 보트 모형의 배를 만들고 배 아래에 큰 공간을 만들었다. 원래 이 부분은 수십 명의 사람들이 앉아 노를 젓는 공간이다. 마찬가지로 내가 만든 배를 앞으로 움직이려면 동력이 필요했다. 하지만 내가 가지고 있는 것은 배를 만들고 남은 종이와 가위, 풀, 테이프 정도였다.

그때 생각난 것이 바로 '물레방아'였다. 물레방아는 높은 곳에서 떨어진 물에 의해 돌아간다. 이를 적용하여 배에 물레방아와 비슷한 모형의 프로펠러를 만들고, 배가 물 위에 떠서 살짝 가라앉았을 때 들어오는 물을 이용해 프로펠러를 돌리고자 하였다. 남아 있는 하드보드지를 십자로 연결하여 테이프로 칭칭 감아 프로펠러를 완성하였다.

그리고 배 밑에 공간을 두어 물레방아가 돌아갈 수 있도록 이쑤시개로 회전축을 고정시켜 배에 잘 연결하였다. 배 앞부분에는 물이 들어오게 구멍을 뚫고 배가 살짝 가라앉아 물이 들어올 수 있게 종이를 덧붙여 무겁게 만들었다. 그다음 욕조에 무릎과 발목 중간 지점이

잠길 만큼 물을 받아 배를 띄울 준비를 하였다. 과연 성공했을까?

부푼 기대와는 달리 배는 그냥 가라앉아 버렸다. 무엇이 문제였을까? 그 당시에는 왜 나의 계획대로 배가 움직이지 않을까에 대해 많이 고민했지만 해답을 찾지 못했다. 지금의 내가 그 시절을 돌이켜보면 그런 모형 배에는 기본적으로 기하학적인 문제가 있다. 배가 가라앉으면 프로펠러도 물에 잠겨 버리고 구멍을 통해 물이 들어온다 한들 프로펠러는 돌아가지 않는다. 그리고 그 배의 모형은 근본적으로 자연과학의 법칙을 위배하고 있었다. 에너지는 기름, 건전지와 같은 것이 없는 이상 갑자기 발생되지 않는다. 하지만 과학적 개념이 없었던 나는 그것을 알지 못했다.

솔직히 과학을 좋아하게 된 순간을 의식하고 기억하는 사람은 거의 없을 것이다. 하지만 이처럼 누구나 과학을 좋아하게 만든 기폭제의 역할을 한 추억은 간직하고 있을 것이다. 나의 경우 그 역할을 한 것은 바로 '개미'이다. 개미는 내가 직접 손으로 잡을 수 있는 유일한 곤충이었다.

집을 나서면 어디서나 개미를 볼 수 있고, 개미들을 잡아서 마음대로 통제할 수 있었다. 이것이 나중에는 개미를 통해 나만의 이상적인 세상을 만들고자 하는 생각으로 발전하게 되었고, 나로 하여금 그 세상에 필요한 시설을 직접 고안해 만들어 보게 하였다. 어린 나이에 과학을 좋아하게 되었다고 직접적으로 의식하진 못했지만 확실한 사실은 그 과정 하나하나가 모두 과학적, 공학적 사고와 연결된 것이고 이것이 훗날 과학에 흥미를 가지게 하는 데 도움을 주었다는 것이다.

따뜻한 품속에서 과학을 품다

전산학부 12 박중언

2014년, 초등학생 2,300여 명을 대상으로 한 통계청의 설문 조사 결과에 따르면 장래희망 순위는 연예인 891명, 운동선수 415명, 교사 325명, 의사 및 간호사 280명, 판사 및 변호사 211명, 공무원 211명 순이었다. 초등학생의 장래희망이 그 시대의 사회상을 잘 나타낸다는 면에서 나는 내 어린 시절과 큰 차이를 느낄 수밖에 없었다. 내가 초등학교 때와는 통계가 사뭇 달랐기 때문이다.

하지만 그때나 지금이나 바뀌지 않은 것은 과학자를 꿈꾸는 초등학생의 수는 많지 않다는 것이다. 공학도로서 그리고 초등학교 때부터 과학자를 꿈꿔 왔던 나로서는 나와 같은 꿈을 꾸는 학생들이 적다는 것이 조금은 안타깝다는 생각마저 든다. 초등학생 시절, 나는 소위 소외 계층으로 볼 수 있는 사회적 약자를 위해 로봇을 만드는 공학자가 되는 것이 꿈이었다.

그리고 언젠가 인류에 큰 기여를 하는 과학자가 되고 싶었다. 당연하게도, 내가 그런 꿈을 가지게 되기까지 몇 가지 계기가 있다. 지금부터 짧게나마 내가 어떻게 이러한 꿈을 가지고 또한 어떻게 키워 갔는지 이야기를 해 보고자 한다.

아픈 몸을 고쳐 주는 과학자를 꿈꾸다

나는 3살 무렵부터 조부모님 댁에 맡겨져 자랐다. 조부모님께선 마치 오랜 시간 쌓아 둔 양 내게 사랑을 아끼지 않으셨고, 나 역시 마찬가지로 조부모님을 무척이나 따랐다. 때문에 내가 할머니, 할아버지 두 분께 가진 감정은 아주 특별했다. 조부모님 슬하에서 자랐다고 하면 흔히들 상상하는 모습과 다르게, 내 어린 시절은 사실 부모님과 같이 사는 친구들과 그리 다를 것이 없었다. 다만 문제는 조부모님의 연세였다. 이미 내가 초등학교에 들어갈 무렵부터 연로하신 두 분의 건강은 항상 나의 걱정거리였다. 특히 할머니는 지병 때문인지 왼다리를 저셨고 당시 그것은 나의 큰 고민거리였다.

노인이 많이 살았던 우리 동네에서는 허리가 굽고 다리를 저는 우리 할머니의 모습이 사실 그리 특별하지 않았다. 몇 없는 또래 친구들과 온 동네를 쏘다닐 때면, 리어카를 끌고 폐지를 줍거나 몸이 불편해 집 앞에 앉아 우리들을 보는 것이 그저 낙인 어르신들, 근처 시장에서 나물을 파는 할머니들을 쉽게 만날 수 있었다. 그러나 아무리 많다 하더라도 불편하신 어르신들의 그러한 모습을 볼 때마다 괜히 눈시울이 붉어지는 것은 어쩔 수 없었던 것 같다. 나는 그런 어르신을 뵐 때마다 짐을 들어 드리거나 졸졸 따라다니며 힘을 보태곤 했다. 그 노인들 한 분 한 분이 우리 조부모님 같았기 때문이다. 심지어 그렇게 작게나마 어르신들을 돕고 나서 어깨를 으쓱거리며 고맙다는 말을 듣는 게 내 하루하루의 낙일 정도였다.

그러던 어느 날이었다. 나는 평소와 다름없는 등굣길을 가고 있었는데 그날따라 유난히 나를 배웅해 주시는 할머니의 절뚝거리는 다리가 눈에 밟혔다. 할머니의 등이 더욱 굽어 왜소해 보였고 혹시나 넘어지기라도 할까 몇 번이나 뒤로 돌아 손을 흔들었던 기억이 난다. 결국 등굣길 내내 그 모습이 눈에 선했던 나는 교실에 도착하기가 무섭게 다시 집으로 돌아갔고, 영문을 모르는 할머니를 안고 엉엉 울었다.

할머니와 할아버지께선 처음에는 놀라셨지만 이내 거칠지만 따뜻한 손을 들어 내 머리를 쓰다듬어 주셨다. 그때 할머니의 품속에서 결심했던 것이 있다. 언젠가 할머니 그리고 할머니처럼 불편한 몸을 가진 사람들을 모두 고쳐 줄 수 있는 사람이 되겠다는 것이었다.

'아픈 몸을 고쳐 주는 사람' 하면 일반적으로 의사를 떠올릴 것이다. 그러나 우습게도, 초등학교 3학년 때의 나는 그렇지 않았나 보다. 어렸을 적의 나에겐 아픈 몸을 고쳐 줄 수 있는 사람 하면 떠오르는 사람은 의사가 아닌 과학자였다. 더군다나 나는 로봇이 등장하는 애니메이션에 푹 빠져 있던 상태였다.

텔레비전 화면 속에서 역동적으로 움직이는 로봇의 모습은 내 또래에게 흔히 그렇듯 우상에 가까운 어떤 것이었고 나는 또래 중에서도 열렬한 신봉자였다. 그래서 아픈 몸을 고쳐 주고 약자를 돕고 싶다는 막연한 꿈을 꾸기 시작할 때 가장 먼저 로봇 공학자를 떠올렸던 것은 어쩌면 당연한 일인지도 모르겠다.

구체적으로 발전한 로봇 공학자의 꿈

목표는 시간이 갈수록 점점 구체적으로 그려졌다. '팔이 불편한 이에게 로봇 팔, 다리가 불편한 사람에겐 로봇 다리를 만들어 주자.'라는 생각부터, 주변에서 드물지 않게 볼 수 있었던 힘없고 소외된 약자들을 돌보는 로봇을 만들자는 발상까지, 언젠가 내 손으로 만든 로봇으로 할머니를 똑바로 걷게 해 주고 싶다는 목표는 사실상 어느 것 하나 쉬운 일은 아니었다.

다만 남들이 보기에 현실성 없고 허무맹랑해 보일지 몰라도 나는 전혀 의심하지 않고 진지하게 해낼 수 있을 거라고 생각했다. 그렇게 나는 로봇 공학자가 되겠다는 꿈을 키워 나갔다. 이후 학교에서 나눠주는 장래희망 설문지의 1번은 항상 로봇 공학자가 차지하게 되었다.

그날을 기점으로 나의 많은 것이 달라졌다. 우선 나는 기존에 다니던 학교에서 전학을 하게 되었다. 나는 내 꿈을 어른들과 선생님께 말씀드렸고 당시 나를 많이 아껴 주셨던 담임 선생님은 진지하게 전학을 권하셨다. 기존에 다니던 학교는 아무래도 공부하기 좋은 환경이 아니라는 이유에서였다. 그렇게 선생님의 말씀에 따라 초등학교 4학년 때부터 시내 인근의 학교를 다니게 되었다. 처음으로 낯선 환경에서 공부하며 얻는 어려움보다도, 더 넓은 환경에서 다양한 친구와 사귀고 경쟁하며 많은 것을 배울 수 있다는 점이 좋았다.

더불어 공부 역시 어느 정도 방향성을 띠게 되었다. 로봇 공학자가 되겠다는 꿈을 가지게 되어서였을까? 자연스럽게 수학과 과학을 배우는 것이 즐거워졌고, 스스로 로봇 공학자가 되기 위해서 필요하다고 생각했던 프로그래밍을 배우기 시작했다. 그렇게 변한 나의 모습은 중학교 때도 그대로 이어져 과학고등학교에 입학할 수 있는 원동력이 되었다.

그러나 중학교를 졸업할 즈음 내가 이루고자 하는 목표들이 현실과 지나치게 동떨어진 이야기라는 것을 알게 되었고, 나는 진지하게 내 목표에 대해서 다시 생각했다. 그런 의미에서 과학고등학교에 입학할 수 있었던 것은 내게 큰 행운이었다. 대학 진학이라는 문을 앞두고 입시 준비를 하는 것은 물론 힘들었지만 그것보다도 나와 비슷한 생각 그리고 비슷한 꿈을 가지고 노력하는 친구들과 함께 지낼 수 있었기 때문이다. 그런 친구들과 함께 지내며, 조금씩 회의적으로 변해갔던 내 꿈에 대한 열정을 다시 찾을 수 있었다. 나와 같은 꿈을 가진 친구들과 함께 동아리 활동을 하거나 미래에 대한 이야기를 나눈 것들이 많은 도움이 되었다.

막연했던 목표가 현실적인 목표로

그렇다면 최근의 나는 어떨까? 초등학교 3학년 때부터 품었던 꿈은 지금 내가 카이스트에 입학하여 4학년이 된 지금도 여전히 꾸고 있다. 오히려 카이스트에서 내 목표는 더욱 구체화되었고, 많은 고민 끝에 전산학도로서의 진로를 선택하게 되었다. 사실상 그날 하루의 경험과 결심이 이후 나의 진로를 바꿔 놓은 셈이다.

게다가 요새는 막연하게만 알았던 연구에 대해 알게 되면서 조금씩 현실적인 목표를 세워 나가는 동시에 작게나마 중간 목표들을 이뤄 나가고 있다. 과연 12년 전 초등학교 3학년의 나는 지금의 이런 내 모습을 상상할 수 있었을까? 다만 확실한 것은 과학과 과학자의 꿈이 내게 다가온 날을 꼽아야 한다면 초등학교 3학년의 그날을 주저하지 않고 꼽을 것이란 사실이다.

초등학교 때부터 변하지 않고 이어져 온 나의 꿈은 지금의 나와 내 가치관을 만든 원동력이다. 조부모님의 편찮은 모습 그리고 주변의 사회적 약자들의 모습으로부터 언젠가 그들을 돕는 사람이 되고 싶다고 결심했던 경험, 애니메이션에 등장하는 로봇에 반해 언젠가 로봇을 만들고 싶었던 내 어린 시절, 그러한 목표를 품고 노력해 왔던 내 학창 시절과 마침내 카이스트에 입학해 전산학도로서 지낸 지난 3년이 그걸 입증한다. 그러나 나는 내가 아직 많이 부족한 것과 꿈을 이루는 것이 현실적으로 쉽지 않다는 것 역시 알고 있다. 그렇기 때문에 앞으로도, 마음속으로 끊임없이 그려 온 미래의 내 모습에 가까워지도록 노력하고 싶다.

밤하늘의 우연이 쌓여 과학적 필연을 이루다

화학과 12 이장민

내가 계절 중 겨울을 좋아하는 이유는 별들 때문이다.

겨울의 밤하늘을 올려다본 적이 있는가? 가을 하늘이 맑고 높다는 이야기와는 달리, 가장 맑고 빛나는 별이 많은 계절이 바로 겨울이다. 지상의 생명들은 움츠리지만 그 사이로 별들은 끊임없이 빛났고, 빛나며, 빛날 것이다. 그 역설적 사실은 나를 언제나 끌어당겼고, 겨울 밤하늘에서 가장 밝은 베텔게우스, 프로키온, 시리우스 3개의 별을 따라 오리온까지 찾아내는 것은 나의 어릴 적 놀이 중 하나였다. 지금도 그다지 달라지지 않아서 겨울만 되면 별들을 찾고 있다. 그리고 별들에 대한 사랑과 동경은 내가 과학을 접하게 된 계기이기도 하다. 이 글은 그렇게 별을 통해 찾아온 나의 과학 이야기이다.

나를 우주로 이끈 천체 사진

어릴 적부터 나는 별을 참 좋아했다. 어릴 적 살던 곳은 도시의 외곽 지역이었던지라 조금만 걸어도 시골에 가까운 풍경이 나를 반겼다. 저녁 산책마다 반짝이는 별들과 함께할 수 있는 곳이었다. 그렇게 하늘의 별을 보는 것이 좋았고 별의 개수를 세며 할머니와 산책하는 것이 일상이었다.

별 한 개 두 개에 이름을 붙여 주고 이따금 별똥별을 보고선 소원을 빌기도 하는, 별과 가까운 일상이었다. 그러니 별을 좋아하게 된 것은 당연한 일이었다. 물론 좋아한다고 해 봐야 '예쁘다, 반짝반짝하다.' 수준의 1차원적인 감상뿐이었고, 우주와 별에 대한 막연한 호의가 구체화된 것은 초등학생이 되고 나서의 일이었다.

그건 천체 사진 덕분이었다. 계기는 사소했다. 집에서 구독하는 일간지 신문은 매주 과학 관련 특집 기사를 한 장씩 냈는데 그중에서 나의 눈을 사로잡았던 것이 허블 망원경이 찍은 천체 사진들이었다. 그중에서 아직도 선명히 기억에 남아 있는 것이 장미성운과 말머리성운이었다. 장미성운에게는 그 자체로 경이로운 아름다움을 느꼈고, 말머리성운에서는 묘한 비현실성을 체감했다. 어릴 적 나에겐 우주 어딘가에 말머리의 형상이 존재한다는 것 자체가 상당히 놀라운 일로 느껴졌으니까. 우주에 수놓은 누군가의 작품이 아닌가 늘 상상했으니까.

"이 말머리는 어떻게 만들어진 거예요?"

"이 장미성운은 뭐로 만들어진 거예요?"

"우리 지구는 왜 저렇게 생기지 않았어요?"

어른들도 잘 모를 천체 이야기를 묻는 것이 나의 어린 시절 일과였다. 명확한 원리를 바라고 물어봤을 나이는 아니지만 그렇다고 어른들의 대답은 그다지 합리적이지도 못했다. 요컨대 납득할 만한 설명이 없었던 것이다. 그랬기에 어른들의 대답보다도 나는 나름의 대답을 열심히 생각하며 다녔다. 초등학생의 생각이라고 해 봐야 상상 수준에서 끝났지만 그래도 천체의 아름다움은 이미 깨닫고 있었다. 장미성운은 보는 것만으로도 아름다웠고, 말머리성운은 우주에 고개를 치켜세우고 있는 말머리의 존재라는 것 자체에 묘한 기분을 느꼈

말머리성운(IC 434)은 오리온자리의 허리 부분 아래에서 관측할 수 있는 암흑성운으로, 지구로부터 약 1,600년 광년 떨어진 곳에 위치하고 있다.

던 것이다.

그렇게 천체 사진이란 어릴 적의 좁은 세계와 시계로는 확인할 수 없는 자연의 거대한 예술이었고 추상적인 개념을 구체화시키는 첫 경험이었다. 그 개념은 아름다움과 경이로움이었다. 아름다움과 경이로움이라는 단어는 나에게 천체 사진들 자체였다. 아름다움이라는 것은 장미성운을 두고 사용하는 단어라고 생각했고, 경이로움은 말머리성운을 두고 일컫는 말이라 생각했다.

내 어릴 적 생각의 진화는 그 2개의 성운을 통해 이루어졌다. 그랬기에 과학은 우주였고 아름다움이었다. 그것이 나에게 다가온 첫 번째 과학이다. 과학을 막연하게 아름다운 것이라고, 경이로운 것이라고 느끼게 된 그런 계기. 논리가 들어간 생각은 아니었지만 나의 유년기를 지배하기엔 충분했다.

우주와 더 가까워질 수 있었던 천문대 견학

별을 좋아하던 어린이는 중학생이 되어서도 여전했다. 아니, 오히려 관심은 늘었다. 늦은 시간에 끝나는 학원 하굣길의 밤하늘을 바라보며 집으로 돌아왔기에 별자리를 찾고, 별의 개수를 하나하나 세면서 돌아오는 것이 하나의 즐거움으로 자리 잡을 수 있었다. 봄과 겨울마다 대삼각형을 찾고 별자리를 뒤졌으며 여름엔 잘 보이지 않는 은하수의 방향을 가늠했다. 그렇게 우주에 대한 막연한 동경이 구체화되던 시기에 나에게 다가온 두 가지의 우연은 천문에 대한 관심과 지평을 더욱 넓혀 주었다.

하나는 정말 우연히 접한 여행과 관련된 한 다큐멘터리였다. 주말 낮, 시청률이 잘 나오지 않는 시간대에 TV에서 방영하는 흔한 다큐멘터리 중의 하나로 기억한다. 제목조차 기억나지 않는 여행 다큐멘터리에서는 호주의 사막을 횡단하는 모습을 보여 주었다.

낮엔 지프 트럭으로 광활한 대지를 달리는 모습을 비췄고, 밤엔 사막의 추위와 위험한 동물들을 피하며 숙박하는 모습을 비췄다. 나를 사로잡았던 것은 밤의 사막을 비추며 언급된 짧은 내레이션이었다. 숙박하는 모습을 보여 주며 지나치듯 흘러간 짧은 내레이션은 이러했다.

"달조차 뜨지 않는 밤이 되면 사막에서는 은하수 별빛들로 그림자가 생기기도 합니다."

카메라 화면으로는 찍을 수 없는 풍경이었기에 그 모습이 어떤 것인지는 확인하지 못했지만 그 가능성 자체가 나의 마음을 사로잡았다. 어릴 적 접했던 성운들에게서는 인간사와 동떨어진 경이로움과 아름다움을 느꼈다. 이 다큐멘터리의 짧은 멘트에서는 내 안의 우주와 인간이 연결되는 순간을 느꼈다. 그림자는 별빛만으로 이루어질 수 없다. 별빛을 막는 사람이 있어야 어둠이 발생한다. 그름에만 이루어진다는 거대한 우주와 인간의 관계성은 새로운 아름다움이었다.

단순히 경이로움과 아름다움을 느끼는 것에서 발전하여 나도 저 속에 관계하고 싶다, 함께하고 싶다는 생각이 강렬하게 자리 잡았다. 달조차 뜨지 않는 밤, 호주의 광활한 사막 속에서, 별빛 그림자를 따라 걷는 나의 모습을 상상하게 된 것이다. 우주의 아름다움과 경이로움을 탐구하고, 함께하고 싶다는 생각이 찾아온 것이다. 과학이 나에게 찾아온 두 번째 순간이었다. 그래도 여전히 과학과 나의 연결 고리는 조금 부족했다. 어디까지나 별의 아름다움을 알고 싶다는 막연한 바람만 있었을 뿐 구체적인 계획은 없었으니까. 천문학이라는 개념조차 명확히 알지 못하는 때였으니 어쩔 수 없는 일이었다.

세 번째 순간에 이르러서야 과학을 본격적으로 깨달을 기회가 찾아왔다. 그 시기는 중학교 2학년 겨울 방학 때 가족 여행이었다. 가족과 함께 찾은 곳은 무주 반디랜드 곤충박물관이었는데, 이름에서도 알 수 있듯이 그곳은 반딧불이를 비롯한 곤충과 자연에 대한 학습 및 관광을 할 수 있는 곳이었다. 뿐만 아니라 천문대도 함께 운영하는 곳이어서 천문대를 체험할 기회도 얻을 수 있었다.

천문대는 천체 관측은 물론이고 우주에 대한 3D 체험 다큐멘터리를 상영해 주었다. 그러니 별과 우주라면 사족을 못 쓰던 나에겐 이토록 완벽한 곳이 있을 수 없었다. 실제로 천문대를 방문한 건 처음이었기에 더더욱 떨리고 기대되었다. 천문대로 향하기 전에 본 3D 다큐멘터리는 여태껏 접하지 못했던 이야기들을 내게 재밌게 전달해 주었다.

우주의 시작이나 사멸, 빅뱅 이론 같은 이야기에 나는 눈을 반짝였다. 짧은 다큐멘터리 체험이 끝나고 대망의 천체 관측 시간이 찾아왔다. 날씨도 좋았던 때라 천체 관측의 유일한 방해 요소는 구름밖에 없었고 이 또한 별 문제 없는 수준이었다. 주의 사항 몇 가지와 별자리 설명을 천문대 관리 선생님께 전달받은 뒤, 처음으로 별을 보는 순간이 찾아왔다.

그때 내가 처음 본 것은 작은개자리의 프로키온이었다. 육안으로는 한 개처럼 보이지만 실제로는 2개의 별이라는 프로키온을 관측하는 기회를 얻게 된 것이다. 나는 두근거리며 프로키온에 초점을 맞춘 천문대 망원경을 들여다봤고 무언가를 느꼈다. 크나큰 실망감을 느꼈다. 내가 상상했던 것과는 크게 다른 모습이었다. 새까만 배경에 백묵가루를 흩뜨린 것처럼 흔들리는 점 2개가 보이는 게 전부였다. 그것이 프로키온이었다. 알록달록하게 반짝이며 온전한 빛을 뽐내던 천체 사진과는 너무나도 다른 풍경이었다. 적어도 푸른빛의 밝은 별 2개가 보일 것을 기대했던 내가 바보처럼 느껴질 정도였다. 나뿐만 아니라 함께했던 다른 아이들도 조금 실망한 기색을 드러내자 관리하시는 천문대 선생님께서 이렇게 말씀하셨다.

"생각했던 것과 다르니?"

"네, 좀 더 멋있을 줄 알았어요."

그건 어린아이의 투정에 가까운 불평이었지만 대답은 친절하셨다. 이런 일을 많이 겪으셨던 모양이었겠지.

"어쩔 수 없어. 별들은 너무 멀리 있으니까. 알록달록한 천체 사진은 저기 우주에 나가 있는 망원경이 찍어서 보내 준 거야. 땅 위에 있는 우리는 이 정도밖에 할 수 없지. 그런데 이것도 굉장한 일이란다. 우리는 저 작은 모습과 사진만으로도 저 별이 얼마나 오래되었는지, 얼마나 가까이 있는지, 크기는 어느 정도인지 계산하고 알아낸단다. 그거야말로 정말 멋진 일이지."

그리고 나도, 정말로 멋진 일이라는 생각이 들기 시작했다.

현실적으로 생각하자면 천문대 선생님의 말씀은 실망하는 아이들을 위해 늘 꺼내는 말이었겠지만 나에겐 꽤나 중요한 장면으로 다가왔다. 내가 동경하던 우주의 아름다움과 경이로움이 사실은 너무나 막연하고 멀다는 것을 깨달음과 함께, 보잘것없어 보이는 망원경 안의 세계는 감히 우주를 노리는 인간의 탐구심을 표현하는 것이었다. 작은 것으로 큰 것을 얻는다는 건 무지하게 대단하다는 생각이 드는 행동임이 당연하지 않은가? 그렇기에 이 자그마한 망원경 속의 보잘것없는 풍경은 나에겐 큰 의미로 다가왔다. 그것이 바로 보잘것없는 풍경 속에서 우주를 노리는 탐구심이었다.

그렇기에 난 이렇게 물었다.

"그럼 선생님, 우주의 비밀이나 우주의 시작도 이 망원경과 우리가 있다면 해결할 수 있을까요?"

천문대 선생님은 굳이 말로 대답하지 않고 싱긋 웃어 주셨다. 나도 그렇게 함께 웃었던 것으로 기억한다. 그 웃음의 긍정 사이로, 그때 과학이 내게 명백히 침투했다. 감히 보잘것없는 인간의 손과 무기로 우주를 이해하고 싶다는 열망, 가소롭고 작은 인류가 감히 세계를 겨냥해 온 과학이라는 거대한 길에 드디어 빠져들게 된 것이다. 또한 내가 과학의 길을 시작한 계기가 된 것이다.

그 천문대에서 망원경을 들여다보았던 그 풍경은, 그렇게 지금의 나를 이루게 된다. 기대한 아름다움을 찾지 못해 실망한 어린이에게 오히려 아름다움을 역설한 그 천문대 선생님은 그렇게 나에게 진정한 과학을 전달해 주신 셈이다. 그것은 세 번째 순간이었고 이전의 모든 우연과 엮여 나의 꿈을 결정짓는 거대한 이정표가 되었다. 하나의 길이 되었다.

그렇게 우주의 아름다움을 가까이하면서 과학과 함께하게 된 나는 그리고 우주의 비밀과 시작을 알고 싶었던 나는, 과학 중에서도 작은 입자들의 이야기를 다루는 화학을 가까이하게 되었으며 지금 이렇게 화학과에서 우주와 생명의 자그마한 비밀을 다루고 있다. 별의 아름다움에서부터 우주와 생명의 비밀을 연구하는 곳까지 다다랐다. 분명히 그 시작은 천체 사진에서 아름다움을 느꼈던 순간, 천문대에서 별을 처음 접한 순간일 테지.

간절히 원하던 우연이 반복되어 필연이 되다

정말 모든 계기는 단순하고 사소하다. 단순히 별자리와 별 보는 것을 좋아했던 어린아이가, 우연히 일간지에 실린 천체 사진 특집 기사를 통해 우주의 아름다움을 알게 된다. 그러고선 우연히 접한 다큐멘터리와 여행을 통해 그 아름다움을 탐구하고 싶다는 명확한 목적을 세우는 계기를 가졌다. 우주의 시작과 비밀을 알고 싶다는 생각은 화학이라는 학문에 대한 관심으로 이어졌고 지금의 나를 구성하게 되었던 것이다.

대부분의 사람은 인생의 지표가 되는 몇 번의 계기를 체험하고, 그 계기들이 엮여 만들어진 길을 따라가게 된다. 나 또한 그렇게 지금의 길에 들어서게 되었고. 보통은 그 계기를 우연이라고 부를 것이다. 하지만 우연이 서너 번 반복된다면 그것은 우연이 아니라 필연이라고 생각한다. 내가 원하고 의도했기에 우연이 찾아온 것이다. 내가 별을 좋아했고 별을 계속 보고 싶었기에 그렇게 과학이라는 필연이 나를 찾아온 것이다.

그래서 나는 과학이 찾아온 순간이 아닌, 내가 과학을 찾아간 순간이라고 생각한다. 내가 과학을 찾아 헤맸기 때문에 과학이 그런 나를 찾아오게 되었다. 그 서너 번의 계기는 각각 우연일지 모른다. 하지만 우연들이 엮여 우리가 걸을 길을 표현하는 지표가 된다면 그것은 필연이다. 혹은 꿈이라는 이름으로 불릴 것이다. 이 글은 그렇게 꿈을 찾은, 찾는, 꿈을 향해 걸어가는 이야기이다. 그러니 앞으로도 나는 우연을 쌓아 올리고, 그것이 필연으로 다가올 순간까지 함께할 것이다. 그것이 과학 하는 사람의 운명일지도 모르겠다.

나의 우상이자 친구가 되어 준 로봇

전기및전자공학부 14 김세은

로봇은 내가 아주 어렸을 때부터 어린이의 우상으로 자리 잡고 있었다. 〈로보트 태권V〉, 〈마징가Z〉 같은 옛날 만화영화를 보면 왜 어린이들이 로봇에 그렇게 열광했는지 알 수 있을 것이다. 무쇠로 된 팔과 다리로 적을 물리치는 로봇들은 어린이의 영웅이었다. 마찬가지로 트랜스포머 시리즈가 끊이지 않고 나오는 것과 성인층을 대상으로 한 다양한 모델이 판매되는 것을 보면 현대에 이르러 어른이 된 우리에게도 로봇은 아직 우상으로 남아 있는 것 같다.

어린 시절, 나에게도 로봇은 그런 존재였다. 예쁜 바비 인형 머리칼을 잘라 주고 옷을 갈아 입혀 주는 것보다, 복슬복슬한 곰돌이 인형의 배를 쓰다듬는 것보다 변신 로봇을 가지고 노는 것이 훨씬 재미있었다.

프로그래밍의 세계로 인도해 준 '볼품없는 고철덩어리'

그러던 내가 장난감이 아닌 진짜 로봇을 처음 만나게 된 순간이 있었다. 중학교 방과 후 창의력 수업에서였다. 우리에게 주어진 첫 번째 미션은 '로봇 만들기'였다. 로봇의 설명서를 참고하여 열심히 조립을 시작했지만 원래 손재주가 좋은 편이 아니었던 나는 다른 친구들에 비해 진도가 더뎠다. 처음 만져 보는 드라이버, 서로 다른 크기의 볼트와 너트, 그런 것을 접할 기회가 없었던 나에게는 굉장히 생소한 도구들이었다. 조그마한 나사를 계속 떨어뜨려서 없어진 것들을 찾기 위해 바닥에 얼굴을 딱 붙이고 기어다니기도 했고 볼트와 너트를 역할에 맞지 않게 조립한 탓에 해체하고 재조립하기도 했다.

로봇을 다 만들고 난 후 나는 실망스러운 마음을 감출 수 없었다. 남들에 비해 너무 볼품없고 어딘가 완벽하지 못한 내 로봇을 보면서 '내 환상은 이런 게 아니었는데!' 하는 생각도 들었다. 내 손에 들린 로봇은 내가 알던 튼튼한 로봇이 아니고, 금방이라도 고장이 나 버릴 것 같은 고철 덩어리에 더 가까워 보였다. 실망하려는 찰나, 두 번째 미션이 주어졌다.

두 번째 미션은 '라인 트레이스'였다. 말 그대로 만든 로봇의 내부에 명령어를 입력하여 주어진 지도의 정해진 길을 따라 이동하게 만드는 것이었다. 태어나서 처음으로 프로그래밍을 해 본 순간이었다. 내가 입력하는 명령어가 직접 그 로봇을 조종하는 것을 보니 신기하기도 했고, 로봇이 잘못된 길로 들어서 헤매다가 벽을 들이받을 때는 내가 부딪히는 것처럼 아팠다. 그렇게 몇 번의 실패를 겪으며 '볼품없는 고철덩어리'에게 왠지 모를 애착이 생겼다. 이번만큼은 반드시 내 로봇이 1등을 하는 것을 보여 주고 싶다는 마음이 들었고, 이후로는 프로그램을 짜는 것에 미친 듯이 집중하기 시작했다.

실제로 프로그램을 코딩하는 것은 로봇을 조립하는 것보다 나에게 훨씬 흥미 있는 미션이었고, 덕분에 친구들 사이에서 1등으로 길을 완주할 수 있었다. 신기했다. 이 조그마한 로봇이 어떻게 길을 인식하고 달리게 되는지, 명령어에는 어떤 의미가 담겨 있기에 로봇이 내 의도대로 움직여 주는지 궁금했다. 다른 친구들이 남은 길을 완주하느라 애쓰는 사이 내 나름의 탐구를 시작했다.

로봇이 검은색 길과 흰색 바탕을 구별하는 방법은 뭐지? 눈의 역할을 하는 부분이 어디일까? 내가 'left'라는 명령어를 입력하면 왼쪽으로 돌게 되는 이유는 뭐지? 수많은 의문점을 풀기 위해 애써 조립한 로봇을 다시 분해하기 시작했다. 나만의 목적을 가지고 부품을 관찰하니 바로 직전 시간에는 별 흥미를 가지지 못했던 로봇 본체의 조립과 분해가 재미있어졌다.

다 분해하고 나니 그 당시에는 뭔지 잘 몰랐던 적외선 센서 7개가 바닥에 붙어 있었다. 선생님께 이 전구들은 뭐냐고 여쭤 보니 감각기의 역할을 하는 '센서'라고 가르쳐 주셨고, 적외선 센서가 빛을 어떻게 이용하여 흰색과 검은색을 감지하는지에 대해서도 설명해 주셨다.

더불어 적외선 센서가 라인을 인식할 때 버저가 울리도록 하는 명령어를 가르쳐 주시면서 이 기능을 이용해 경로 이탈의 원인을 찾을 수도 있다고 하셨다.

그 다음에는 명령어를 하나씩 뜯어보기 시작했다. left는 몇 개의 다른 명령어가 모여서 작동하는 명령어였고, 그 명령어에는 몇 개의 숫자가 적혀져 있었다. 그 숫자들은 적외선 센서의 번호였고, left라는 명령어 내부에는 각 번호에 해당하는 적외선 센서가 검은색 선을 인식하면 그 자리에 멈춰 선다는 의미를 가진 명령어가 들어 있었다.

단순한 작동 방법이지만 코드는 생각보다 복잡하게 구성되어 있었다. 급제동과 관성에 의해 일어나는 밀림 현상을 막기 위해 각 센서들이 검은 선을 인식할 때마다 잠깐씩 제동이 걸리도록 만들어 놓은 코드를 보며, 어떻게 하면 코드를 보다 효과적으로 만들 수 있을지 고민해 보았다.

로봇 프로그래밍의 매력에 빠지다

이후 나는 로봇 프로그래밍의 매력에 빠졌다. 아마 그게 처음으로 과학을 '재미있다!'라고 느꼈던 순간이었던 것 같다. 수업 시간에 듣는 과학 수업은 그저 책을 읽는 것 이상의 재미를 느끼지 못해서였다. 직접 실험을 하지도 않으면서 실험을 하면 결과가 어떻게 나온다는 가르침은 내겐 그저 영어 단어 하나 외우는 것과 다를 바가 없었기 때문이다. 꾸준히 로봇을 다루기 시작하면서, 라인 트레이서 외에 다른 로봇에 대해서도 연구하기 시작했다. 공을 들고 나르는 캐리어, 8족 보행 로봇, 댄스 로봇과 격투 로봇 등이 있었지만 내 흥미를 끈 것은 장애물을 치우거나 피해서 목적지에 물건을 배달하는 장애물 로봇이었다.

장애물 로봇은 역할만큼이나 복잡하게 구성되어 있었고, 그 복잡함은 나를 매혹했다. 잘하지도 못하는 조립을 수차례 반복하며 어떻게 하면 보다 안정적으로 물건을 나를까, 장애물을 피할까 고민했다. 물건을 빠르게 옮기는 것도 중요하지만 절대 떨어뜨려서는 안 되니 속도를 조절하는 것도 난관이었다. 급제동과 급발진이 일어나지 않도록 하기 위해 모터를 제어하는 것으로도 모자라 많은 종류의 모터를 사 모으며 rpm별로 어떤 모터가 제일 안정하게 속도 조절이 가능한

세계지능로봇 경진대회, 일명 로보컵(robocup) 중 로봇 축구 경기의 모습.

지를 탐구했다. 이렇듯 어마어마한 시간을 투자하고 실패를 거듭했음에도 불구하고 그 당시에는 정말 로봇에 완전히 빠져서 힘이 드는지도 몰랐다.

계속 로봇을 가지고 노는 나에게 선생님은 대회 출전을 권유하셨고 덕분에 나는 각종 대회를 준비하기 시작했다. 다룰 수 있는 모든 종목에 다 출전했는데, 가장 기억에 남는 날은 대회 중 장애물 로봇의 옆면에 부착되는 형식으로 만들어진 적외선 센서가 고장 난 것을 깨달았던 날이다.

옆면의 적외선 센서는 장애물 로봇으로부터 벽까지의 거리를 측정하여 그 거리를 일정하게 유지하고, 옆면의 벽이 없으면 그것을 인식해 회전을 하게 하는 중요한 장치였다. 부품의 고장으로 어떻게 해야 할지 갈피를 못 잡던 중 내 눈에 들어온 것은 경기장 바닥에 드리운 장애물의 그림자였다. '과연 바닥 적외선 센서가 저 그림자를 인식할 수 있을까?'라는 생각이 내 머릿속에 자리 잡았다.

그림자를 타고 움직인다는 것은 어마어마하게 무모한 도전이었다. 경기장 조명이 워낙 사방에 배치되어 있었던 터라 그림자 자체도 약하게 드리워졌고, 사용하던 센서의 감도가 좋은 것도 아니었기 때문이다. 그러나 부품이 고장 난 채로 아무것도 하지 않는 것보다는 어떤 시도든 해 보자는 마음을 가지고, 라인 트레이서용 바닥 적외선 센서를 조립해 장애물 그림자를 이용해 경기를 마쳤던 기억이 난다.

물론 상도 못 타고 기록도 좋지 않았지만 그런 방법으로도 주행할 수 있다는 것을 깨닫고 경기를 더 즐기게 되었다. 로봇이 내가 생각한대로 움직여 줄 때면 뿌듯하기까지 했다. 더불어 우리 팀에서 가지고 나간 8족 로봇과 다른 팀의 6족 로봇이 계단을 올라가는 모습이 어떻게 다른지, 어느 방법이 더 안정적인지에 대해서 팀원들과 비교하고, 우리 로봇의 장점과 단점, 보완할 점을 토의하기도 했다.

이렇듯 끊임없이 로봇에 대해 탐구하여 부산·경남 지역 로봇 올림피아드 예선을 우수한 성적으로 통과하고 전국 대회에 진출했을 때는 날아갈 듯이 기뻤다. 전국 대회에는 훨씬 좋은 로봇과 발전된 프로그램을 가지고 온 사람이 많아서 낙방했지만, 그 대회 현장에서 보고 배운 것이 많아 결코 아깝지 않은 시간이었다. 나보다 더 어린 친구들이 다양한 로봇을 다루는 것을 보면서 나도 조금만 더 일찍 로봇을 접했다면 더 좋은 결과를 낼 수 있었을 텐데, 하는 아쉬움도 적지 않았다. 하지만 주어진 상황에 최선을 다했고 보람 있는 결과를 낸 것으로 만족하기로 했다.

이렇듯 중학교 생활 내내 로봇은 내 친구로 자리했다. 물론 내가 우상처럼 생각했던 변신 로봇과 실제로 다루는 로봇들의 외형 차이는 엄청났지만 우상과는 또 다른 매력이 있는 친구들은 나의 생활에 더 이상 없어서는 안 될 존재였다. 하지만 고등학교에 진학하면서 신경 쓸 것이 많아지다 보니, 나의 로봇 사랑도 혼자서는 지속하기가 어려워졌다. 그래서 선택한 방법은 로봇 동아리를 만드는 것이었다. 로봇을 다뤄 보고 싶은 친구들을 모아서 동아리를 만들고, 아예 우리만의 로봇을 만들기 위해 재료부터 설계까지 온전히 우리만의 힘으로 하려고 노력했다.

학교 유일의 로봇 동아리를 만들면서 다시 한 번 대회를 도전하기도 했지만 엄청난 좌절을 겪었다. 생각보다 로봇을 전문적으로 다루는 학교가 많았고 그 학교들이 꾸려서 나온 팀들의 로봇이나 실력이 월등했기 때문이었다. 오랜 기간 동안 누적된 노하우들을 신출내기인 우리 팀이 이기기엔 역부족이었다. 시간이 지날수록 동아리에 시간을 투자하는 것이 힘들어졌고, 고등학교 3학년이 될 때까지 기계나 프로그램을 다루는 재미를 잊고 지내게 되었다.

고등학교 생활을 하는 내내, 나는 여러 과학 과목에 가까워지기도 하고 멀어지기도 했다. 실험 수업이나 연구 과목은 재미있고 의욕적이었지만 그런 과목에만 집중하느라 이론적인 과목에서 다른 친구들에 비해 뒤떨어졌다. 지금에 와서 돌이켜 보면 과학에 대한 거부감도 들었던 것 같다. 과학고등학교라는 곳 자체가 워낙에 공부를 잘하는 친구들의 집단이었고, 늘 잘한다는 소리를 듣던 내가 처음으로 좌절을 겪은 시기였기 때문이다. '진짜 이 공부가 내가 재미있어서 하는 건가?' 하는 의문이 컸고 그 때문인지 성적도 점점 떨어졌다.

고등학교 3학년 때, 다시 한 번 프로그래밍을 만나게 되었다. 기본적인 C언어를 배우는 수업이었는데 로봇 프로그래밍과는 달랐다. 로봇 프로그래밍은 가장 기본이 되는 함수들이 미리 설정이 되어 있고 코드를 다운로드해 로봇에 입력해야 결과를 확인할 수 있었다. 하지만 C언어는 변수의 선언부터 함수 설정까지 모두 내 머리와 손으로 만들어야 했다. 어떠한 과제가 주어지면 그것을 보다 효율적이게 해결하는 능력을 길러야 하는 상황이었다. 훌륭한 프로그램을 짜기 위해서는 컴퓨터의 시스템을 할 수 있는 만큼 최대한 이해하고 인간이 아닌 컴퓨터의 입장에서 이 과제를 어떻게 해결할지 고민했다.

오랜만에 만난 새로운 모습의 프로그래밍은 또 다른 매력을 발산

했다. 덕분에 프로그래밍에 흥미를 붙인 나는 반드시 카이스트에 가고 말 것이라 다짐했다. 카이스트에 진학하기 위해 혈안이 되어 있던 나를 더욱 고무시킨 것은 카이스트 기계과에 있는 휴보의 영상이었다. 내가 좋아했던 장애물 로봇이 훨씬 정교한 모습을 하고 있었다. 로봇이 급제동을 하더라도 나르던 물건이 떨어지지 않도록 설계되어 있는 모습은 놀라웠고, 누군가 일부러 강하게 로봇의 목 부분에 압력을 가해 밀어도 금방 평형을 찾는 것이 신기했다. 여러 가지 실험 동영상은 나도 할 수 있다는 생각에 다시 불을 지펴 주었다. 그 당시 내 눈에 보이던 카이스트는 바로 '내가 사랑한 카이스트'의 모습이었다.

친구 · 우상 · 동반자가 된 로봇

카이스트에 입학하고 난 후 첫 학기에 기초 과목들을 들으면서 많은 좌절을 겪었다. 생각보다 프로그래밍의 기초인 파이썬 언어도 호락호락하지 않았고 미적분학, 대학물리 등의 과목을 들으며 '내가 수학 · 과학에 아예 재능이 없나?' 하는 생각도 많이 했다. 이런저런 과정을 겪으면서 내 목표는 흐려지고 내 친구나 다름없던 프로그래밍은 어느새 해치워야만 하는 과제로 전락해 있었다. 최근에는 전자과의 다양한 과목을 들으면서 다시 적성에 맞는 분야를 찾고 또 다른 친구를 발견하기 위해 애쓰고 있다. 이번 학기에 들어서는 C언어를 다루는 과목의 경우에는 행복하게, 또 즐기면서 공부를 하고 있기도 하다.

지금 돌이켜 보면 로봇은 나의 우상으로 시작해 친구가 되었고,

'프로그래밍'이라는 또 다른 친구를 만들어 주었다. 만약 그렇지 않았더라면 나는 지금 어떤 모습으로 살고 있을지 모르겠지만 나는 지금 내 모습에 만족하고 더 발전하기 위해 노력하고 있다. 아직 많이 부족한 나를 사랑해 주는 카이스트는 내 인생 최고의 선택이었다고 생각한다.

최근에 상영되었던 영화 중 〈빅 히어로〉라는 영화가 있다. 카이스트에서도 '공대 감성 영화'로 유명해져서 많은 사람이 보고 왔는데 주인공인 히로는 불법 로봇 격투에 푹 빠져 있는 소년이다. 뛰어난 두뇌를 가지고 있지만 공부에 흥미가 전혀 없던 히로는 상급 학교 진학을 거부한다. 그러나 형을 따라 놀러 간 대학교 연구실에서 엄청난 흥미를 느끼고 '나, 여기에 들어오고 싶어! 들어오고야 말 거야!'라는 결심을 하게 된다.

이런 히로에게 카이스트에 오겠다는 목표를 세웠던 내 모습이 보이면서 마음 한구석이 쓰라렸다. 그때의 나는 카이스트 입학에 안주해서 '이 정도면 괜찮겠지.'라며 뭘 하고 싶은지도 파악하지 못하는 청년이었다. 그리고 그런 내 모습을 생각하니 안타까웠다. 내 개인적인 목표는 전 세계의 아이들이 나처럼 어린 시절에 '컴퓨터 과학', '프로그래밍'을 겪어 볼 수 있는 환경을 만들어 주는 것이다. 내가 처음으로 과학에 빠지게 된 계기였으니, 또 나와 같은 어린이가 있지 않을까 하고. 지금 이 글을 마무리하는 순간을 계기로, 처음 과학이 내게로 왔을 때의 기억을 떠올리며 다시 열정을 가지고 목표를 이루기 위해 노력하는 과학도가 되겠다고 다짐한다.

과학 상자와 함께 완성했던 과학자의 꿈

전기및전자공학부 12 이찬호

너무나도 맑은 봄날, 상쾌한 봄바람을 느껴야 할 날에 나는 어두운 방구석에 앉아 중간고사 범위를 훑어 보고 있었다. 책에는 빽빽하게 적힌 수식과 함께 어디선가 본 듯한 과학자들의 이름이 섞여 있었고 숫자를 보는 것만으로도 지겨움이 느껴졌다. '이렇게 좋은 날에 왜 방에 앉아서 공부를 해야만 하는 걸까?', '언제쯤이면 시험이란 고통에서 해방될 수 있을까?'라는 의문을 떠올리고 있자니 언제부터 과학이 내게 이렇게 지루하고도 어려운 존재가 되었는지 싶어 웃음이 났다.

언제부터였을까? 과학을 접하게 된 계기가 호기심과 재미였다는 것을 잊어버릴 정도로 과학은 지루하고 복잡하며 머리를 싸매야 하는 그런 과목이 되어 있었다. 머리로는 잘 이해할 수 없는 직관적이지 못한 수식들은 공부할 의욕을 잃게 만들었고, 그나마 흥미가 있어 즐겁게 공부할 수 있던 분야의 과목도 시험지만 받으면 울상 짓게 되었으니 공부가 재미없는 것도 이상하지 않을까 싶다.

그래도 실험 과목에서는 어렸을 적의 즐거움이 되살아나 아직은 할 만하다는 생각을 가질 수 있다. 하지만 과학이 재미없는 수많은 변명을 늘어놓아도 그리고 나 자신을 위로하려는 즐거움을 떠올려 보아도 중간고사 공부가 잘 되지 않는 것은 변함이 없다. 어차피 쾌청한 이날에 봄바람이 들어오는 창문 앞에서 공부가 잘 될 리 없다는 생각을 떠올리면서 나는 머리도 식힐 겸, 창틀에 턱을 괴고 앉아 어렸을 적의 추억을 떠올렸다.

공부의 참 재미를 만끽하기까지

공부를 시작한 때는 언제였을까? 말도 제대로 못하던 시절에는 공부를 했을 리가 없고, 아마 처음으로 수학 숙제를 거실에서 했던 때가 아닐까 싶다. 초등학교에서 간단한 곱셈을 배우던 때였으니 아마 열 살 즈음이었을까? 그때 어떤 생각을 하며 학교에 다녔는지 잘 기억이 나지 않는다.

아침에 일어나 학교에서 친구들과 뛰어놀고, 수업이 끝나고 집으로 돌아가면 어머니와 함께 손잡고 시장에 다녀오고, 저녁이 되면 가족과 TV 앞에 앉아 수다를 떨다가 잠이 드는, 그런 행복한 유년기 시절을 지낸 나는 장래희망이나 하고 싶은 것에 그렇게 큰 고민을 해 본 적이 없었다.

담임 선생님이 장래희망을 도화지에 그려 보라고 하면, 어떤 직업이 가장 설명하기 편할까 생각하며 선생님이나 의사를 그려서 제출했던 것을 생각하면 정말 미래에 대해 걱정 없이 편안하게 살았구나 하는 생각이 든다. 하지만 공부와는 전혀 상관이 없어 보이는 나에게도 수학이 있었다. 어렸을 적 내게 잘하는 것이 뭐냐고 물어보면 망설임 없이 수학이라고 대답했을 것이다.

국어나 사회 수업 시간에는 항상 꾸벅꾸벅 졸며 교과서를 잘 쳐다보지도 않았고, 항상 수행평가나 숙제를 잊어버려 혼이 많이 났었다. 하지만 수학은 누구보다도 잘할 수 있었다. 간단한 쪽지 시험을 볼 때면 같은 반의 누구보다도 빠르게 풀어서 제출하고 싶은 욕심이 있었다. 교과서에서 배우지 않은 부분까지 문제를 먼저 풀어 놓고 정작 수업 시간에 여유롭게 앉아 있는 그 자신감 섞인 기분이 좋았다.

주변의 관심과 칭찬은 어린아이에게는 전부처럼 느껴질 정도로 크고, 그 아이의 인생을 결정할 만큼 중요하다. 그렇게 나는 그 관심을 수학에서 찾았고, 어른들의 시선과 칭찬을 받으며 점점 수학에 빠져들었다. 시간이 지나면서 자그마한 규모의 경시대회에 참가해서 상을 받아 조례 시간에 단상에서 상도 받고, 학교에서 수학 시험을 치르면 매번 만점에 가까운 점수를 받으면서 선생님께 칭찬도 받았다. 아마 그 당시에는 수학이 재미있기보다는 주변의 시선을 의식하면서 수학을 잘하는 나를 유지하려고 하지 않았나 하는 생각이 든다.

초등학교 5학년 때였을까? 각종 올림피아드 준비로 문제집을 서너 권씩 쌓아 둔 채 운동장에서 뛰어노는 아이들을 창밖으로 지켜보며 '내가 수학을 과연 즐기고 있는 걸까?' 하는 의문을 가지게 되었다. 달콤한 사탕도 계속 먹다 보면 질리게 되는 것처럼, 주변에서 아무리 칭찬을 해 주고 좋은 시험 점수를 받아도 그다지 즐겁지 않았고 그럴수록 수학에 대한 흥미는 떨어져만 갔다.

급격한 성장을 겪는 사춘기 시절이어서 그랬던 걸지도 모르겠지만 내가 왜 수학을 해 왔는지 생각하니 공부하는 의미가 점점 옅어졌고 그렇게 수학은 내게서 멀어져 갔다. 나는 5학년을 마지막으로 사립 수학 경시대회에 출전하는 것을 그만두었다. 반복적인 문제집 풀이는 너무나도 지루한 육체노동과 같았고 그때부터 수학은 내게 필요한 과목, 공부하면 잘할 수 있는 과목, 그 이상도 이하도 아니게 되었다.

특기 과목을 손에서 놓고 나니 스스로가 평범해지는 느낌이 들었다. 공부도 수학을 제외하고는 그렇게 잘하는 편이 아니어서 평범하게 학교생활 하는 것은 싫다는 느낌이 들었다. 공부에서는 지지 않겠다는 오기로 내가 잘할 수 있는 다른 과목을 찾기 시작했고 수학을 잘했으니 과학을 해 보면 어떨까 하는 생각으로 과학 교과서를 펼쳐 들었다. 그러나 흔히 생각하는 창의적이고 신기한 과학의 이미지와는 달리 교과서의 과학은 그저 암기 과목 같아 보였고, 수학과 과학이 밀접한 관련이 있다고 들었지만 이건 마치 국어나 사회 같은 인문 과목이랑 다를 것이 하나도 없지 않나 싶었다.

그러던 차에 그 당시 한참 유행이던 과학 상자에 관심이 갔다. 레고처럼 격자 형태로 철판에 구멍이 뚫려 있고 자그마한 모터들도 같

과학 상자를 만나면서 흥미와 관심이
수학에서 과학으로 넘어갔다.

이 포함되어 있어 드라이버와 나사, 너트로 여러 가지 로봇을 만들어 볼 수 있는 청소년용 실습 상자 같은 느낌이었다. 직접 만들 수 있는 장난감이라고 해도 종이 접기로 만든 동물이나 비행기, 공 등이 전부였지만 과학 상자는 크레인부터 시작해서 자동차, 2족 보행 로봇 등을 직접 만들어 볼 수 있었다.

전기 모터나 지렛대의 원리를 공부하면서 자연스레 내 흥미는 과학으로 넘어가게 되었고, 중학교 수준의 과학 교양서를 읽는 것이 심심풀이 겸 취미가 되었다. 호기심을 시작으로 여러 과학 교양 서적을 읽으면서 생각보다 과학은 가까이 있음을 알게 되었다. 아는 만큼 세상이 보인다는 말처럼 일상 속의 과학적인 현상과 이유를 알고 주변을 바라보니 모든 것이 신기했다.

나름 수학을 즐겁게 공부해 왔다고 생각했지만 결국 초등학교에서 배우는 수학은 문제 풀이에 집중되어 있었다. 하지만 과학은 할 수 있는 선택지가 많았다. 과학에는 배움의 즐거움이 있었고, 그 배움을 나눌 수 있는 즐거움이 있었다. 세상에는 학문보다 재미있는 것이 정말 많지만 그래도 가장 보람찬 배움이 무엇이냐고 물어본다면 과학이라고 대답할 자신이 있었다. 그러고 보니 사촌 동생이 비눗방울이 왜 무지개 색인지 물어봤을 때 신나서 설명해 줬던 기억도 떠오른다. 동생도 신기함에 웃고, 나도 즐겁게 설명하면서 그때 '과학은 정말 재미있구나.' 싶었다.

수학은 일방통행, 과학은 쌍방통행

수학은 어렸을 적 내게 있어서 일방통행 같은 과목이었다. 책상 앞에 앉아 공부하고 어려운 문제를 풀면서 칭찬을 기다리고, 시험지를 앞에 두고 혼자서 우월함을 느끼는 그런 과목이었다. 하지만 과학은 달랐다. 과학으로 인해 어린아이에게는 웃음과 신기함과 호기심을 줄 수 있었고, 부모님과는 뉴스에 나오는 작은 사건을 과학적으로 바라보면서 이야기꽃을 피울 수 있었다.

수학은 가는 길만 있는 과목이었다면, 과학은 가는 길과 오는 길이 모두 있는 과목이었다. 그런 점이 내게는 매력적이었고, 지금도 그 매력에 빠져서 과학을 시작한 것에 대해 한 점의 후회도 하지 않는다.

그렇게 과학을 계속했고, 부산 영재고등학교에 입학할 수 있었다. 주변에서 '왜 과학을 공부하게 됐어요?'라는 질문을 받으면 정신을 차려 보니 과학을 하고 있었다는 애매한 답변으로 얼버무리곤 했다. 아마 당시엔 잘 몰랐을 것이다. 과거를 뒤돌아보며 자신의 시작점을 머릿속에서 더듬는 건 열네 살짜리 중학생한텐 무리였겠지.

하지만 그때로부터 8년이나 지난 지금은 알 수 있다. 과학을 주제로 누군가와 얼굴을 마주 보고 웃으며 대화할 수 있다는 것을 깨닫게 된 날 이후로 과학이 내게 오기 시작했다는 것을. 과학은 택배처럼 하루아침에 갑자기 찾아오지는 않는다. 다만 내가 과학의 매력에 빠지기 시작한 날부터 과학은 내 마음속에 서서히 자리를 잡았다.

생각해 보니 과학을 시작하게 된 이유는 정말 사소했다. 남들보다 뛰어난 것을 가지고 싶어 과학을 공부했고, 그러다 보니 매력을 알게 되면서 전공 분야로 삼게 된 것이다. 그렇게 사소한 이유였기에 오랜 시간 동안 내가 공부해 온 계기를 잊어버리고 살아온 것일지도 모르겠다. 과학이 지루하다고 생각하는 지금도 과학이 매력 없는 학문이라고 생각하진 않는다.

다만 학년이 올라가면서 점점 공부에 있어서 현실적인 벽을 느끼게 되었기에 과학이 따분하고 어려운 존재가 되지 않았을까 싶다. 내가 즐겁게 공부하더라도 좋은 점수를 받지 못할 수 있는 것이고, 공부하고 싶지 않은 과목일지라도 좋은 점수를 받기 위해 공부를 해야만 한다는 점이 부담감을 심어 줬다. 어른들이 말하길 공부가 세상에서 가장 쉬운 일이라고 하지만 생각처럼 공부는 그렇게 쉬운 일이 아니었다. 내가 좋아하는 분야의 과학을 공부하기 위해서는 좋은 대학교에 입학해야 하고, 그러기 위해서는 내가 좋아하지 않는 분야의 과학도 공부해야만 했다.

달면 삼키고 쓰면 뱉을 수 없겠지만 현실적으로 바라보고 내 미래를 생각하면서 공부를 계속하다 보니, 나의 이런 배움은 언제쯤 되어야 사회에서 인정받는 한 명으로 완성이 될지 걱정이 되기 시작했다. 끝이 보이지 않는 바다 같은 학문에서 즐거움보다는 경외와 두려움을 발견하기도 했다.

배움의 즐거움, 그 초심을 찾아서

과학은 더 이상 책상 앞에 앉아 즐겁게 머리를 굴리며 고민하는 퍼즐 같은 학문이 아니었다. 한 치 앞도 보이지 않는 전장에서 살아남기 위해 머리를 쥐어 싸매야 하는 그런 고통이 더 많이 느껴졌다. 이렇게 대학 입시 준비를 전후로 공부에 대한 즐거움은 내 머릿속에서 한동안 사라졌던 것 같다.

여러 가지 생각을 떠올리며 창문을 닫았다. 생각보다 과학과 함께한 시간이 정말 길었고, 느낀 감정도 꽤나 다양했던 것 같다. 지금까지 7년 동안 내가 공부해 온 수많은 발자취를 따라가 보니 내 마음속에는 처음의 즐거움은 어느새 사라져 버리고 다른 감정들이 과학과 함께했다. 그러나 졸업 후에는 내가 과학을 선택할 수 있는 시기가 온다. 지금까지는 학교라는 테두리 안에서 키를 잡은 조타수 같은 역할이었다면 이젠 내가 어디로 갈지 정하는 선장이 될 수 있을 때인 것이다.

배움의 즐거움 그리고 얼굴을 마주 보고 과학으로 누군가에게 지식을 전해 주고 그 행복을 얻는 기분을 처음 알게 되었던, 과학이 내 마음속으로 들어왔던 날을 다시 떠올릴 때이다. 지금까지 가르침을 받았던 입장이라면 이젠 내가 수많은 사람들에게 웃음을 줄 수 있는 그런 사람이 될 수 있는 가능성을 가지게 되었다. 내 마음속에 과학이 온 날, 그 즐거움을 다른 누군가에게 전해 줄 수 있는 역할이 된 것이다.

그렇기에 초심을 되찾고 다시 펜을 쥐었다. 지금은 지루하더라도 언젠가 이 지식들이 내게 즐거움으로 다가올 날이 있으리라 믿는다. 지금은 배우는 입장이라도 언젠가는 지식을 나누어 주는 입장이 되리라 믿는다. 지금은 힘들더라도 언젠가 이 날을 회상하며, 그런 때도 있었지 하면서 내 발걸음을 회상할 수 있으리라 믿는다. 지금만은 견디자. 언젠가 다른 누군가의 마음에 과학을 보내 줄 수 있도록.

놀이로 만난 과학,
인생의 동반자가 되다

수리과학과 12 박진호

과학이 나에게 말을 걸었던 순간은 언제였을까? 내 마음으로 들어온 과학을 생각하다가 우연히 집 주변의 초등학교를 지나며 본 플래카드가 떠올랐다. 지난 4월은 과학의 달이었다. 초등학교를 다니는 동안 나는 적어도 6번의 과학 상상 그리기를 했을 것이다. 어린 내가 그렸던 미래에는 날아다니는 자동차, 공중에 떠서 이동하는 기차, 어머니의 수고를 덜어 줄 로봇 청소기가 있었다. 참 허황된 꿈이라고 생각했는데 정신을 차려 보니 어느새 난 내가 그린 그림 속에서 살고 있다.

내가 살아가는 지금은 첨단 과학의 시대이다. 과학은 사회, 경제, 문화 전반에 걸쳐서 영향을 주었고 세계화 시대를 열었다. 또한 무척이나 빠른 속도로 변화하고 있다. 지금 이 순간에도 어느 실험실에서는 새로운 열매가 열리고 있을 것이니 말이다. 나는 카이스트에 다니면서 아침부터 저녁까지 과학과 만나고 있다.

그렇기 때문에 빠르게 변화하는 시대의 패러다임을 피부로 느끼고 있다. 또한 이러한 과학의 사회적 위치와 의미가 만들어지기까지 삶을 바쳐 공헌한 과학자들의 노고에 존경하는 마음을 가지고 공부하고 있다. 진리의 상아탑에서 과학을 느끼고 살아가며 과학자의 삶을 동경하고 그들을 닮고자 하는 내가 있기까지 과학은 나에게 다양한 의미로써 존재했다.

과학의 정답은 과정을 즐기는 것

과학이 나에게 온 첫 번째 순간은 미니카를 가지고 놀던 때였다. 처음에는 작은 자동차가 움직이는 것이 무척 신기했고, 자동차가 움직이는 이유를 궁금해하며 이리저리 만지고 분해하다가 더 이상 움직이지 않는 미니카를 보며 엉엉 울었던 기억이 난다.

떼를 쓰는 막내아들의 성화에 못 이긴 아버지는 새 미니카를 사주시며 자동차가 움직이는 원동력이 되는 모터의 존재를 알려 주셨다. 새로운 진리를 깨달은 나는 그때부터 모터를 친구들의 장난감 여기저기에 바꿔 끼워 보았고 동력의 원리를 어렴풋이나마 이해하게 되었던 것 같다. 그 시절 나에게 과학은 놀이이자 장난감을 더 재미있게 가지고 놀 수 있도록 도와주는 친구였다.

초등학교, 중학교에 입학하면서 나는 우등생이 되기 위해서 노력했다. 시험을 잘 봐서 인정받고 싶다는 생각에 사로잡혀 있었고 그 당시 과학은 나를 돋보이게 해 주는 존재였다. 경시대회에서 상을 받고 좋은 성적을 받으려고 몰두했던 나에게는, 이를 목표로 공부하던 여느 아이들처럼 "왜?"라는 질문이 중요하지 않았다. 그때 내가 봤던 대부분의 시험에서는 "왜?"라고 질문하는 능력보다 용어를 잘 기억하는 능력, 문제를 빠르고 정확하게 푸는 능력이 더 중요했기 때문이다. 따라서 비슷한 문제를 많이 풀어서 함정을 빠르게 잘 피하는 방법을 연습했고 좋은 결과를 얻을 수 있었다.

지금 생각하면 과학을 잘 이해하고 있는지에 대한 시험으로는 이런 유형의 테스트가 전혀 적합하지 않다고 생각한다. 그즈음 마치 기계처럼 과학 공부를 하던 내게 과학은 더 이상 재밌는 놀이가 아닌 단지 하나의 시험 과목일 뿐이었다. 과학을 잘한다는 것은 남들보다 빨리 받아들이고 빨리 익히는 것이라고 착각했고 아무런 망설임 없이 진로를 과학 중심 학교인 한국과학영재학교로 선택했다. 이 선택은 나에게 있어 방황을 가져다주었으며 내 인생의 전환점이자 과학의 의미를 제자리에 돌려놓는 역할을 하였다.

고등학교에 입학하여 심도 있는 강의를 듣고 전에는 접해 보지 못했던 문제에 대해서 생각하게 되고 뛰어난 재능을 가진 친구들과 겨루면서 나는 슬럼프를 겪게 되었다. 내가 익힌 기술로는 쉽게 풀 수 없는 문제와 그것들을 너무나 쉽게, 심지어 즐겁게 푸는 친구들을 만났기 때문이다. '나는 왜 과학이 즐겁지 않을까?'가 고민되었고, 답을 찾기 위해 많은 방황을 겪어야 했다.

완벽한 답은 아니지만 그때 내가 찾은 답은 '과정을 즐기자'는 것이다. 뛰어난 친구들 사이에서 부족함을 느낀 나는, 최고의 과학자들과 그들에게 가려 잊혀진 과학자들에 대해 생각하게 되었다. 우리는 아인슈타인, 뉴턴과 같이 과학사에 큰 족적을 남긴 사람만을 주로 기억한다. 잊혀져 버린 과학자들은 헛된 일을 한 것일 뿐일까? 아마 그들이 한 모든 연구는 그 자체로 의미 있는 것이지 않았을까? 단서들을 맞추고 종합하고 분석해서 하나의 가설을 세우고 실험하고 규칙을 발견하는 과정에 기여하는 모든 근거는 그 자체로 의미가 있다.

그러므로 연금술처럼 실패한 시도조차 과학에서는 의미 있는 과정이다. 물론 과학이라는 학문이 복잡하고 똑똑한 인재가 필요한 학문이기 때문에 다른 학문에 비하여 타고난 능력이 많이 요구되는 것은 사실이다. 하지만 진리를 탐구하는 기나긴 과정을 거쳐야 하는 과학자들에게는 과학을 즐기고 포기하지 않는 것 또한 중요한 덕목일 것이다.

그렇다면 과학을 즐긴다는 것은 무엇일까? 이 질문에 대한 대답을 스스로 찾아보기 위해서 수업을 듣고 실험을 하고 시험을 보면서 계속해서 '언제 다른 것을 신경 쓰지 않고 가장 몰입할 수 있는가?'라는 질문을 던져 보았다. 3년 동안 학교에 다니면서 깨달은 것은 궁금증을 해결할 때 과학이 가장 재미있다는 것이다. 고등학교 때에도 중학교 때처럼 암기식으로 과학을 접하고 문제 푸는 방법만을 익혔다면 과학의 즐거움이 문제를 잘 푸는 것이라고 착각하고 좀 더 어려운 학문을 공부할 때 궁금증을 해결하는 즐거움을 느끼지 못한 채 포기했을 것이다. 나에게 이것을 느낄 수 있도록 가장 공헌한 일은 2학년 때 했던 'R&E'였다. 고등학교 2학년 때 경험했던 'Research & Education' 프로그램은 과학을 색다른 시각으로 받아들이게 되는 계기가 되었다.

바이오및뇌공학과의 실제 연구에 참여했던 소중한 기회

나는 어렸을 때부터 뇌에 대하여 관심이 많았다. 우리가 지적 생명체일 수 있는 이유와 로봇이 인간처럼 행동하게 만들 수 있는 이유는 모두 뇌의 뉴런이 체계적이고 상호보완적으로 정교하게 프로그래밍 되었기 때문이다. 사람들의 뇌 속 뉴런이 모두 다르게 프로그램이 되어 있기 때문에 성격, 행동 나아가 삶의 양식까지 달라지는 것이다. 어렸을 때는 막연히 내가 바라던 일이 꿈에서 펼쳐지거나 무의식적 행동에 대해 궁금해서 뇌에 관심을 가지게 되었다. 하지만 점점 더 과학의 본질에 가까워질수록 내가 궁극적 탐구의 목표로 삼을 것은 뇌가 아닐까 하는 생각이 들었다.

마침 고등학교 3학년 때 카이스트에서 여름 방학 한 달 동안 학생들과 똑같이 기숙사에서 생활하며 '바이오및뇌공학과'의 실제 연구에 참여해 볼 기회가 주어졌다. 나는 고등학생의 신분으로 대학 현장에서 생활해 보고 대학 생활을 직접 관찰해 볼 수 있다는 생각에 들떠 있었고 호기심을 누르지 못해 초반에는 세미나에도 참석하지 않는 등 연구 활동에 소홀하였다. 내가 왜 카이스트까지 와서 방학을 보내고 있는지에 대해 생각이 들 때 즈음 연구실에서 고등학교 선배를 만나게 되었다. 몇 기수 위였기 때문에 잘 알지는 못했지만 음료수를 한 캔 뽑아 마시며 여러 가지 이야기를 나누게 되었다.

선배는 나에게 연구 활동은 재밌는지, 힘들지 않은지, 논문이 너무 어렵지는 않은지 등에 대해 질문했고 나는 그 어느 것도 떳떳하게 대답할 수 없었다. 나는 솔직하게 열심히 하지 않았다고 대답했고 선배는 작게 웃고서 나에게 몇 가지 조언을 해 주었다. 나는 그날 저녁 방에 돌아와서 전자사전을 켜고 논문 한 편을 꼼꼼히 읽었다. 뇌의 뉴런들 사이에서 전달되는 신호를 컴퓨터로 분석할 수 있는 형태로 변환시키고 분석하는 내용이었다.

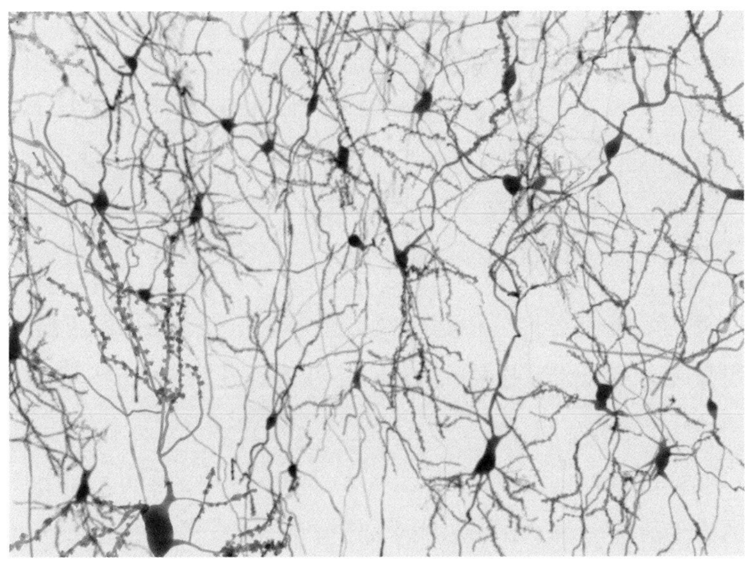

뉴런은 신경계를 이루는 기본 단위 세포로써, 자극을 받아들이고 신호를 전달할 수 있도록 특수하게 분화된 구조를 가졌다. 그 역할에 따라 감각 뉴런, 연합 뉴런, 운동 뉴런, 세 종류로 나뉜다. 그리고 다른 세포로부터 신호를 주고받을 수 있는 돌기의 개수에 따라 종류를 나누기도 한다.

영어 독해와 전공 지식이 많이 부족해 완벽히 이해할 수는 없었지만 그동안 해 왔던 공부와는 다른 태도로 대했다. 나는 상상 속에서 논문 저자가 있는 대학까지 달려가 여러 가지 질문을 던져 댄 것이다. 석연치 않은 부분과 궁금한 점들을 형광펜으로 체크하고 포스트잇에 정리하여 다음 날 세미나를 기다렸다. 오랜만에 심장부터 머리까지 두근거리고 뜨뜻해져 잠이 오지 않았다. 뜬눈으로 밤을 지새운 탓에 조금은 무거운 눈꺼풀을 이겨 내고 연구실에 도착했다.

세미나에서는 연구실 대학원생들이 여러 가지 논문을 분석한 결과를 PPT를 이용해 설명해 주었다. 내용은 영어로 이루어졌고 여전히 어려웠지만 나보다 더 내공이 쌓인 사람들이 보는 시각으로 해석된 논문은 색다르고 조금은 이해하기 쉬웠다. 내가 하룻밤 동안에 진땀을 빼며 다 해내지 못한 일에 이들은 얼마나 많은 시간을 투자한 걸까 상상도 되지 않았다. 나지막한 목소리로 발표하는 선배들이, 그들에겐 일상의 하나일 뿐인 것들이 대단하고 존경스러웠다.

교수님이 간단히 코멘트와 개선 방향을 조언하시고 세미나는 끝이 났다. 나도 중간중간 의문이 가는 점들을 질문했다. 처음에는 나를 그저 대학교에 놀러 온 고등학생으로만 대하던 선배들도 그때부터는 나를 조금 진지하게 팀 멤버로 대해 주었고, 내가 터무니없는 질문을 던져도 친절하게 대답해 주었다. 그리고 한여름이 훌쩍 지난 어느 날 나도 세미나에서 발표를 하게 되었다. 그동안 선배들의 발표에 참여하기만 했고 교수님 앞에서 직접 발표하고 코멘트를 들은 적은 없었기 때문에 나에게는 긴장되고 압박감도 큰 자리였다. 몇 주간 논문을 읽고 분석하며 발표를 준비했지만 항상 부족하다는 생각이 들었다.

덕분에 진땀을 빼며 발표를 마쳤다.

내 발표에 귀 기울여 주신 교수님은 잠깐의 침묵 뒤에 입을 여셨다.

"본인이 직접 만든 자료인가요? 열정이 대단하네요."

첫 코멘트를 받은 것도 잠시 내가 한 내용에 대한 비평이 이어졌고 처음 받는 칭찬으로 긴장이 많이 풀어진 덕에 비평을 편안하게 이성적으로 받아들일 수 있었다. 과연 교수님의 지적은 이미 내가 한 발표 내용을 관통하여 꿰뚫고 있다는 느낌이 들었다. 몇 가지 문제점을 정정하여 R&E 보고서를 작성하고 나니 8월과 동시에 나의 연구 활동도 끝이 났다.

짐을 챙겨 부산으로 돌아오는 날, 나는 다시 한 번 뒤를 돌아보며 이곳에 꼭 다시 오고 싶다는 생각을 했다. 그동안 수동적이고 주입식으로 시험을 보는 기술을 익혔던 공부와 달리 능동적으로 머릿속의 세계를 넓히는 공부는, 그동안 과학 공부에 대한 나의 고민들을 한 방에 정리해 주었고 뇌리에 박혀 잊혀지지 않으며 지금도 내가 힘들 때마다 나를 지탱해 주는 힘이 되고 있다.

과학은 평생 함께할 '재밌는' 놀이

나는 가끔 카이스트에서의 생활이 지칠 때마다 지난날 고등학생의 눈으로 바라봤던 이곳의 풍경을 떠올리곤 한다. 그러다 보면 내가 있는 공간이 얼마나 꿈꾸던 공간이었는지 깨닫게 된다. 그리고 내가 존경했던 교수님이나 연구실 선배들의 위치에 직접 오를 수 있는 날이 머지않았다는 각성을 하게 된다. 이 경험을 토대로 나는 과학은 시험을 보는 기술을 익히는 것이 아닌 호기심을 해결하는 놀이로 생각해야 한다는 것을 확신하게 되었다.

어릴 적 재밌는 놀이였던 과학은 앞으로 평생 나와 함께할 동반자가 되었다. '과학은 재밌는 놀이'라는 어설픈 정의는 내가 공부하는 힘이 되어 주었고 나아갈 방향을 제시해 주었다. 많은 갈등과 고민 속에서 얻은 답변 치고는 너무 귀여운 소리일지 모르겠지만, 나는 과학을 즐기기 시작하면서 큰 갈등과 어려움 없이 공부를 재밌게 할 수 있게 되었다. 이제는 궁금증을 해결하고 알아 가는 것 그 자체만으로 정말 재미가 있다.

카이스트에서는 매년 포항공대와 함께 여러 가지 경기를 개최하는데 그중 '미궁'이라는 게임이 있다. 산발적이고 전혀 관련이 없어 보이는 단서들을 가지고 수수께끼를 해결하는 게임인데 근본적으로 호기심이 기반이 되어야 알고리즘을 찾을 수 있고 이를 기반으로 문제를 해결할 수 있다. 스물세 살이 된 지금의 내게 과학은 마치 미궁 게임과 같다. 내가 과학을 접했던 가장 어렸던 때처럼 여전히 나에게 과학은 '호기심을 해결하는 놀이'로 다가와 주었다.

그때, 내가 과학에게로 갔다

생명화학공학과 12 반지윤

어렸을 적 나는 특별하게 좋아하는 것이나 뚜렷한 관심사가 없는 아이였다. 피아노를 쳐도 적당한 시간이 지나면 더 이상 치고 싶다는 생각이 들지 않았고 운동을 하거나 그림을 그릴 때도 마찬가지였다. 그렇다고 재미를 느끼지 못하거나 쉽사리 흥미가 생기지 않는 것도 아니었다. 단지 내가 느끼기에 적당한 시간을 쓸 만큼만 그것을 좋아했고 그 적당한 선을 넘기는 것이 싫었을 뿐이다.

뚜렷한 취향이 없는 것은 공부에서도 마찬가지였다. 누군가가 무슨 과목을 제일 좋아하느냐고 물어보면 나는 한참을 고민해야 했다. 그리고 결국에는 제일 성적이 잘 나온 과목을 좋아하는 것 같다고 우물쭈물 확신 없이 대답하고는 했다. 물론 명확한 적성이 생기기에는 어린 나이여서 그랬을 수도 있겠지만 내가 기억하는 어린 시절의 나는 또래 친구들보다 훨씬 더 미적지근한 아이였다. 그랬던 내가 어느 순간부터 화학을 좋아하게 되었고 지금은 카이스트에서 그것을 전공으로 미래를 계획하고 있다. 그 시작에는 내가 과학에게로 다가갈 수 있도록 길잡이가 되었던 선생님 한 분이 계셨다.

그전에 내가 자라온 환경에 대해서 조금 이야기를 하자. 우리 집은 내가 열두 살이 되던 해에 지방에서 서울로 이사를 오게 되었다. 이것은 아마 내 20여 년 되는 인생에서 가장 큰 변화가 아닐까 싶다. 가족 빼고는 모든 것이 변했다고 느낄 정도였으니 말이다. 서울에 와서 놀랐던 점은 대부분의 아이들이 수학, 영어 학원은 기본으로 다니고 있다는 것이었다. 그러면서도 플루트나 바이올린 같은 악기 하나씩은 취미 생활로 배우고 있었다. 그에 걸맞게 동네에는 크고 작은 학원이 즐비했다.

나도 모르게 '서울 애들은 정말 다르구나.' 하는 생각이 스멀스멀 생겨났다. 1년 정도는 학원에 다니지 않고도 그냥저냥 학교에 잘 다녔지만 결국 왠지 모를 불안감이 들었고 나도 엄마 말씀을 따라 처음으로 수학, 과학 학원에 다니기 시작했다.

든든한 지원군이자 버팀목을 만나다

항상 '처음'이란 쉽지 않은 법이다. 수학은 집에서 학습지나 문제

집을 풀며 혼자 공부하는 것이 익숙했던 나에게 학원은 굉장히 낯선 곳이었다. '선행'이라는 것을 왜 하는지도 몰랐고 필요하다고 느껴 본 적도 없었던 내가 중학교 수학을 미리 배우고 있었다. 학원에서 특별하게 만들어진 교재로 짧은 개념 설명을 듣고 많은 양의 문제를 풀어야 했다.

그때 나는 갑자기 불어난 학습량은 둘째 치고 낯선 환경에 적응하면서 자신감을 많이 잃었던 것으로 기억한다. 나보다 높은 수준의 반에 있던(소위 '영재'라고 불리는) 아이들이 벌써 고등학교 1학년 교과과정을 끝냈다는 사실은 날 위축시키기에 충분했고, 매달 보는 반 배치 모의고사는 점점 내게 스트레스가 되어 가고 있었다.

그때 내게 과학 공부를 좀 더 해 볼 생각이 없느냐고 손을 내민 선생님이 계셨다. 당시에 유행하던 영재 교육 열풍을 따라서 학원에서도 영재 교육원 대비반이 개설되었는데, 그중에서 과학 영재반을 담당하던 여자 선생님이셨다. 자신감을 잃어 가던 내게 선생님의 제안은 작은 희망과 도전 의식을 불어넣어 주었다. 그리고 그때부터 선생님과 나의 조금은 특별한 공부가 시작되었다.

선생님과 시작한 공부는 나를 주눅 들게 했던 앞선 수업들과 많이 달랐다. 가장 재미있게 공부했던 적이 언제인지 꼽으라면 나는 망설임 없이 선생님과 함께했던 약 1년 반의 기간을 꼽을 것이다. 선생님께서 우리에게 바라신 것은 빠른 선행과 어려운 문제를 풀 줄 아는 능력이 아니었다. 그보다는 근본적으로 과학적인 사고를 할 줄 알기를 바라셨다.

우리는 때로 과학책을 읽고 독후감을 썼으며, 때로 자유로운 분위기에서 선생님과 토론을 했다. 가끔은 서술형의 시험을 보기도 했는데 어떤 과학 현상이 단순히 왜 그런지 설명하는 데에서 그치지 않고 만약 이렇게 환경이 바뀐다면 어떤 변화가 일어날지 설명해 내는 과정이었다. 시험이라기보다는 내가 다방면으로 생각하는 힘을 기를 수 있는 시간으로 느껴졌다.

선생님의 교육 방법이 영재 교육의 정석인지 아닌지 알 수 없지만, 선생님과 공부하면서 나는 조금씩 변해 갔다. 자신감을 가진 것은 물론이고 무엇이든 짧게 흥미를 가졌다가 금방 싫증을 내고 그만두던 내가 자발적으로 과학에 더 관심을 쏟고 시간을 투자하게 된 것이다. 과학에 재미와 욕심을 동시에 느끼면서 나는 누가 시키지도 않았는데 친구들보다 더 먼저 학원에 갔고 더 늦게 집으로 돌아오게 되었다.

선생님의 색다른 교육 방식도 좋았지만 선생님께서 해 주시는 칭찬은 내 어깨에 달리는 날개와도 같았다. 아이들마다 각각 잘한 점을 알아보고 해 주시는 선생님의 칭찬은 놀고 싶은 마음도 잊어버리게 만드는 힘이 있었다. 선생님께서 점점 상승하는 모의고사 결과를 칭찬해 주시자 그 뒤로 내가 과학에 할애하는 시간도 점점 늘어났다. 투자하는 시간이 늘어날수록 나의 머리엔 더 많은 지식이 쌓이게 되었다.

아마 어린 마음에 선생님의 눈에 더 띄고 싶은 마음도 일부 작용했을 것이다. 그렇다고 과한 칭찬을 해 주시는 것은 아니었다. 딱 내가 자만하지 않으면서도 계속해서 동기 부여가 될 만한 수준으로만 칭찬해 주셨다. 덕분에 나는 해이해지지 않으면서 즐겁게 공부를 계속할 수 있었다.

선생님은 나의 든든한 지원군이자 버팀목이 되어 주셨다. 과학 영재반에는 여자가 나뿐이었고 남자아이들은 나이에 맞게 엄청난 장난꾸러기들이었기 때문에 나는 짓궂은 말장난의 대상이 되고는 했다. 그럴 때마다 내 마음을 제일 먼저 알아주는 사람은 선생님이셨다. 가끔 학원을 나와 선생님과 단둘이 맛있는 것을 먹으면서 속 시원하게 하소연하고 나면 아이들의 장난이 철없어 보이고 이를 웃어넘길 여유를 가질 수 있었다. 나를 보고 남자아이들 틈에서 기죽지 않고 잘하고 있다는 선생님을 실망시킬 수 없었고 일종의 사명감을 가지고 열심히 공부했다. 지금 생각해 보니 나는 선생님께 심적으로도 상당히 크게 의존했던 것 같다.

시간이 지나면서 나는 점차 심화된 내용을 배우게 되었다. 과학을 크게 물리, 화학, 생물, 지구과학으로 나누어 각 분야를 전공한 선생님으로부터 특강 형식으로 수업을 들었다. 남자아이들은 외울 것이 적고 수학이 좀 더 많이 쓰이는 물리를 쉽게 느끼고 좋아했지만 나는 각기 다른 특성을 가진 원소들이 마치 다른 성격의 사람들처럼 느껴지는 화학이 더 좋았다. 시대에 따른 화학자들의 발견이 당시의 연구에 어떤 영향을 미쳤고 어떻게 과학사를 바꾸어 놓았는지 알게 되는 것 또한 정말 재미있었다.

화학을 싫어하던 친구들의 말처럼 화학이 외울 것도 많고 예외적인 경우도 많은 것은 사실이다. 그러나 인내심을 가지고 공부를 하다 보니 서로 상관없어 보였던 화학 지식의 조각들이 사실은 하나의 퍼즐을 이루고 있다는 것을 깨달을 수 있었고, 그 순간 온몸에 일던 전율을 나는 지금도 잊을 수가 없다. 왜 하필이면 네 과목 중 화학에 그렇게 꽂힐 수 있었는지에 대해서 아직도 뚜렷한 대답을 할 수가 없다. 아마 내가 가장 좋아하던 선생님께서 화학을 가르치셨기 때문이 아니었을까?

당시엔 몰랐지만 아마도 어렸던 나에게 선생님은 롤 모델이었을 것이다. 평소에는 작은 농담에도 잘 웃으시던 선생님이 칠판 앞에만 서면 목소리도 달라지고 카리스마 있는 모습으로 바뀌는 것을 볼 때면 나는 선생님께 반하지 않을 수 없었다. 호기심이 많았던 나는 질문거리가 많았는데 지금 생각해 보면 엉뚱한 질문들에도 귀찮거나 힘든 기색 없이 척척 대답해 주시는 모습은 정말 멋있었다. 지금도 내가 원하는 나의 미래 모습 중 하나는 선생님처럼 누군가에게 내가 아는 것을 명쾌하게 잘 전달할 수 있는 사람이다.

바쁘다는 핑계, 죄송한 마음

그러나 선생님과 나의 찰떡궁합 같은 인연은 오랫동안 이어지기 힘들었다. 당시 수학 선생님들이 계속해서 그만두고 자주 바뀌면서 학원 내에 생기던 어수선한 분위기를 피해 나도 다른 학원으로 옮기게 되었기 때문이다.

많은 우여곡절이 있던 나의 첫 학원을 떠날 때 제일 마음에 걸리던 것은 선생님과 더 이상 공부를 할 수 없다는 것이었다. 원래 정이 많은 성격이어서 그런지 선생님과 영영 헤어지는 것 같은 기분이 들어서 너무 속상했던 기억이 난다. 그래서 학년이 올라가면서 점점 더

바빠지기 전까지는 선생님을 계속해서 찾아뵈면서 근황과 안부를 전하고는 했다.

내가 새로 다니게 된 학원은 규모가 커서 그런지 분위기도 많이 달랐다. 선생님들은 큰 교무실에 계셨고 많은 아이를 담당하시느라 늘 바쁘셨기 때문에 질문할 타이밍을 잡기도 쉽지 않았다. 교무실 옆의 자습실에서 공부하다가 모르는 것이 있으면 언제든지 선생님께 질문할 수 있는 환경에 익숙했던 나는 혼자 힘으로 먼저 해결해야 하는 환경에 적응해야 했다.

모르는 것을 매번 선생님께서 알려 주실 수는 없기 때문에 자립심을 기르는 것이 맞지만 초반에는 힘들고 옛날이 그립기도 했다. 그리고 과학 영재반과 같이 별도로 과학을 배우는 시간이 없었기 때문에 나는 더 이상 화학 공부를 하지 않은 채 학원의 진도를 따라가며 약 1년의 세월을 보냈다.

더 이상 선생님께 수업을 듣지 않게 되었지만 그럼에도 불구하고 화학에 대한 나의 흥미는 식지 않았나 보다. 새로운 학원에 화학 올림피아드 대비반이 개설되자 나는 옛날로 돌아간 것처럼 매 수업 시간마다 맨 앞자리에서 눈을 초롱초롱 빛내며 수업을 들었고 스펀지처럼 수업 내용을 빨아들였다. 지금도 그렇게 배운 내용은 신기하게 잊어버리지 않았다. 그때 배웠던 책을 펴 보면 깨알 같은 필기와 열심히 한 흔적들이 가득하고 당시에 선생님이 무슨 말씀을 하셨는지 생생하게 기억이 난다.

처음부터 공부를 잘했던 친구나 스스로 공부하는 법을 터득한 친구들에게는 이런 이야기를 하는 것이 좀 민망하지만, 나는 많은 부분에서 선생님을 만나기 전과 후가 달라졌다. 생각하는 법과 태도를 바꾸니 내가 배우는 것들에게서 재미를 발견하게 되었고 그러자 더 배우고, 더 잘하고 싶다는 욕심도 생기게 되었다. 결과적으로 인내심을 가지고 문제를 해결하는 힘도 기르게 되었다. 아무것도 모르던 상태에서 점점 아는 것이 늘면서 자신감도 생겨났다.

내가 월등히 잘하는 것이 아니더라도 자신감이 있는 것과 없는 것의 차이는 엄청나게 컸다. 자신감을 갖고 계속 공부했더니 결과는 자연스럽게 따라왔다. 나는 중학교 2학년 때 영재 교육원에 합격했고, 중학교 3학년 때 응시했던 화학 올림피아드에서는 금상을 수상하면서 과학고등학교에 특별 전형으로 진학하게 되었다.

그러나 나는 과학고 진학을 위해 본격적으로 준비하면서 바쁘다는 이유로 나를 바꾸어 주신 고마운 선생님에게 연락을 뜸하게 드리게 되었다. 공부하면서 선생님 생각이 많이 났지만 오랜만에 연락을 드리는 것이기에 미안한 마음이 들어 연락을 미루고 미뤘던 것이다. 정신없는 고교 시절을 보내고 카이스트에 합격한 뒤, 선생님께서 결혼도 하시고 벌써 아들도 있다는 소식을 전해 들었다. 세월이 정말 빠르다는 것을 몸소 실감할 수 있었다.

이렇게 글을 쓸 기회가 생겨 선생님과의 추억을 하나하나 회상해보니 철도 없고 어렸던 내가 선생님 덕분에 참 많이 성장했다는 생각이 든다. 곧 스승의 날이 다가오는데 이번에는 선생님을 꼭 찾아뵙고 거의 10년 전의 추억을 함께 나누고 싶다.

뚜렷한 목표와 좋은 길잡이가 과학으로 이르는 지름길

내가 화학을 좋아하게 된 시작은 서울에서 다니게 된 첫 학원에서 선생님을 만나고, 자신감 회복을 위해 열심히 공부하면서부터였다. 그런데 만약 선생님을 만나지 못하고 별다른 목표 없이 공부를 했다면 내가 어렸을 적에 짧게 흥미를 느끼고 말았던 피아노나 운동, 미술처럼 금방 어렵다고 여겨 그만두지 않았을까 생각한다. 시간이 지나면서 깨달은 것이 있다.

모든 것이 초반에는 짧은 시간과 적은 노력만 투자해도 쉽게 재미를 느낄 수 있다. 그러나 시간이 지나면서 난이도가 점점 올라감에도 불구하고 우리는 전과 같은 노력으로 비슷한 성과와 재미를 얻기를 기대하다가 금방 지치고 그만둔다. 그러고는 자신과 맞지 않는 길인 것 같다고 변명하는 경우가 많다.

수학이나 과학은 특정 사람에게만 쉽게 다가가려 하지도 않고, 누구에게서 멀어지려고 발버둥치지도 않는다. 누구에게나 똑같이 어려운 그 자리에 있다. 가까이 가거나 멀어지는 것은 바로 그것을 공부하는 우리 자신이다. 흔들리거나 헤매지 않고 그것에 가까이 다가가기 위해서는 내가 만났던 선생님처럼 좋은 길잡이가 되어 줄 사람이 필요하고, 가까이 다가가야 할 이유도 필요하다.

타고난 재능을 가진 아이들이 있어서 가끔씩 주눅이 드는 때도 있지만.

앞서 말한 두 가지 조건만 충족된다면 과학에 다가가는 길이 어렵거나 외롭지 않을 것이다. 내가 과학에게로 다가갈 수 있게 도와

주신 선생님께 다시 한 번 감사하는 마음을 전하며 이만 글을 마무리한다.

제3장

과학의 재미와 소중함을 깨달은 순간

정말 좋아하는 것엔 이유가 없다

물리학과 09 최원준

내가 과학자를 동경하고 이를 꿈꾸기 시작한 것은 초등학교 3학년부터였다. 알록달록한 색깔의 액체를 플라스크 병에 담아 실험복을 입은 채 그것을 쳐다보는 화학자의 모습이 너무 멋있어서 과학자를 동경하게 되었다. 어떻게 보면 너무나도 단순한 이유였다. 멋있어 보인다는 것! 그러나 그때는 그것만으로 충분했다.

사실 과학자뿐만 아니라 대부분의 직업이 그렇지 않겠는가? 어린 아이가 어떠한 직업을 꿈꾸기 위해 그 직업의 특성을 얼마나 합리적이고 비판적으로 고려하겠는가? 그 나이에는 아무리 영민한들 과학자가 실제 연구 현장에서 어떻게 일하는지 상상조차 하기 어려우리라.

하지만 순수한 동경이 계속 이어지는 것은 한계가 있는 법이다. 머리가 굵어지고 서서히 직업에 대한 가치관에 변화가 생기면서 어렸을 때 나와 같이 과학자를 꿈꿨던 친구들도 대학에 진학할 때 즈음에는 꿈이 의사로 바뀌는 것이 비일비재했다. 그도 그럴 것이 과학자라는 직함을 가지고 일할 수 있는 곳은 기껏해야 대학과 몇 안 되는 연구소가 전부였고 오랜 기간 동안 공부하지만 정규직을 얻는 것은 하늘의 별 따기와 같았으니까.

그래서 불분명한 미래에 대한 공포가 동경을 잡아먹는 것은 그리 어려운 일이 아니지 싶다. 게다가 고등학교 때부터 대학원생들과 교수님들이 하는 연구를 옆에서 지켜보면서 알게 되었던 것이 있다. 위인전에 나온 유명한 과학자들이 보여 주었던, 세계를 뒤흔들 연구가 바로바로 나오는 게 아니라는 사실이다.

또 연구라는 활동 자체가 그리 역동적이지 않기 때문에 자기가 하는 일을 본질적으로 사랑하지 않는다면 지루하고 답답한 시간의 연속인 연구를 계속하기란 쉽지 않다. 특히나 물질만능주의가 점점 판을 치는 오늘날 과학자가 겪을 현실로는 높은 사회적 입지를 다지기 어렵다. 즉, 과학을 공부하는 사람들은 성공보다 과학을 연구할 때의 자기만족을 더 크게 여기며 공부해야 하는 것이다. 특히나 공부하는 과정에서도 회사에 취업이 용이한 공학이라면 모를까, 자연과학을 공부하다가 졸업할 때 즈음 다른 방향으로 진로를 바꾸려고 하면 고생이 이만저만이 아니다. 그런 것을 전부 고려하면 과학을 좋아한다고 이야기하던 친구들이 진로를 바꾸는 것을 나무랄 수가 없고 충분히 이해할 만하다.

이러한 여러 요인들이 있음에도 불구하고 나는 대학교 4학년이 된 지금까지도 세부 분야는 바뀌었을지언정 나의 직업이 과학과 무관한 것으로 바뀐 적은 한 차례도 없다. 분명 그 이유가 있을 텐데 나 자신도 그것을 콕 집기가 쉽지 않다. 이것은 마치 한국 사람에게 왜 밥이 좋은지 물으면 분명한 대답을 하기 어려운 것과 같을 것이다.

밥이 맛있는 이유라면 여러 가지를 댈 수 있다. 식감, 씹다 보면 느껴지는 달콤한 맛, 반찬과 잘 어우러지는 주식으로써의 적절함 등. 그런데 이러한 특징은 왜 다른 것으로 대체되지 못하는 걸까? 서구화가 가속화되면서 서양의 음식들이 한국에 많이 들어왔지만 우리는 양식을 어쩌다 한 번 특별식으로 먹지, 주식으로 삼지는 않는다. 빵을 하루 세끼 먹지 않고, 파스타나 피자만 먹으면서 살지도 못한다.

그렇다고 밥만 퍼서 주는 한 공기의 쌀밥이 앞서 언급한 서구의 음식들보다 개별적으로 보았을 때 더 맛있다고 할 수 있는 것도 아니다. 이 미묘한 감정을 나는 내가 전공하고 있는 물리학 그리고 넓게는 과학에서 느낀다.

내가 평상시에 친구들과 하는 대화를 보면 대부분이 물리학에 관련된 것이다. 오늘 연구실에서 무엇을 했는지, 최근 읽은 논문이 어땠는지 그리고 같이 대화를 나누는 친구들의 연구가 요새 어땠는지. 이것은 단순히 우리의 생활 전반에 연구가 차지하는 비중이 높기 때문이라고만 분석할 수는 없다. 왜냐하면 그저 연구의 비중이 높기만 하고 우리가 그에 대한 애정이 없다면, 친구와 밥을 먹는 시간만큼은 연

2013년 미국항공우주국 나사(NASA)는 안드로메다은하에서 26개의 블랙홀 후보를 발견했다고 발표했다. 또한 우리 은하와 안드로메다은하의 중심부에는 거대한 블랙홀이 존재할 것으로 추측되고 있다.

구 이야기를 피하려고 할 것이기 때문이다.

나와 친구들이 같이 있는 순간에도 과학에 대한 논의를 계속 이어 나가는 것은 거기에 과학에 대한 '사랑'이 있기 때문이다. 그렇다, 사랑이다. 그저 좋아하기만 한다는 것은 적절한 표현이 아니다. 과학은 이미 우리의 삶의 한 부분이며, 우리가 좋아한다는 것을 일부러 자각하지 않는 이상 그 애정의 깊이를 확인하는 것조차 쉽지 않을 만큼 우리의 일부가 되어 있다.

오늘 자신이 깨달은 사소한 발견을 식사할 때마다 이야기하고, 내가 그 지식을 알게 되면서 얻은 소소한 기쁨을 친구들도 같이 느꼈으면 하는 마음. 작지만 다른 각도로 세상을 바라볼 수 있는 몇 가지의 예시를 공유하면 마음속에 벅찬 기쁨이 차오른다.

학과 MT에 가서 술에 취했을 때 내뱉는 술주정까지도 블랙홀에 대한 이야기였던 나의 모습은 어찌 보면 지나쳐 보일 수 있으나 그만큼 내가 물리학을 사랑한다는 이야기이다. 이미 나의 많은 사사로운 활동에 과학은 깊이 스며들어 있었다. 내가 하는 말, 평상시 하는 생각, 가치관, 독서할 때 비판적으로 내용을 보는 각도. 그 모든 것에 과학이 스며들어 있다.

마치 우리가 삼시 세끼 밥을 먹는 것이 특별한 고민 없이 나오는 판단이지만 우리에게 너무나 익숙한 것이듯. 그렇지만 밥을 먹는 것이 충분히 만족스럽고 즐거운 행동이듯, 나에게 과학을 하는 것은 매우 즐거운 활동이다. 그러나 '즐거운 활동'이라는 것만으로 과학에 대한 나의 '사랑'을 전부 표현하기에는 부족한 감이 있다.

나에게 묻는다, '꼭 물리학이어야 할까?'

지금부터 과학에 대한 내 감정을 논하기에 앞서 내가 생각하는 사랑이란 무엇인지 잠깐 이야기하도록 하겠다. 이것이 중요한 것은 내가 과학을, 보다 구체적으로 물리학을 그저 좋아하고 즐기는 것이 아니라 사랑하기 때문이다. 그리고 이것은 아까 이야기한 밥을 통한 비유의 연장선상에 있다. 사랑한다는 감정은 좋아한다는 감정이 깊어진 것이 아니다. 우리는 부모님을 사랑하지만 부모님의 모든 모습을 좋아할 순 없다. 우리가 김치찌개를 좋아할 순 있지만 그 음식을 사랑한다고 말하지는 않는다. 우리가 사랑한다는 대상은 그것이 단순히 우리에게 긍정적인 감정만 주는 대상이 아니다.

때로는 우리에게 스트레스와 아픔을 주기도 하고 그래서 다투기도 하는 것이 사랑하는 사람이다. 사랑이란 그저 좋다고만 생각되는 순간보다 그로 인해 마음 아프고 고통스러울 때 더 분명하게 느껴지는 감정이라고 보는 것이 맞다. 그 고통과 아픔이 크다 하더라도 사랑하는 대상이 없는 상황을 생각할 수 없다. 그래서 그 고통을 감내해야 하는 강요를 받게 되었을 때 우리는 그 사랑의 깊이를 사무치게 깨달을 수 있다.

내가 물리학을 공부하는 기간 동안 뼈저리게 느꼈던 것은 내가 이 분야에 대한 천부적인 재능을 타고난 사람은 아니라는 점이다. 어렸을 때는 누구든 쉽게 한국의 아인슈타인이 되겠다고 이야기하지만, 물리학을 전공하고 공부하다 보면 우리에게 익숙했던 위인들의 업적이 얼마나 비인간적인 것인지 깨닫게 된다. 굳이 위인들을 떠올리지 않더라도 주변에 널리고 널린 뛰어난 친구들을 보고 있으면 내가 과연 이 분야를 계속할 수 있을지 의문을 멈추기가 힘들다. 그렇게 자신의 재능에 대한 고뇌가 깊어지고 한계에 다다를 때쯤 스스로에게 묻기 마련이다.

"나는 꼭 물리학을 고집해야 하는가?"

나에게 그러한 순간은 대학교 2학년 말과 4학년 말 즈음 있었다. 대학에 입학한 뒤, 나름 한다고 열심히 했지만 만족스러운 성적이 나오지 않아 부모님과 다툼이 한창 정점에 다다른 것이 2학년 때였다. 내 노력이 그렇게 부족했는지 다시 돌아보고 있을 즈음 의학전문대학원이나 법학전문대학원을 준비하는 고등학교 동기들을 만나게 되었다. 자연히 나도 그들이 좇는 진로에 관심을 가졌다.

그러나 새로운 진로를 고민하면서 다른 방향을 찾아볼수록 내 가슴을 뛰게 하는 것은 결국 과학이라는 것을 다시 확인할 뿐이었다. 투자한 시간에 비례하지 않은 결과들이 아쉬웠지만 그럼에도 불구하고 지금까지 해 왔던 일에 쌓인 애증과도 같은 감정이 다른 방향으로 진로를 돌리는 것에 많이 망설이게 만들었다. 결국 이러한 망설임 속에서 마치 동전을 던져 내 인생을 정하듯, 분명한 확신 없이 물리학의 길을 고집했다.

문제가 커지는 건 이렇게 애매한 마음으로 과학을 계속하다가 정신적으로 버티기 어려운 순간이 왔을 때이다. 연구실에 들어가서 개별 연구를 진행하면서 모든 것이 꼬이기 시작했다. 엉성한 지식을 가진 채 사람들이 잘 이해하지 못하는 문제를 해결해 보겠다는 것 자체가 무모해 보이기까지 했다.

그렇지만 나는 내 자신의 한계를 시험해 보자는 욕구가 있었다. 연구실에 들어가서 보편적으로 사수에게 배우는 방식이 아닌, 나 스스로 독립적으로 주제를 가지고 연구하고 싶었다. 그래서 내 의견을 교수님께 강력히 피력했다. 그렇게 고집을 부린 만큼 나 또한 내가 한 말에 대한 큰 책임을 느꼈는데, 문제는 책임만 느꼈을 뿐 그에 걸맞은 결과를 내지 못했다는 것이다.

약 2년간 아무런 가시적인 성과 없이 시간만 흘렀고 교수님과의 관계가 굉장히 극적인 상황까지 가니 단순히 연구뿐만 아니라 내 삶의 질 자체가 바닥으로 떨어지기 시작했다. 불안에 떨며 잠을 제대로 이루지 못하는 불면증으로 고통받았고, 우울과 불안으로 정상적인 생활이 어려운 상황에 다다랐다. 그러자 나는 다시 한 번 과학을 고집해야 하는지 돌아보게 되었다.

포기하기에는 이미 삶의 큰 부분이 되었다

누군가 '월화수목금금금'이라고 하지 않던가? 주말도 없고, 여가와 일의 구분이 없는 삶. 아침에 눈을 뜨면 연구실에 나가고, 중간에 수업을 몇 개 듣다가 교수님 앞에서 발표하고, 문제를 지적받으면 다시 해 오고…… 이런 생활을 쳇바퀴 돌리는 햄스터처럼 반복했지만 아무런 보상이 보이지 않을 때 나는 큰 절망을 느꼈다.

처음에는 가혹한 지도 교수님과의 인간적인 갈등에서 스트레스를 받았지만 시간이 지나면 지날수록 간단해 보이는 문제를 스스로 해결하지 못하는 내 무능력함에 가슴이 아팠다. 불면증으로 밤을 지새울 때, 갑자기 머릿속에 아이디어가 떠오른 것만 같으면 침대에서 일어나 계산을 한다. 그리고 실은 그것이 별 의미 없는 아이디어임을 확인한 것이 몇 차례였을까?

그러다 문득 '아, 그냥 다른 길을 가야 되나?'라는 생각이 들 때면 눈물로 베개를 촉촉하게 적시곤 했다. 다 큰 성인이 이런 걸로 운다니 참 감수성 넘친다고 생각할 수도 있지만 그때는 정말 그랬다. 너무나 힘들어서 살아 있을 이유를 찾기 어렵다고 느꼈던 순간에도, 나는 내 한계 때문에 물리학을 버려야 한다는 상황을 받아들일 수가 없었다. 그러한 상상을 하는 것만으로도 마음이 아프고 슬픔에 북받쳐서 눈물을 멈출 수 없었다. 그 순간 나는 내가 얼마나 물리학을 사랑하는지, 그 고통의 무게에 비례해서 깨달을 수 있었다.

로미오와 줄리엣은 3일의 만남으로 사랑에 빠져 목숨을 잃은 비극적인 결말을 맞이했다. 과학을 좋아한다고 분명하게 느끼는 순간이, 내가 고통받는 순간이라는 것은 참으로 역설적이다. 그렇지만 모든 사랑이 다 그렇지 않으려나 싶다.

처음에는 활활 타오르고 뜨거울지 몰라도 시간이 지나면 지날수록 점점 사랑하는 대상에게 익숙해져서 그 매력과 아름다움을 처음처럼 마음 깊숙이 느낄 수 없지 않는가? 다만 학문과의 사랑은 이성과의 사랑과는 달라서 사랑이 시작되는 순간이 분명하지 않기에, 불타올랐던 초기의 마음이 추억 속에 아로새겨지기 힘들 뿐이다. 그러나 두 사랑의 공통점은 결국 사랑하는 대상이 나의 인생에 큰 일부로 남고 그렇기에 그것을 떼어놓는 것이 큰 아픔이 될 수 있다는 사실이다.

지금의 내가 아무렇지 않게 덤덤히 지낼 수 있는 것은 물리학을 포기하지 않고 계속 공부하고 연구하기 때문이다. 그리고 그것이 학문에 대한 내 열정과 사랑의 증거라고 생각한다.

우리는 밥을 먹으면서 오랜만의 별미처럼 맛있다고 생각하지 않는다. 하지만 해외 생활을 오래할 때 꼭 밥을 찾는 것을 보면 우리는 분명 밥 없이는 못 사는 사람들이다. 마찬가지로 내가 사랑하는 가족을 만나는 것은 언제나 기분 좋고 즐겁기만 한 것은 아니다. 하지만 가족이 아프거나 가까이 있지 않을 때 또는 가족들 가운데 누군가를 잃었을 때 하늘이 무너져 내리는 것과 같은 아픔을 느낀다.

우리는 진정으로 사랑하는 대상으로부터 좋아하게 된 특별한 계기를 떠올리기 쉽지 않다. 그것은 이미 우리 삶의 큰 부분이고 일부이기 때문이다. 그 몇 번의 특별한 계기가 사랑의 이유가 될 수는 없다. 오히려 사소하고 돌이켜 기억하기조차 힘든 것들의 축적이 밥에 대한 애착을, 가족에 대한 소중함을 만들지 않았을까? 그처럼 물리학과 과학에 대한 내 애정도 기억하기 어려운 작은 애정과 기쁨들의 축적이 이룬 산물이라 믿는다. 그렇기에 내가 큰 고통과 아픔 속에서도 학문을 내려놓지 못하는 것이 분명하다.

정말 학문을 사랑한다면 어떤 부분만 콕 집어서 좋기 때문은 아닐 것이라 생각한다. 그것은 그 학문을 계속하면서 받을 고통보다 포기할 때 찾아올 상실이 더 클 것을 알기 때문이 아닐까?

과학을 싫어하던 내게 다가온, 참 가까운 교통공학

건설및환경공학과 11 김민재

아이는 공부를 잘했다. 특히 여자는 잘 못한다는 선입견이 있는 수학과 과학을 잘했다. 배우는 게 좋고 성적이 잘 나오는 게 자랑스러웠던 아이는 조금 특별한 학교에 가기로 결정했다. 그러려면 내적인 동기가 있어야 한다고 생각해 내적인 동기를 찾아다녔다. 언젠가 신문에 나온 여성 과학자가 멋있어 보이기만 했던 아이는 그곳에 서는 것을 목표로 공부했다. 자신이 어떤 사람인지도 잘 알지 못하면서 말이다.

과학고등학교에 들어가 빠른 진도에 허덕이다 배움이 싫어졌던 아이, 그 애는 끈기와 집중력이 부족해 과학 성적을 잘 받지 못했다.

괜히 똑똑한 다른 애들과 자신을 비교하면서 기가 죽기도 했다. 공부해야 할 이유도 모른 채 하염없이 시간만 가 버렸다. 어쩌다 아이는 대학에 들어갔다.

대학은 가야만 했고 가야 할 이유는 얼마든지 만들어 낼 수 있었다. 3개월이면 사라질 거짓말들이었다. 아이는 고등학교에서 연구 주제로 많이 선택했던 전산에 관한 공부를 하고 싶다고 했다. 사람들의 삶을 나아지게 하는 프로그램과 하드웨어를 만들고 싶다고 했다. 입학하기만 하면 당장 프로젝트를 시작할 수 있을 것만 같았다.

하지만 아이는 맞지 않은 옷을 입은 것처럼 대학에 들어와서도 힘에 부쳐 힘들어 했다. 아이는 배우는 것을 좋아했지만 단지 그뿐이었다. 수업을 듣는 시간 외에 그것을 자신의 것으로 만들기 위한 시간, 고독한 시간을 견뎌 내기 힘들었다. 언제부턴가 그녀는 다가오지 않는 공부들을 뭉뚱그려 싫어하기 시작했다. 그 이름은 과학, 수학이었고 관련 학과의 이름만 들어도 짜증을 냈다. 그녀가 다니는 학교는 우리나라 최고의 과학기술인 양성소였다. 인생은 가끔 이런 역설적인 모습을 보여 주고는 한다.

언제나 인간에 대해 관심이 많았던 그녀는 인간과의 관계를 찾아내야 하는 학문들이 너무 힘들었다. 이 학교 사람들은 너무 크거나 너무 작은 것을 했고 또 완전히 인공적인 일을 진행했으며 일상의 인간과는 너무 먼 곳의 일들을 공부했다. 그녀가 원한 건 이런 것이 아니었다. 눈에 보이고 인간과 밀접하게 관련된 학문을 하고 싶었다, 매일, 항상 옆에 있는 것에 대한 공부를 하고 싶었다. 그건 항상 우리 옆에 존재하는 공간들과 관련된 공부를 하고 싶다는 생각이었다.

그녀의 전공은 그래서 도시교통공학이면 좋았겠지만 아쉬운 대로 그것과 가장 비슷한 건설및환경공학과에 진학했다. 첫 학기는 순조로웠다. 다시 꿈도 생기고 그 꿈에 맞춰 공부도 할 수 있었다. 하지만 인간과 공학과의 연관성을 찾기는 여전히 힘든 일이었다. 그것은 견디는 일이었다. 게을러지려는 마음을 자꾸 타이르며 버티고 끊임없이 스스로 이유를 만들어야 하는 공부였다. 견디기 힘들었던 그녀는 자꾸만 도망을 쳤다. 시간은 흘러 그녀는 4학년이 되었고 더 이상 도망칠 곳도 없어질 즈음, 그러니까 마지막 학기인 이번 봄에 과학은 봄처럼 다시 살며시 찾아온 것 같다.

과학과 공학을 사랑한다면 이미 과학자이자 공학자

눈치챘겠지만 아이와 그녀는 바로 나다.

그건 어쩌면 전혀 생각지도 않은 곳에서 일어났다. 그동안 나는 너무 힘들어 공부에 흥미를 잃고 음악에 빠져 다른 진로를 고민했다. 물론 그런 삶도 나쁘지 않다고 생각한다. 하지만 현실적인 문제에 부딪혀 졸업을 하고 '공부를 조금만 더 해 보자.'라고 생각했던 나날이었다. 인생의 흐름에 어쩔 수 없이 체념하고 시간의 파도타기나 하는 나날이었다. 그래서 역시 과학에는 영영 다시 흥미가 생길 것 같지 않았는데, 이상하게 그렇게 마음을 편하게 먹고 나니 모든 게 더 뚜렷해졌다.

나는 건설및환경공학과 전공의 필수 과목인 교통시스템공학 강의를 수강하고 있다. 높은 난이도 때문에 매번 수강을 취소하고 졸업 직전까지 미뤄 왔지만 이제 물러날 데도 없어 수강 신청을 하고 수업을 들었다. 싫어도, 학교에서 지낸 나날 덕분에 저학년이었을 때보다 이해가 쉬웠다. 그리고 마지막 학기이므로 과제에 대한 생각도 '아, 하기 싫다.' 대신 '그래, 이번 학기만 버티자.'는 생각으로 어떻게든 잘 해결하려고 마음먹었다.

과제는 여전히 어려웠지만 팀 프로젝트이기에 팀원들과 같이 머리를 짜내는 과정도 즐거웠다. 또한 그 수업에서 배운 다양한 내용은 인간, 특히 나와 이 세계를 어떻게 연결해야 하는지에 대한 것이었다. 그것은 문제와 이름을 자신만의 생각으로 정의하고 모델을 만드는 것이었다. 관찰에 따른 설계 말이다.

'교통시스템 관련 모델을 설계해 보라!'는 과제가 주어지고 우리 팀은 대덕대교를 관찰하러 갔다. 아직은 쌀쌀한 초봄, 추운 저녁에 바람이 많이 부는 대덕대교 위에서 우리는 3시간 동안 교통 현상을 관찰했다. 꽤 단순한 관찰 작업이었다. 우리는 관찰 결과를 바탕으로 과제를 위한 모델을 만들었다. 하지만 나는 좀 더 나아가서 도시 내에서의 차의 이동, 흐름과 같은 교통 체계에 대해서도 다시 생각하게 되었다. 거시적으로 관찰되는 교통 체계에는 어떤 원리가 있는지 고민했다. 실생활에 일어나는 현상이 과학과 어떤 연관이 있는지 궁금했다. 그렇게 내가 원했던, 인간과 밀접한 과학이 내게로 다가왔다.

그 후 이미 알고 있는 모델을 다시 생각하고 우리의 결과와 맞춰보는 작업을 진행했다. 그때 '이건 과학자들이 하는 일인데.'라는 생각이 들었다. 이미 과학자가 된 기분이었다. 나에게 과학은 이렇게 가까이 있는데, 나는 그동안 과학을 멀리하려고 얼마나 노력했는지! 공학적 모델 분석을 이용하면 실생활과 관련된 복잡한 일들을 조금은 간단하게 바꿔 설명할 수 있다. 이것은 내가 하고자 했던 일이 아니었는가! 이런 연구에 따라 사람들의 삶의 질이 조금이나마 상승할 수 있다면 매우 보람된 일일 것이라고 언제나 생각했다.

잠시 잊고 있었던 과학에 대한 그 느낌은 과제를 위해 도로를 바라보는 동안 싹트게 되었다. 나처럼 세상을 다르게 보는 시선들을 발견하면서 그 느낌이 다시 살아난 것이다. 이 마음과 함께하고 싶은 일이 갑자기 늘어났다. 우리가 관찰하고 분석해야 할 대상은 정말 많다. 나는 이렇게 늦게나마 공학도로서의 첫발을 떼었다.

과학은 공학일까? 공학은 과학일까? 과학이 나에게 다시 다가온 게 맞을까? 당연하지. 공학은 과학의 집합이다! 과학 자체로는 문제를 해결할 수 없지만 그것을 일상에 접목한 것이 공학이다. 그 점에서 내게 공학이 가깝게 다가온다는 인상을 받은 이번 봄, 과학이 다시 내게 다가온 것이라고 자신 있게 말하겠다.

더군다나 교통공학 프로젝트를 하면서 스스로에 대해 더 잘 알게 된 것도 있다. 나는 이성적으로 설명되지 않는 방향으로 문제 해결을 해야 할 때 답답했다. 사회 문제에 인간의 복잡한 사고가 개입되는 것이 탐탁지 않았다. 수치로 표현된 식에 따라 시뮬레이션을 해 보는 것이 재미있었다. 나 자신은 어쩌면 과학과 공학을 하는 데 있어 딱 맞는 사람이 아닐까 하는 생각이다.

과학과 공학은 지금 여기, 어디에나 있다

이렇게 과학은 다시 내게 다가왔다. 그러면서 문득 2학년 때 선배와 밥을 먹으러 충남대 대학가인 궁동에 갔던 일이 생각났다. 그때 나는 과 새내기였고 모든 것을 건설 환경적으로 생각하려는 의지를 가진 학생이었다. 궁동에 걸어가는데 좁은 골목길에 사람과 차가 엉켜 불편하고 위험했었다. 그리고 며칠 전에 궁동에 갔을 때 아직도 그 불편함은 해결되지 않았다. 나는 이것을 해결할 수 있다고 믿는다. 공학으로 말이다. 그것은 아마 내 졸업 연구 주제가 될 것이다. 내게 다시 다가온 과학은 만능이 아니지만, 만능 같은 느낌을 준다.

한때 내 진로로 여겼던 과학과 함께 걱정스러운 환경 문제를 풀어 나갈 생각을 하니 한결 마음이 가볍다. 친구들과 함께 친환경 캠퍼스 자치 단체 활동을 한 적도 있고 환경 컨설팅 회사에서 일한 적도 있다. 둘 다 내가 큰 변화를 이끌어 내기는 힘든 활동 분야다. 기업은 환경 평가 용역을 수행하고 나는 그 일을 도왔다. 인턴으로서는 한계가 있었다. 또 친구들과 함께한 단기 캠페인으로는 모든 사람의 행동 양식을 바꾸는 데 무리가 있음을 알았다. 나조차도 단체 활동이 끝난 이후로 환경에 영향을 미치는 각종 생활 양식에 신경 쓰는 시간이 많이 줄었기 때문이다.

이러한 경험에 비추어 환경 문제 해결 방안을 생각해 봤다. 사람들의 인식과 행동을 바꾸는 데는 단순 캠페인보다 정량적 수치에 기반을 둔 사실 전달이 중요하며, 이는 가장 강력한 무기라고 생각한다. 아니면 아예 생활 양식 자체를 바꿔 버리는 신기술과 새로운 생활 환

취리히의 대표적인 대중교통 수단인 트램(노면 전차). 트램이 다니는 곳은 보행자 전용 도로로써 지하철과 버스를 대신해 시민의 발이 되어 준다.

경의 개발이 필요하다. 그것은 과학과 공학만이 접근하고 해결할 수 있을 것이다.

교통 기술의 새로운 발전은 환경 오염의 판도를 바꿀 수 있다는 점에서, 앞으로 내가 하게 될 공부가 환경에 대한 관심과 어우러진다는 점이 좋았다. 카이스트 교수님들께서 쓴 『공학이란 무엇인가』라는 책에는 이에 대한 예시가 나온다. 뉴욕 시는 한때 교통수단이었던 마차로 인한 환경 오염에 고통받았다. 말똥과 말 사체가 거리와 땅을 오염시켰던 것이다.

석유 자동차로 이 오염은 해소되었지만 배기가스라는 다른 문제가 생기게 되었다. 그리고 이는 대중교통과 공유 자동차와 같은 시스템으로 조금씩 해소되었다. 이제 전기차의 시대이다. 효율이 가장 높다는 연료 전지와 수소 전지 자동차가 개발되면 환경 오염 없이도 빠르게 이동하는 교통이 가능해질 것이다.

친구들과 같이 갔던 유럽의 환경 수도 프라이부르크와 친환경 도시인 스위스 취리히에 갔던 기억도 겹친다. 거기서 깨달은 것은 친환경적인 도시 및 단지 계획과 교통 시스템 설계의 중요성이었다. 트램(tram, 노면 전차)을 이용한 효율적인 도시 교통 시스템을 만들어 내는 것이 공학자의 일일 것이다. 도시를 보면서도 그런 생각을 하던 나였다. 과학과 공학은 우리가 지금 사는 여기, 어디에나 존재했다.

과학의 시작은 가까운 곳을 둘러보고 사랑하는 것

요즈음 글쓰기 수업에서 학교 정원에 있는 조각상을 자세히 관찰하여 묘사한 글을 읽었다. 사실 나는 조각상이 있다는 것도 몰랐다. 있는 듯 없는 듯했던 존재를 그렇게 자세히 관찰하여 이야기하고 마음을 담은 것에 나는 적지 않은 충격을 받았다. 조금만 관찰하고 생각을 시작했을 때 우리는 많은 것을 바꿀 수 있다. 인간에 대한 사랑과 자연에 대한 사랑을 가지면 조금 너 나은 도시를 만들 수 있는데, 그것의 시작은 애정 어린 시선이라는 것을 문득 깨달았다. 그리고 그 시선을 내게 주는 것은 어쩌면 내게 미리 있는 배경 지식, '앎'이며 좋은 세상을 가능하게 돕는 것은 '앎'의 실천이고, 그것은 과학 하는 것과 일맥상통한다.

미술 작품이 먼 곳에 있지 않았던 것처럼, 교통공학과 같은 과학은 우리 주변에 언제나 있었다. 나는 과학을 먼 것으로만 생각하고 멀리했다. 하지만 이 시대에 과학은 우리 생활 환경과 너무나 밀접하다. 많은 사람이 사용만 하면서 살아간다. 하지만 이것을 이해하고 만들고 또 사용할 수 있는 사람이 되는 것은 어쩌면 정말 축복받은 일일 것이다.

먼 곳에 있다는 생각 대신 내 주변을 자세히 관찰하고 그것을 사랑하는 마음으로 바라보는 것, 그건 나에게 이번 봄에 찾아온 과학의 모습이었다. 과학 하는 마음의 시작이었다.

수학과 과학의 의미에 눈을 뜨다

전기및전자공학부 11 이민수

카이스트, 우리나라 최고의 공과 대학이자 현재 내가 젊음을 불태우고 있는 곳이다. 이곳에서 나는 바쁜 일상에 묻혀 정신없이 하루하루를 지내고 있다. 내가 처음으로 과학을 좋아했던 순간은 도대체 언제였을까? 나는 그 즐거움을 놓치고 그저 하루하루를 보내고 있었다. 지난 몇 주간 '나는 어떻게 이 대학을 오게 되었을까? 왜 공학을 공부하게 되었을까?'와 같은 사색을 끊임없이 하였고 결국 나의 옛 기억의 퍼즐을 다시 맞출 수 있었다. 아무것도 모르던 하지만 열정적이었던 그 시절의 내 이야기를 여러분께 들려주고자 한다.

체스로 시작된 수학과의 인연

나는 경상남도 오른쪽 끝자락에 있는 양산이라는 조그마한 도시에서 태어났다. 양산은 1996년, 내가 네 살일 때 군에서 시로 승격되었을 정도로 작은 도시였다. 변변찮은 학교나 학원이 존재하지 않아 교육열이 매우 낮을 수밖에 없었다. 이러한 환경에서 당연하게 부모님께선 자식의 교육에 대해 강압적이지 않으셨다.

실제로 〈재능교육〉 학습지를 일주일에 한 번씩 푸는 것이 내 어릴 적 공부의 전부였다. 초등학교는 공부하기 위한 곳이 아닌 나의 놀이터였고, 수업이 끝나고선 학원을 가는 것이 아니라 친구 집에 삼삼오오 모여 오락을 하였다. 그 후 저녁이 되면 어김없이 태권도 도장 가는 것이 그 시절의 내 전부였다.

이러한 환경에서 자라서일까? 현재의 카이스트 학생인 모습과는 다르게 유년 시절의 나는 공부와 담을 쌓은 채 지냈다. 그 시절 나는 큰 체격 덕분에 공부가 아닌 태권도계에서 주목을 받았는데, 나에 대한 주목 때문인지 이때의 내 꿈은 당연하게도 태권도 선수였다. 그 덕에 당시 나는 내가 공부를 할 것이라고 생각조차 하지 않았으며 당연히 행동으로 옮기지도 않았다. 그저 운동하고 친구들과 즐거이 놀며 유년 시절을 보냈다.

그 와중에 딱 한 가지, 지금의 나를 만들어 준 계기가 있다면 아버지의 취미였다. 아버지는 체스, 장기 등 보드 게임을 무척 좋아하였고 항상 퇴근하면 나와 두는 것을 즐겼다. 지는 것을 싫어했던 나는 승부욕에 불타올랐고 항상 아버지와 체스를 연습했다. 비록 아버지는 이기지 못했지만 이로 인해 그 시절 나는 학교에서는 가장 뛰어난 선수가 되어 있었다.

내 생활에 변화가 일어난 것은 초등학교 4학년 시절이다. 나는 언제나처럼 학교에서 친구들과 체스를 두며 놀았는데 이것을 본 담임 선생님이 나에게 도전을 요청했다. 결과는 당연하게 나의 승리였고, 그 이후 담임 선생님은 나의 고정적인 체스 메이트가 되었다. 그 후로 나와 선생님은 점심시간이나 방과 후 종종 체스를 두며 이런저런 이야기를 나누었다.

그러던 어느 날이었다. 나는 평소처럼 담임 선생님과 체스를 두며 이야기를 나누고 있었는데, 선생님이 기대에 부푼 모습으로 양산에도 영재 교육원이라는 곳이 생긴다는 것을 알려 주셨다. 왜 이런 이야기를 나에게 하는지 궁금했지만 이내 선생님은 당황스럽게도 나에게 이 영재 교육원의 시험을 볼 것을 권하셨다.

나는 한 번도 나 자신이 영재라는 생각을 해 본 적이 없었을뿐더러 공부라고는 학습지밖에 하지 않는 태권도 소년이었다. 그래서 무슨 영재 교육원이냐며 거절을 하였다. 그러자 담임 선생님은 이 시험을 치지 않으면 앞으로 학교에서 체스를 두지 못하게 하겠다는 협박을 하기까지 이르렀고, 학교에서의 큰 즐거움을 뺏길 수 없었던 나는 어쩔 수 없이 선생님의 제안을 받아들였다.

아무것도 몰랐던 나는 무엇으로 영재 교육원이라는 곳에 지원해야 하나, 한참을 고민하다가 그나마 내가 학습지를 통해 익숙했던 수학으로 교육원 시험을 치르게 되었다.(지금 생각하면 선생님의 협박은 당연히 농담이었을 텐데, 당시에는 진지하게 받아들였던 내 어린 시절이 참 우습다.)

아직까지도 그때의 시험 문제 중 하나가 내 기억 속에 있다. 이상한 형태의 도형을 주고 둘레를 구하라는 문제였다. 그때의 나는 그런 도형 문제를 푸는 법을 전혀 몰랐지만 다른 것들은 손도 못 대는 내용의 문제여서 그 문제만 집중적으로 보기 시작했다. 그때 무슨 생각이었는지 모르겠으나 나는 옷에 튀어나온 실밥을 뜯어 도형에 맞게 대어 보았고, 그 후 실을 잘라 일자로 편 뒤 자를 이용하여 문제를 풀었다. 면접에서 이것을 말한 순간 면접관 선생님들을 모두 박장대소를 하였고 그 때문인지 나는 양산시의 1회 영재 교육원생이 되었다.

영재 교육원의 생활은 너무 즐거웠다. 우리는 항상 수학과 관련된 창의력 문제를 풀었고, 이것은 퍼즐과 보드 게임을 좋아하던 나의 흥미를 끌 만했다. 이전에는 몰랐던 배움에 대한 즐거움을 알아갔고 그곳에서의 수업이 너무나 좋았다.

그러던 어느 날, 한 선생님이 한국엔 카이스트와 포항공대라는 대학이 있다는 것을 소개해 주셨고 이곳에 가면 내가 좋아하는 창의적인 문제를 마음껏 공부할 수 있다고 알려 주셨다. 이때의 말씀이 처음으로 내가 카이스트에 대한 꿈을 품은 날이 되었다. 아무것도 모르던 나도 좋은 대학을 가기 위해서는 공부를 잘해야 한다는 것 정도는 알고 있었다. 나는 선생님의 말씀을 듣고 집으로 돌아가자마자 부모님께 수학 학원에 다니고 싶다고 말했다. 항상 내가 하고 싶은 것, 당장 즐거운 것만 하던 내가 공부를 하겠다는 말에 부모님은 기쁘게 허락해 주셨다.

하지만 나의 의지와는 다르게 막상 현실이 도와주지 못했다. 양산엔 변변찮은 수학 학원이 없었고, 나는 누군가의 수업을 듣는 것에 흥미가 전혀 없었던 것이다. 나는 얼마 지나지 않아 이리저리 학원을 옮겼고 결국 모든 학원을 그만두었다. 그 후로 누군가에게 배운다는 것에 대하여 회의감을 느낀 나는 혼자 책을 사서 수학을 공부하였다.

혼자서 선행 학습을 하니 학원에 다니는 친구들보다 진도가 앞서 나갔고, 그들보다 미리 배우고 똑똑해진다는 것이 즐거웠던 나는 더욱 공부에 가속을 붙였다. 지금 생각해도 놀라운 사실이지만, 초등학교를 졸업할 무렵 나는 스스로 공부하여 고등학교 2학년 수준의 수학 책을 보고 있었다.

수학은 남들보다 훨씬 뛰어난 능력을 갖추었지만 나머지는 그러지 못했다. 무언가를 암기하는 것이 진절머리 나도록 싫었던 나는 국어, 영어는 물론 심지어 과학에 대해서도 전혀 흥미가 없었다. 때문에 수학 외에 공부는 전혀 하지 않았고 중학교의 배치 고사 성적은 거의 최하위권 수준의 결과가 나왔다. 불안하긴 했지만 크게 성적에 연연하지 않았다. 그 당시의 나는 그저 수학을 하는 것이 즐거웠다.

수학에 대한 회의감을 이겨 내다

하지만 얼마 지나지 않아 위기가 찾아왔다. 수학에 대한 회의감이 들기 시작한 것이다. 점점 어려워지는 내용에 비해 수학을 배워서 응용할 수 있는 부분을 알려 주는 책은 전혀 없었고, 내가 이것을 배워서 무엇을 할 수 있겠다는 생각도 전혀 들지 않았다. '수학을 배워서 무엇을 할 수 있을까?', '미분과 적분 따위를 배워서 현실에 적용할 수 있는 방법이 과연 있을까?'라는 생각이 점점 내 머릿속을 가득 메워 갔다. 나는 이것을 해결하고 싶었다. 그래서 내 주변의 모든 선생님께 질문을 던졌지만 의문을 시원하게 해결할 수 없었다. 결국 나는 영재 교육원 선생님에게까지 찾아가서 질문을 던지기에 이르렀다. 나는 선생님을 찾아가 간단한 인사를 하고 단도직입적으로 묻기 시작했다.

"제가 수학을 왜 공부해야 할까요? 도대체 이런 어려운 수학은 어느 곳에 쓰이는 건가요? 수학의 의미는 뭔가요?"

그 말을 들은 선생님은 조용히 생각하시더니 나에게 다시 되물었다.

"과학은 얼마나 공부를 했니?"

동문서답 같은 되물음에 나는 아무런 대답도 꺼낼 수 없었다. 그저 이 선생님도 나에게 해답을 줄 수 없겠다는 실의를 느꼈을 뿐이다. 하지만 나의 침묵을 지켜본 선생님은 이내 말씀을 이었다.

"지금 당장에는 너에게 과학이 어떤지 모르겠지만, 인내를 가지고 과학을 공부해 봐. 너라면 아마 스스로가 네 질문에 답을 찾을 수 있을 거야."

혼란스러웠다. 나에게 과학은 그저 사칙 연산 정도가 추가된 암기 과목, 그 이상도 그 이하도 아니었는데 내 의문을 해결할 수 있는 방법이 과학에 있다니……. 나는 이 말이 너무나도 허황되게 느껴졌다.

하지만 나에게 처음으로 수학의 즐거움을 가르쳐 준 선생님의 말을 한 귀로 흘려버릴 수는 없는 노릇이었다. 내 행동에 대해 완벽한 믿음은 없었지만 속는 셈 치고 과학을 공부하기 시작했다. 수학을 공부했을 때와 똑같이 책을 사고 혼자 읽어 나가긴 했지만 그 과정이 너무나도 달랐다. 과학은 나에게 전혀 창의적으로 다가오지 못했고 나의 흥미를 이끌기에 턱없이 부족했다. 나에게 좋아하는 공부와 싫어하는 공부의 효율은 극과 극이었던 것이다. 시간은 너무나 오래 걸렸고 암기의 비중이 컸던 화학과 생물은 도저히 공부할 의지가 나지 않아 과감히 지나쳐 버렸다. 오랜 시간 동안 과학이 나에게 무슨 답이 되는지 비판적인 생각만을 했다.

그러던 와중 뭔가가 다르다는 것을 느낀 순간은 혼자서 꾸역꾸역 중학교 과정을 끝내고 고등학교 과정의 과학을 배울 즈음이었다. 이전에는 암기로써만 알려 주던 이야기에 점점 수식적인 부분이 추가되었다. 그리고 사물과 현상을 수학적이고 논리적인 방법으로 설명하는 것이 보이기 시작했다.

그때였다. '과학이란 이런 것이구나. 우리의 삶의 부분 부분을 수를 이용해 설명하는 것 그리고 내가 여태껏 당연하게 여기고 지나쳤던 것들을 하나하나 분석하고 증명하는 것, 그것이 바로 과학이구나.'라는 생각이 스쳤고 그제야 나에게 과학이라는 것은 색다르게 다가왔다.

이전까지 내가 바라기만 하고 지나쳤던 것들을 내 손으로 증명하고 이해해 낼 수 있다고 몸소 느꼈을 때의 전율은 말로 표현할 수 없다. 앞으로 내가 공부할 모든 것이 설레고 기대되었다. 이때부터였을 것이다. 나는 과학을 제대로 공부하기로 마음먹었다. 암기라고만 생각했던 부분들을 차근차근 읽어 나가자 책에서 말하고자 하는 것들이 조금씩 들리기 시작했다. 과학이 재미없는 과목에서 수학보다 심오한 즐거움을 지닌 과목으로 탈바꿈하는 순간이었다.

중학교 1학년 겨울이었던 것으로 기억한다. 나는 내가 원하는 수학과 과학을 공부하기 위해 과학고등학교에 가야겠다는 새로운 꿈을 품었다. 이전의 나와는 많은 부분이 달라졌다. 싫어하는 과목에 대한 태도는 예전처럼 부정적이지 않았고 모든 것이 내가 앞으로 나아가는 데에 필요한 하나의 과정이라 생각하고 견뎌 내었다. 그리고 지금의 나는 카이스트의 학생으로서 우리나라의 과학과 공학의 미래를 위해 공부하고 있다.

감사한 선생님께 꼭 자랑하고 싶은 오늘의 나

여기까지가 과학이란 것을 처음 만난 나의 옛이야기다. 이때의 경험과 노력이 모여 나를 현재의 멋진 모습으로 이끌어 주었다. 비록 최근에는 일상에 치여 나의 순수했던 마음가짐을 많이 잃어버렸지만, 지금도 나는 어릴 적 품었던 꿈을 위해 하나의 계단을 오르려고 노력한다. 내가 앞으로 써 내려갈 이야기는 어떤 방향으로 이어질지 아무도 모른다. 하지만 어릴 적 내가 과학에 흥미를 느꼈던 그 순간 덕분에 지금까지의 이야기가 순풍을 타고 흘러올 수 있었다. 이런 기억을 되새기는 것만으로, 앞으로의 내 이야기에 새로운 바람을 불러일으킬 것 같은 좋은 예감이 든다.

정말로 많은 우연이 겹쳤다. 아버지의 취미 덕분에 담임 선생님과 많은 이야기를 나눌 수 있었고, 문제 풀이를 독특하게 푸는 바람에 영재 교육원을 합격했다. 교육 환경이 좋지 않아 스스로 공부하게 되었고, 문득 들었던 생각 때문에 수학에 흥미를 잃어 더욱 본질적인 것에 다가가 과학이라는 것을 접했다. 단 한 가지, 내 인생에서 우연이 아닌 것이 있다면 언젠가부터 내 길에 계단을 놓아 주신 초등 영재 교육원의 윤성자 선생님이다. 수많은 우연이 나와 선생님의 필연을 만들어 주었고 그 필연이 현재의 나를 완성해 주었다.

카이스트에 입학한 후 이 학교를 처음 소개해 주신 윤영자 선생님께 꼭 자랑하고 싶었다. 그래서 선생님에 대한 정보를 여기저기 수소문해 보았지만 지금은 교직에서 은퇴하셨는지 소재를 알 수 없었다. 훗날 내 앞에 놓인 계단의 끝에 다다랐을 때 나는 꼭 선생님을 다시 한 번 찾아뵙고 싶다. 그리고 말씀드릴 것이다. 선생님이 알려 주신 길을 제가 찾았다고 그리고 이 길의 끝에 도달했다고, 진심을 담아 감사드린다고…….

발명과 해맑은 미소

산업및시스템공학과 10 이경율

얼마 전 텔레비전을 틀었다가 흥미로운 방송에 넋을 놓고 본 적이 있다. 〈영재 발굴단〉이라는 방송이었는데, 대한민국 곳곳에 숨은 영재 아이들을 찾아 그들의 일상을 담고, 그 영재성을 키워 나가기 위한 바탕을 마련하고자 기획된 프로그램이었다. 두 살인데 물감으로 색채를 익힌 아이부터 시작해 자신만의 생각으로 그림을 그리는 아이, 상위 0.2%로 각종 발명 대회에서 인정받은 아이, 가수만큼 춤을 잘 추는 아이 등 각 분야에서 어린 나이에 남들보다 뛰어난 재능을 선보이는 아이들이었다.

아이들이 해맑은 미소로 자신이 좋아하는 분야에 몰두하는 모습은 나로 하여금 귀엽게 바라보는 것에서 그치는 것이 아니라 어떤 일을 하면서 아이들처럼 해맑게 웃어 본 적이 있었는지 되돌아보게 만들었다. 25년의 짧으면서도 짧지 않은 인생에서 후회 없이 살아왔다고 자부하던 나에게, 해맑은 미소를 지었던 나날을 회상하는 건 무척 어려웠다. 하지만 25년을 살면서 겪은 다양한 경험 속에서 발견했던 불편한 일을 조그마한 발명으로 해결했던 기억은 나를 해맑게 만들어 주었다.

단순함으로 행복함을 선사하는 발명의 매력

해맑게 웃었던 기억을 찾기 위해 내 유년기 시절을 떠올려 보았다. 나는 연구자이신 아버지의 밑에서 간접적으로 과학에 대한 많은 영향을 받았다. 내가 어릴 적 아버지께서는 매주 특허청의 발명 전시관이라는 곳에 데려가 다양한 발명품을 보여 주시며 발명의 원리에 관해 설명해 주셨다. 어찌 보면 간단하지만 실생활에서 유용해 보이는 제품들이 나의 흥미를 끌었다.

대부분의 발명은 우리가 일상에서 쉽게 보고 느낄 수 있는 사소한 것에서부터 파생된 것들이다. 하지만 그 사소한 것들은 많은 사람에게 큰 행복감을 불러일으키는 꼭 필요한 발명이었다. 아버지께서는 발명에 관해 설명해 주시며 "발명은 어찌 보면 단순하지만 그 단순함 속에서 많은 사람의 불편함을 해소하고 행복함을 느끼게 할 수 있다. 너 또한 생활 속 불편한 사항에 대해 조그마한 개선으로 사람들을 기쁘게 만들면 좋겠다."라고 말씀하셨다. 발명에 대해 아무것도 모르지만 무언가를 발명함으로써 누군가에게 큰 도움이 될 수 있다는 말씀에 저절로 미소가 지어졌다.

그러던 중 불현듯 나에게 누군가를 도와줄 기회가 찾아왔다. 어느 날 어머니께서 설거지하는 모습을 보게 되었는데, 고무장갑을 낀 손이 퐁퐁 때문에 미끄러워 수세미를 계속 놓치고 계셨다. 그리고 고무장갑을 낀 채 수세미에 압력을 가해 그릇을 닦으면 손목에 압력이 크게 작용해 아프게 만들었다.

그뿐만 아니라 수세미는 철 수세미, 일반 수세미 등 다양했는데 씻고자 하는 그릇에 따라 계속 바꾸어 가며 씻는 모습이 번거로워 보였다. 따라서 어떤 사소한 변화로 어머니를 기쁘게 할지 고민하게 되었고 해답은 간단하였다. 다양한 수세미를 고무장갑에 붙이는 것만으로 모든 문제점이 해결된 것이다.

고무장갑의 손가락 부분에는 일반 접시를 닦는 수세미를, 손바닥 부분에는 철 수세미를 붙여 작은 압력으로도 손쉽게 그릇을 닦을 수 있게 하였다. 이러한 변화로 더 이상 고무장갑을 낀 손으로 수세미를 놓치는 일이 없었으며, 번거롭게 수세미를 변경하는 일 또한 없어졌다.

이러한 변화에 어머니께서 기뻐하시는 모습을 보며 형용할 수 없는 기쁨을 느꼈다. 제작하는 과정이 힘들었지만 이런 기쁨이라면 모든 사람에게 도움이 되는 발명을 계속하고 싶은 욕구가 생겼다. 또한 기쁨이라는 것이 자신을 위한 행동에서 비롯될 수도 있지만, 내 노력으로 누군가가 행복을 얻는다면 그곳에서도 찾을 수 있다는 것을 깨달았다.

내 사소한 발상의 전환 덕분에 사람들이 행복해 하는 모습을 보며, 발명에 관한 관심은 나날이 커졌다. 또한 생활하는 곳곳에서 불편한 점을 여럿 찾을 수 있어서 내 행복을 위한 행보는 계속 이어졌다. 여느 명절처럼 가족과 친척이 다 같이 할아버지의 납골당에 제사를 지내러 갔다.

할아버지를 가족 납골당에 모셨는데, 매번 갈 때마다 그 납골당 안에 벌레가 침입해 문제를 일으켰다. 그리고 납골당이 완벽히 밀폐되어 있지 않아서 내부에는 습기가 가득 찼으며, 바닥으로부터의 열기 또한 납골당 내부를 더욱 악화시켰다. 아버지는 매번 납골당을 방문하실 때마다 마음 아파하셨지만 문제점에 대해 해결책을 강구하지 못한 채 발만 동동 굴리셨다.

하지만 조그마한 노력으로 큰 변화를 이끌어 낼 수 있듯이 이 문제도 사소한 방안으로 해결해 보기로 했다. 해답은 간단하였다. 납골당의 내부 온도를 일정히 유지만 해 준다면 벌레의 위협으로부터 벗어나고 습기 또한 발생하지 않게 될 것이다. 따라서 땅의 지열과 외부의 온도 변화를 예방하기 위해 하층부와 외벽을 이중 밀폐 구조로 설계해 온도 변화를 줄였으며 상층부에 태양 전지를 이용한 펜을 설치하여 내부의 습기를 제거해 주었다.

이렇게 온도를 일정히 유지해 주고 내부에 습기를 없앰으로써 더 이상 벌레의 침입이나 습기로 인해 납골당에 악영향을 미치는 것을 예방하였다. 이번 일을 경험하며 실생활은 모든 것이 완벽해 보이지만 그 안에는 많은 문제점이 존재한다는 것을 깨달았다. 우리는 그것을 당연시하고 적응해 나가는 것뿐이다. 하지만 작은 문제점을 하나를 해결하고자 할 때 모두에게 기쁨으로 돌아간다. 또한 그로 인해 얻는 기쁨은 나 자신만을 위한 행동으로는 얻어질 수 없는 큰 기쁨이라는 것도 알게 되었다.

그렇게 가족과 친척을 위한 발명을 하며 행복을 누리던 나에게 더 많은 사람을 위해 발명을 할 기회가 찾아왔다. 고등학교 축제 때 나는 반장들 중 대표로 진행을 맡게 되었다. 보통 사회자는 무대 옆에서서 스크립트를 읽는데 대개는 모든 조명을 끈 채 사회자에게만 강한 불빛을 비춰 돋보이게 하는 경우가 많았다.

하지만 사회자에게 불빛을 비추면 스크립트 위로 그림자가 생기고 이 때문에 글씨가 잘 안 보이게 된다. 또 무대에 불을 밝히고 사회자 쪽은 불을 끄면 불빛이 없어 스크립트를 읽을 수 없다. 나 또한 진행하면서 불빛 때문에 많은 애를 먹었다. 조그마한 불빛이 절실히 필요했다.

따라서 축제가 끝난 후 불빛으로 인한 문제점을 해결하기 위해 곰곰이 생각해 보았다. 이번에도 역시 해답은 간단했다. 마이크 밑에 조그마한 LED 전구를 부착하는 것만으로 불빛이 없어 글을 못 읽는 사태를 방지할 수 있었다. 이런 나의 발명은 학교의 모든 마이크에 적용되어 그 후 진행을 원활히 이어 나갈 수 있게 되었다. 내 발명 덕분에 친구들이 더 나은 진행을 하는 모습을 보고 기뻤으며, 내가 정말 발명을 통해 문제점을 고쳐 나가는 일을 사랑하고 있다는 것을 깨달을 수 있었다.

하지만 계속 발명 활동을 하기 위해서는 과학이 절실히 필요하다는 것을 느끼게 되었다. 고등학교 때 과학 선생님이 자주 동굴 탐사를 다니셨는데 두 손엔 항상 라이트와 채굴 도구, 돋보기를 들고 있어야 해서 어려움이 많다고 말씀하셨다. 그래서 선생님을 도와드리기 위해 발명을 하려 했지만 나만의 일반 상식으로는 한계점이 있었다. 그뿐만 아니라 고차원적인 해결을 위해서라도 전문적인 지식이 필요했다. 따라서 이러한 지식을 체계적으로 배울 수 있는 곳이 필요하였고, 내가 발명을 더 진행할 수 있게 도와주는 학습 무대로 카이스트를 선택하게 되었다.

카이스트에서도 계속되었던 발명의 아이디어

카이스트에 대한 나의 판단은 정확했다. 기초 자연과학부터 고차원적인 내용까지 체계적인 학습은 발명을 향한 나의 시각을 더욱 넓혀 주었다. 또 하나, 나의 마음을 설레게 하였던 것은 원리에서 끝나는 것이 아니라 실제 현실에서 적용 가능한 것을 몸소 체험하게 함으로써 실체적인 과정을 배울 수 있다는 점이다. 내가 진정으로 사랑하고 원하던 공부를 할 수 있다는 사실에 어떤 어려움도 극복하고 학업에 임할 수 있었다.

학교생활 중 나의 열정을 가장 불태운 것은 바로 카이스트 내에서 학우들이 겪는 불편한 점을 조별로 직접 제조하여 해결하라는 과제였다. 따라서 우리 조는 학교 내의 문제점을 찾았고, 기숙사 샤워실에 비치할 목욕 바구니 건조기를 제작하기로 했다. 그 이유는 학생들의 생활을 관찰한 결과 학생들이 사용하는 목욕 바구니의 보관 상태가 많이 불량했기 때문이다. 이 원인은 카이스트 내 기숙사가 방과 샤워실이 분리되어 있었던 탓이다. 따라서 샤워실에서 샤워를 한 후 젖은 목욕 바구니를 건조시키지 않은 채 방까지 들고 가는 경우가 많았다.

그리고 이는 바닥에 물을 떨어뜨려 미관상, 안전상 좋지 않게 만들었다. 또한 복도 내의 까만 물때를 매일 청소하시는 청소부 아주머니의 모습이 너무 힘들어 보였다. 그뿐만 아니라 학생들은 젖은 바구니를 방에 두기 꺼려해 복도에 그냥 두는 경우가 많았는데 이는 복도에 물건 적재를 금지하는 소방법 조항에 어긋났다.

그렇기 때문에 젖은 목욕 바구니를 방에 두기 싫은 학생들과 규정에 따라 행해야 하는 사감 아저씨 사이에 갈등이 생겨 왔다. 마지막으로 축축한 바구니에 생기는 곰팡이는 위생상 바람직하지 않았다. 그래서 샤워를 한 직후 목욕 바구니를 바로 건조시킬 수 있는 건조기 제작을 구상하게 되었다.

기존에는 어떠한 과정 없이 무작정 문제점에 뛰어들었다면, 이제는 카이스트에서 학습한 덕분에 체계적인 사고를 통하여 발명을 진행할 수 있었다. 설문 조사를 통해 학우들이 개선했으면 하는 방향을 확인했다. 그리고 제품을 제작할 때 부품 설계의 과정이 중요한데, 부속품을 선택하면서 기대 효과를 전망할 수 있게 되었다.

또한 선행 기술 조사를 통해 기존의 아이디어를 분석함으로써 더 나은 방향으로 발명할 수 있었다. 그뿐만 아니라 미리 설계도를 3D로 구상, 재현해 봄으로써 제작 과정의 비용과 시간을 절감했다. 이렇게 순서에 맞춰 진행하니 학습하기 전보다 시간을 단축할 수 있었고 완성도 또한 높일 수 있었다.

이를 토대로 컨베이어 벨트와 열 바람을 이용한 목욕 바구니 건조기를 제작하게 되었다. 목욕 바구니 건조기는 건조시키려는 바구니를 컨베이어 벨트에 실으면 감지 센서가 이를 감지해 작동을 시작한다. 강한 열 바람과 컨베이어 벨트의 경사는 빠른 시간 안에 물기를 제거해 주었다. 따라서 단순한 과학적 원리를 이용해 손쉽게 학교 내의 문제점을 해결할 수 있었고 많은 사람에게 이로운 점을 제공할 수 있었다.

이러한 우리의 발명은 기숙사뿐만 아니라 목욕탕과 수영장으로도 확산되어 도움을 줄 수 있을 것으로 내다보았다. 화장실에서 손을 씻은 후 핸드 드라이어를 이용해 손을 말리듯, 목욕이나 샤워 후 목욕 바구니 건조기로 바구니를 말리는 하나의 문화를 만드는 데 기여할 것으로 예상했다. 몇 달간의 밤샘 작업은 힘들었지만 여러 사람이 우리의 발명으로 인해 기뻐하는 모습을 보며 큰 성취감을 느끼게 되었다. 과학을 활용하는 이타적인 삶을 통해 큰 행복을 느낄 수 있었다. 또한 내가 발명을 통해 사회 환경의 문제점을 고쳐 나가고 그 과정에서 해맑은 미소를 지을 수 있다는 것을 알게 되었다.

해맑은 미소를 발명하고 싶다

다양한 발명 활동을 하며 지낸 나에게 대학 졸업이라는 새로운 도전의 길이 펼쳐지게 되었다. 새로운 도전의 길에 직면한 나는 아무런 구상도 하지 못한 채 대학 졸업 후 무엇을 할지 걱정하게 되었다.

그러던 중 내가 진정으로 좋아하고 사랑하는 것이 무엇인지 생각해 보았다. 그리고 깨달은 것은 내가 진정 열정과 마음을 다 바쳐 발명하고 그로 인해 사람들이 기뻐할 때 나 또한 행복하다는 것이다.

어릴 때 단순히 부모님을 돕고 싶어 서툴게 만들었던 수세미 고무장갑으로 인해 부모님께서 기뻐하시는 모습을 보며 형용할 수 없는 기쁨을 느꼈던 감정은 내가 정말로 이 일을 사랑한다는 것을 일깨워 주었다. 또한 카이스트 학우들을 위한 목욕 바구니 건조기 발명은 내가 정말 그 일을 사랑하지 않았다면 불가능하였으리라 생각된다. 그런 일련의 과정을 다시 생각해 보면 내가 정말 원하던 일이었고 그 일을 하며 행복을 누렸다는 것을 알았다. 얼마 전 방송에서 본 아이들의 해맑은 미소는 정말 자신이 좋아하는 것을 할 때 나오는 미소라는 것을 알게 되었다. 앞으로 나에게 어떠한 미래가 펼쳐질지는 모른다. 하지만 확실한 것은 나에게 해맑은 미소는 발명할 때 나올 것이다.

꼬리에 꼬리를 무는 생각의 즐거움

생명과학과 12 이용재

지금 생각해 보면 나는 어렸을 때부터 정말로 과학을 좋아했던 것 같다. 정확한 출발점이 언제부터인지는 모르겠다. 하지만 기억이 나던 때는 물론이고, 태어났을 때부터 쭉 과학을 좋아했다는 것을 본능적으로 알 수 있다. 과학이 주는 뚜렷한 결말을 한번 맛보고 빠지면 과학에서 헤어 나올 수 없게 된다. 과학에는 평범한 것과는 다른 묘한 중독성이 있다. 어떻게 보면 지금 카이스트에 다니고 있다는 사실 자체가 과학을 좋아한다는 증거이다.

어렸을 때와 달리 나는 과학이 이제 광범위한 영역을 아우른다고 생각한다. 학교에서 배우는 것 외에도 과학은 일상에서 우리와 늘 가까이에 있다. 심지어 요리를 하는 것도, 애완동물을 기르는 것도 과학이다. 논리적인 생각을 이끌어 낼 수 있다면 비과학적인 발상도 과학의 일부라고 생각한다. 왜냐하면 지금 교육을 통해 배우는, 누구나 과학이라고 인정할 만한 것은 갑자기 생겨난 것이 아니기 때문이다.

누군가의 상식을 깨려는 용기가 없었다면 과학의 영역은 지금만큼 넓지 않았을 것이다. 과학은 일상에서 겪는 일을 새로운 관점으로 바라보고 해석하며 새로운 것을 알아내고, 그 새로운 것을 통해 또 다시 새로운 것을 알아내며 탄생했다. 결과론적인 이야기일 수도 있지만 나는 과학이 우리 생활과 밀접하게 연관되어 있다고 생각한다.

어렸을 적 꿈속에서 액션 만화 주인공의 기술을 쓴 적이 있다. 그 꿈을 꾸고 난 후 '정말 내가 그 기술을 쓸 수 있을까?'라는 생각을 했고 그 동작을 그대로 따라해 보기도 했다. 물론 내 손에서 광선이 나가지는 않았다. 당시에는 이것이 과학인 줄 몰랐다. 웃기는 이야기지만 지금 생각해 보면, 이것도 심지어 과학을 하는 것이다. 어떤 하나의 가설에 대하여 직접 실험을 통해 틀렸다는 것을 증명하는 것이 과학인 것이다.

사마귀를 키우면서 과학 사랑도 키우다

나는 어렸을 때 동물을 좋아했다. 특히나 곤충을 좋아했다. 그리고 커서 곤충학자가 되고 싶었다. 때문에 곤충이 보이지 않는 겨울보다는 무덥지만 곤충을 충분히 관찰할 수 있는 여름이 더 좋았다. 길을 걷다가 풀밭이 보이면 멈춰 서서 곤충이 있는지 확인해 보았다. 거기에 곤충이 있으면 온 정신을 손끝에 집중해서 잡으려고 노력했다. 곤충에 대한 TV 다큐멘터리를 즐겨보기도 했다. 또 곤충 도감을 참고하여 그날 봤던 곤충이 무엇인지 알아내던 기억도 있다.

곤충을 잡는 것에서 그치지 않고 길러 보기도 했다. 정말 많은 곤충을 길러 보았는데, 그중에서 특히 기억에 남는 것은 사마귀이다. 사마귀는 내가 기르면서 최초로 번식을 시켰던(엄밀히 말하면 완벽한 번식은 아니지만) 동물이다. 처음에는 알을 밴 왕사마귀를 잡아서 길렀다. 나는 사마귀가 살아남을 수 있도록 다른 곤충들을 잡아서 채집통에 넣어 주었다. 톱날과 같은 앞발로 먹잇감을 사냥하는 사마귀의 모습이 신기하고 멋있었다.

일주일 정도 지나자 사마귀는 알을 낳고 죽었다. 나는 알을 낳는 장면을 직접 목격했는데 하얀 거품 같던 알집이 누렇게 변해 딱딱해지는 것을 보고 신비함을 감출 수 없었다. '이 알에서 새끼가 부화하면 이렇게 큰 사마귀를 여러 마리 가질 수 있구나!'라고 생각했다. 하지만 금세 시들해지는 어린 마음에 그런 열정도 점점 사라져 갔다. 결국 사마귀 알만 남은 채 비어 버린 채집통은 신발장 위에 방치되었다.

그 채집통에 대한 기억이 시서히 잊힐 2월쯤 아버지께서 집에 들어오시면서 이게 무어냐고 소리치셨다. 벽을 보니 사마귀 새끼들이 줄을 지어 이동하고 있었다. 난방이 되는 집 안의 따뜻한 온도 때문에 봄으로 착각하여 사마귀 새끼들이 알에서 부화한 것이었다. 수백 마리의 조그마한 새끼가 조그마한 채집통의 숨구멍을 통해 탈출해 벽을 수놓았다. 예상했던 크기보다 훨씬 작고, 예상했던 수보다 훨씬 많

톱니와 같은 앞발로 먹잇감을 사냥하는 사마귀의 모습이 신기하고 멋있었다.

은 새끼들을 보며 생명의 신비를 몸소 체험하는 순간이었다. 그 순간도 잠시, 사마귀 새끼들은 아버지께서 뿌린 살충제에 무참히 죽어 나갔다. 나는 그때 사마귀가 알에서 부화하는 데는 온도가 중요한 역할을 한다는 것도 깨달았을 뿐만 아니라 사람이 생태계에 미치는 영향에 대해서도 생각하게 되었다.

나는 어렸을 때 맹목적으로 과학을 좋아했던 것 같다. 초등학교 때 다른 과목도 정말 좋아했지만 내 장래희망은 언제나 과학자였다. 왜 그랬을까? 과학을 특히 더 좋아해서 그랬던 것은 아니었다. 내 생각으로는 과학만의 낮은 진입 장벽 때문인 것 같다. 만약 처음부터 대학교 수준의 지식을 가르친다면 어떤 과목이 가장 거리감이 느껴질까?

나는 과학이라고 생각한다. 이유는 간단하다. 문학 작품은 정서적인 것이기 때문에 나이에 크게 구애받지 않는다. 하지만 과학은 정말 급진적인 변화를 겪었다. 고대의 간단한 도구부터 현대의 문물까지 급진적인 발전을 이루어 왔다. 다른 것들은 시간이라는 장애물 때문에 발전을 방해받지만, 과학은 어느 정도 무한하다고 할 수 있는 발전을 이루어 낼 수 있었다. 그리고 그런 변화들을 짧은 교과 과정을 통해 전부 배운다.

다시 말하면 처음에는 자기 주변의 것과 가까운 과학을 배우지만 점점 자세하고 심화적인 과학을 배우게 된다는 것이다. 낮은 진입 장벽과 발전하는 과정에서 느낄 수 있는 즐거움은 과학이 다른 것보다 재미있는 이유인 것 같다.

생각해 보면 과학 이외의 것은 점점 싫어졌던 것 같다. 과학이 다른 모든 것을 대체할 수 있다는 착각에 빠지기도 했다. 한때 문학은 학문이라고 여기지도 않았다. 객관성이 결여되어 있기 때문이다. 어떤 작품을 내가 썼을 때와 유명 작가가 썼을 때를 비교해 보자. 그러면 아무래도 내가 쓴 작품에 대한 평가보다 유명 작가가 쓴 작품에 대한 평가가 더욱 높을 것이다. 하지만 과학은 그 내용에 따라서 객관적인 평가가 가능하다.

지금도 드는 생각이지만, 문학은 사람마다 느끼는 것이 다르기 때문에 배우기 좋은 분야는 아니다. 문학을 감상하는 방법을 배울 수는 있어도 그 자체를 배울 수는 없다고 생각한다. 오히려 다른 사람의 관점을 받아들이면 자신만의 새로운 생각을 할 수 있는 문을 닫아 버리는 꼴이 된다. 반면 과학은 새로운 생각을 장려한다. 새로운 생각을 장려하면서도 결론은 모호하지 않다. 확고한 결론이 있다. 이런 확실성이 과학에 대한 어떤 완결성을 느끼게 해 준다.

과학의 장점은 지속적으로 좋아할 수 있다는 것

사실 지금까지 과학이 재미있었던 시간은 많지만 정작 그 시간에 내가 과학을 하고 있다는 생각은 별로 없었던 것 같다. 지금에서야 그때 내가 과학을 했었다고 느낄 수 있다. 적어도 나에게 있어서 살아있는 매 순간순간이 과학이었다. 종이비행기를 멀리 날리기 위해서 다양한 방법으로 접었을 때, 보고 싶은 TV 채널을 사수하려고 손으로 센서를 가리면서 리모컨 신호를 막았을 때, 정전기로 친구들에게 장난을 쳤을 때도 모두 과학을 경험하면서 재미를 느낀 시간이었다. 이처럼 그저 일상에 불과한 것들을 과학으로 생각하는 것이 가능하다. 자신이 과학적인 의미를 부여한다면 그것 또한 과학이 되는 것이다.

과학을 통해 느낄 수 있는 또 다른 즐거움이 있다. 바로 알아 가는 즐거움이다. 어떤 지식을 습득하면 정말 큰 성취감과 뿌듯함을 느낄 때가 있다. 성취감과 뿌듯함을 통해 기쁨을 느낀다. 배우는 것만으로 기분이 좋아져서 더욱 몰입하게 된다. 이때 느끼는 기쁨은 다른 어떤 경험으로도 얻을 수 없는 종류의 기쁨이다. 비슷한 예로 자신이 알고 있다는 것을 확인할 때의 기쁨이 있다. 일상생활 속에서 무언가를 봤을 때 내가 배운 것을 통해 해석할 수 있다면 정말 큰 기쁨을 느끼게 된다. 마치 내가 대단한 사람인 것 같은 착각마저 든다. 내가 쓸모 있는 사람처럼 느껴지고 굉장한 자부심이 생겨난다. 이것 또한 다른 어떤 것으로도 얻을 수 없는 기쁨이다.

물론 내가 지금까지 해 왔던 과학에 대해서 모두 만족하는 것은 아니다. 나는 종종 과학을 다른 방식으로 배웠으면 어떨까 하는 생각을 한다. 대학에 들어와서 자신이 하고 싶은 전공을 고르게 되는데, 이전까지 배웠던 내용으로는 전공이 자신에게 맞는지 알 수 없다. 나는 다행히도 1학년 때 무학과 제도를 실시하는 카이스트에 진학했고 조금 더 많은 경험과 고민을 한 뒤 전공을 고를 수 있었다.

하지만 대학교에 진학하는 고등학생 중 대부분 자신이 선택하는 전공에 대해 제대로 알지 못한다. 원하는 전공을 선택한다 해도 자신이 생각했던 것과 크게 다르게 느껴질 수 있다. 지금 내 전공과 초등학교 때 내가 되고자 했던 과학자와는 비슷한 분야인 것 같지만 차이가 무시하지 못할 만큼 크다. 현대의 과학은 고등학교 교과 과정인 물리, 화학, 생물, 지구과학, 네 분야로 나누기에는 너무 커진 것 같다.

자신이 무엇인가를 좋아한다고 생각하는 것은 쉽지 않다. 단순히 흥미를 느끼는 것과 좋아한다고 말할 수 있는 것과는 차이가 있다고 생각한다. 잠을 자고 일어나면 기분이 상쾌해지고 좋아진다. 하지만 그렇다고 해서 잠을 자는 것을 좋아한다고 할 수는 없다. 감정은 단순히 본능에 의한 것이지만 좋아한다는 것은 말로 표현할 수는 없는 본능 이외의 무언가가 있다.

분명 흥미는 있었지만 그보다 과연 내가 과학을 좋아하는가에 대해서는 생각이 많다. 그리고 내린 결론은 무언가를 좋아한다고 여기기 위해서는 시간 가는 줄 모르는 몰입의 마음가짐이 필요하다는 것이다. 내가 고등학생 때, 공부에 집중하다가 시계를 봤더니 쉬는 시간을 넘겨 다음 수업 시간이 된 적도 있었다. 쉬는 시간의 시작과 끝을 알리는 소리도 못 들을 만큼 집중해서 공부했다. 이때 확실히 내가 과학을 좋아한다고 깨달았다.

사람이 어떤 것을 항상 좋아만 할 수는 없다. 과학은 여기서 특유의 진가를 발휘한다. '과학'이라는 단어에는 너무나 많은 의미와 범위가 내포되어 있다. 과학에 들어 있는 두 개념이 서로 비슷할 수도 있지만 전혀 관련이 없을 수도 있다. 그래서 어떤 개념에 대해 싫증을 느끼더라도 다른 것을 찾으면 새로운 흥미를 찾아낼 수 있다. 과학이라는 큰 개념에서 벗어나지 않고 꾸준히 과학을 좋아할 수 있다. 또한 다른 개념을 공부하더라도 이따금씩 원래의 개념과 이어지기도 한다. 지속적으로 좋아할 수 있다는 것은 과학만이 가진 강점 중 하나일 것이다.

꼬리에 꼬리를 무는 생각의 즐거움

나는 가끔 이런 생각을 한다.

'어렸을 때는 누구나 과학을 좋아할 수 있지만, 커서는 정말 좋아하는 사람이 과학을 좋아할 수 있다.'

정확히 말하면 과학을 정말 좋아하는 사람만이 남들에게 스스로 과학을 좋아한다고 말할 수 있다. 과학은 시대가 지나면서 새로운 지식이 축적되어 발전하기도 하지만, 한 사람의 인생 안에서도 발전하는 것 같다. 어렸을 때 호기심을 가지고 자연 현상을 관찰하면서 생각하는 것에 재미를 느낄 수 있다. 그리고 그런 감정을 통해 자신이 과학을 좋아한다고 말할 수 있다. 하지만 성인이 된 후에도 그런 기초적인 단계의 과학을 체험한 것만으로 과학을 좋아한다고 말하면 남들은 이해할 수 없을 것이다.

보다 심화적인 과학을 즐겨야 비로소 과학을 좋아한다고 인정받을 수 있다. 그 현상에 대해 보다 구체적으로 생각하고, 필요하다면 실험하면서 막연한 것보다 조금 더 체계적인 생각을 해야 한다. 이런 과정을 재미있게 느낄 수 있을 때 비로소 과학이 즐겁다고 단언할 수 있을 것이다.

과학은 배우고 실험하고 관찰하는 것이 전부가 아니라고 생각한다. 내가 생각하는 과학의 핵심적인 요소는 연계적인 생각이다. 어떤 하나의 개념으로부터 꼬리에 꼬리를 물고 늘어져 다른 개념으로 확장해 나가는 것이 그동안 과학이 발전할 수 있었던 원동력이다. 마찬가지로 과학이 우리에게 주는 즐거움은 배우고 실험하고 관찰하는 데서 오는 즐거움이 전부가 아니다. 꼬리에 꼬리를 무는 연속적인 생각 또한 그 자체로 즐거움을 준다.

나는 어렸을 때부터 그런 생각을 하는 걸 좋아했다. 개미가 줄을 지어 가는 것을 볼 때면 '어디로 갈까?', '먹이를 찾으러 가나?', '먹이는 어떻게 찾지?', '먹이를 찾고 나서는 어떻게 되돌아갈까?' 등의 질문을 떠올렸다. 새로운 궁금증이 생길 때마다 즐거웠다. 비록 그 궁금증이 풀리지 않더라도 생각하는 것 자체가 정말로 즐거웠다. 꼬리에 꼬리를 물면서 끊임없이 생각할 수 있는 것, 생각하는 데서 오는 즐거움이 내가 계속 과학을 좋아하는 이유인 것 같다.

공대의 중심에서 디자인을 외치다

산업디자인학과 11 민서영

카이스트 산업디자인학과 학생이라고 얘기하면 사람들은 '카이스트'에 다니느냐며 놀라워하거나 그런 과도 있냐는 반응을 한다. 다른 대학의 디자인학과와 마찬가지로 실기 시험을 보고 입학하는지 궁금해할 만큼 산업디자인학과는 카이스트와 어울리지 않아 보인다. 그렇다면 대체 왜 카이스트에 산업디자인학과가 있을까? 다른 학교의 산업디자인학과와 무엇이 다를까?

이를 이해하기 위해서는 디자인이 무엇인지에 대해서도 알고 넘어가야 하지만, 우선 카이스트라는 특수한 환경을 충분히 이해하는 것이 먼저인 듯하다. 카이스트는 비슷한 배경을 가진 사람들이 한 장소에 모여 거의 모든 시간을 함께 생활한다. 과학이라는 특수한 관심 분야를 공유하는 만큼 전체 구성원 모두 기본적으로 통하는 무언가가 있다. 새내기 시절에는 무학과로써 모두가 같은 수업을 듣고 자연과학과 공학의 기초라 할 수 있는 지식을 익힌다. 이런 특수한 환경 속의 카이스트에서 바라는 산업디자이너는 일반적인 산업디자이너와는 다른 목표를 추구한다.

카이스트 속에서 나는 내가 할 수 있는 역할에 대해 오랫동안 고민했다. 궁극적으로 내가 바라봐야 할 목표를 정하고, 그 목표에 도달하기까지 이정표를 설정했다. 내가 할 수 있는 역할을 제대로 파악하기 위해서는 먼저 내가 하고자 하는 일에 대한 확신이 있어야만 했다. 비록 아직은 거칠고 덜 다듬어져 있지만 나의 글에서 이런 과정을 거치며 내가 찾은 답을 나누려고 한다. 내 성장 배경을 토대로 과학과 디자인이 어떤 관계가 있는지 그리고 이런 배경이 나에게 어떤 의미가 있는지 얘기해 보겠다.

과학의 밖에서 과학의 소중함을 깨닫다

나는 창문에 붙어 앉아 바깥을 구경하기 좋아하는 아이였다. 지나가는 사람들을 보는 것도 좋았고 가끔 아는 친구가 보이면 소리쳐 부르고 손을 흔드는 것도 재미있었다. 온종일 바깥에서 놀았더라도 창문으로 보는 세상은 또 달랐다. 겹겹이 보이는 산자락, 햇빛에 반짝이는 강물, 계절마다 달라지는 논밭의 색, 새와 잠자리까지 하루도 지루할 날이 없었다. 동생과 나란히 베란다에 앉아서 바깥을 지켜보다 보면 시간 가는 줄 몰랐다.

하루하루가 새로움의 연속이었지만 그중 가장 놀라웠던 순간은 이사 간 그해 말, 하늘에서 내리는 눈을 보았던 때이다. 초등학교도 입학하기 전이었던 나는, 어느 동요에 나오는 것처럼 하늘 나라 선녀님들이 뿌려 주는 떡가루가 눈이라고 믿었다. 우리 집보다 높은 곳에도 집이 많으니까 어느 집인가에 선녀님이 살아서 눈을 내려 주는 것이라고 말이다. 새로 이사를 간 우리 집은 아파트 제일 꼭대기 층이었다. 여느 해처럼 눈이 내렸고 나는 창문에 바짝 붙어서 하늘을 바라보았다.

어느 순간 눈송이가 하나둘 떨어지기 시작했다. 우리 집 위로는 여전히 하얀 하늘뿐이었다. 선녀님도 없었고, 선녀님들이 숨어서 떡가루를 뿌릴 만한 장소도 없었다. 처음으로 '눈'이 어디서 오는지, 어떻게 만들어지는지 궁금했다.

또다시 눈이 내리던 날, 부모님과 함께 검정 도화지를 들고 밖으로 나갔다. 도화지 위에 떨어지는 눈을 받아 돋보기로 자세히 보기 위해서였다. 선녀들이 뿌려 주는 떡가루는 다양한 그리고 제각기 독특한 아름다움을 가진 모양이었다. 순식간에 녹아내려 나를 감질나게 했지만 그만큼 더 환상적이고 놀라웠다. 눈의 물성과 생성 과정에 대해 구체적으로 배우게 된 건 이로부터 몇 년이 지난 후였지만, 기억 속 눈송이의 모습과 그때의 기쁨을 언제든 생생하게 떠올릴 수 있다. 그렇게 나는 과학을 처음 만났다.

극적인 첫 만남과 비교하면 이후 나와 과학 사이는 그다지 좋지 않았다. 처음의 과학은 내가 가졌던 궁금증을 전부 해결해 주었고 새로운 내용을 끊임없이 알려 주었다. 흥미로운 부분부터 시작했던 공부는 차츰차츰 체계적으로 변해 갔다. 어느 순간 공부가 의무가 되고 책임이 되면서 처음의 설렘을 잊어버리게 된 것이 문제였다. 나는 반발심에 다른 곳으로 눈을 돌렸다.

뮤지컬 〈라이언 킹〉을 보았다. 기타를 연주하는 방법을 배웠다. 사진을 찍으러 다녔다. 초막에서 사바나의 동물들이 대열을 이루고 춤을 추며 아기 사자의 탄생을 축하하는, 〈라이언 킹〉에서 가장 유명하고 인상적인 이 장면이 나에게는 과학이었다. 사람이 연기하지만 동물들의 이야기라는 설정에 몰입하는 데 무리가 없는 것은 각 동물의 행태와 습성을 정교하게 연구하고 분석해 핵심만을 뽑았기 때문이다. 이 또한 과학이었다. 기타의 운지법은 소리의 진동수를 조절하는 것이고, 먼 옛날 바늘구멍 사진기부터 시작해 오늘날까지 이어진 사진기의 역사는 그야말로 섬세하고 정밀한 과학기술의 집결체다. 과학에서 벗어나려고 이것저것 찾았으나 그 모든 것이 사실은 과학이었다.

새로운 무엇을 해도 과학은 항상 내 곁에 있었다. 모든 것의 근간은 과학이었다. 그것을 깨닫자 놀랍게도 무언가를 할 때 과학의 존재 여부로 스트레스를 받지 않게 되었다. 오히려 과학이 있음으로 해서 좀 더 빠르게 익숙해지고 익히는 데 도움이 되었다. 재미있었다. 강제성이 사라지자 새로운 무언가를 배울 때마다 심장이 뛰는 것을 느낄 수 있었다. 역설적이게도 나는, 내가 과학 밖으로 나갔다고 생각했을 때 비로소 내가 좋아하는 것이 '과학'이라는 사실을 깨달았다.

그렇다면 내 길은 왜 디자인이었을까? 디자인, 특히 산업디자인이라는 개념이 등장한 건 역사 속에서 비교적 최근의 일이다. 그런데도 디자인은 역사의 흐름과 그 장구한 걸음을 같이한 과학과 몇 가지 공통점을 찾을 수 있다. 먼저 끊임없이 '왜'라는 질문을 던져야 한다. 이런 사고방식은 나 스스로 답을 찾도록 하셨던 우리 부모님의 교육방식과 만나 빛을 발했다.

무언가에 대한 답을 찾으려면 왜 그것이 그렇게 이루어질 수밖에 없었는지, 어떤 조건들이 영향을 끼치는지, 그렇다면 이를 없애기 위해 혹은 개선하기 위해 어떤 방법으로 무엇을 해야 할지 차근차근 체계적으로 고민해야 한다. 이 과정은 본인만이 아닌 다른 사람들 또한 이해할 수 있어야 하며 논리적으로 어긋나지 않아야 한다.

예를 들어 의자를 생각해 보자. 이때 고려해야 할 요소가 무엇일까? 어떤 재료로 만들 것인지, 얼마나 크게 혹은 작게 만들 것인지 정해야 한다. 하지만 무엇보다도 누가 앉을 의자인지 파악하는 것이 우선이다. 사용자의 연령대는 어떻게 되는지, 특이 사항은 없는지 말이다. 어린아이를 위한 의자와 할머니를 위한 의자는 색상과 크기부터 지향하는 방향이 다르다는 것은 쉽게 생각할 수 있다. 또한 어느 상황에서 사용되는 의자인지 파악하는 것도 중요하다. 그 대략의 맥락이 잡히면 의자에 어떤 기능을 극대화해야 할지 혹은 이 사용자를 위해 어떤 기능을 제공할 것인지 정할 수 있다.

또 의자가 놓일 장소와 상황을 고려하지 않으면 결과적으로 그 의자는 아무도 사용하지 않는 죽은 제품이 되어 버린다. 공원에 놓을 벤치와 휴게실에 둘 소파를 생각하면 차이를 알 수 있다. 부드러운 천으로 만든 푹신한 소파를 공원에 비치하면 몇 번의 비바람과 뙤약볕에 얼마 안 가 곰팡이가 슬고 갈라져 쓰레기나 다름없는 상태로 변할 것이다.

사용자와 사용 상황이 정해졌으면 이제는 세부적인 방향을 정한다. 필요한 경우 사용자를 관찰해 본인들도 자각하지 못한 필요 사항을 발견할 수 있다. 이 단계에서 재료와 크기가 결정된다. 다리를 몇 개로 만들지, 의자의 두께, 등판, 팔걸이나 목 받침대의 유무, 얼마나 높게 등판을 만들 것인지, 앉는 부분은 얼마나 깊어야 할지, 등판이 있다면 앉는 부분과의 각도는 얼마가 적당할지 등등 세부 사항을 설계한다. 전체적인 진행 과정에서 항상 얼마만큼의 힘을 견뎌야 하는지, 그때 알맞은 다리의 위치와 각도는 무엇인지 염두에 두어야 한다.

산업디자인의 핵심은 사람 향하기

두 번째 디자인과 과학의 유사점은 디자인과 과학 모두 문제를 규정하고 그 문제를 해결하는 방안을 찾으려고 노력한다는 것이다. 디자인한다는 것은 무언가의 겉모습뿐만 아니라 본질적 속성까지 모두 고려하는 것이다. 제품이든 그래픽이든 시스템이든 서비스든, 이러한 구분은 형식에 따라 분류한 것일 뿐 결국 마찬가지다.

지피지기면 백전백승이라는 말을 그대로 디자인에 적용할 수 있다. 사용자와 문제 상황에 대해 충분히 이해하고 맥락을 잘 파악했을 때 디자인은 생명력을 가진다. 어떤 관찰된 현상에 대한 궁금증을 설명하려는 시도와 노력이 과학을 만든 큰 축이라고 볼 때 디자인과 과학은 핵심적인 부분에서 닮았다.

디자인은 과학이 할 수 없는 일을 한다. 다시 말해 디자인은 과학과 상호 보완적인 관계이다. 과학 자체로는 대중에 접근하기 쉽지 않기 때문이다. 디자인은 같은 이야기라도 좀 더 사람의 마음에 가까이 접근할 수 있도록 한다. 디자인을 통해 마음속 깊은 곳에서부터 생겨나는 이끌림이 행동의 변화를 유도하고, 디자이너가 실질적으로 말하고자 하는 내용 속으로 사람들이 자발적으로 다가오게 만든다. 더불어 과학은 디자인에 힘을 실어 준다. 디자인으로 전달하려는 메시지에 논리적으로 탄탄한 구조와 흐름을 덧대어 정당성을 부여한다. 이 상호 작용이 유기적으로 잘 이루어질 때 진정으로 강력한, 반영구적인 결과물이 탄생한다.

적정기술이 가장 대표적인 예시이다. 적정기술은 모든 것을 누리고 사는 상위 10%가 아닌, 나머지 90%를 위한 디자인을 의미한다. 대부분 제3세계를 위한 저비용, 고효율 디자인을 상징하는 의미로 사용한다. 오지의 주민들에게 식량과 의류 등을 지원하는 1차원적인 원조가 아닌 태양열을 이용한 페트병 전구라든가, 더욱 쉽게 깨끗한 물을 마실 수 있도록 정수를 도와주는 제품 등 지속적인 활용이 가능한 입체적 원조를 하는 것을 목적으로 한다.

문명의 혜택을 누리지 못하는 지역이 주된 대상인만큼 디자이너는 사용자가 얼마나 제품을 잘 이해하고 사용할 수 있을지 깊게 고민해야 한다. 이때 디자이너의 생각을 구현하도록 돕는 것이 과학이다. 전기나 인터넷의 보급이 낮은 곳에서 문제를 근본적으로 해결할 수

햇빛을 이용한 발전 기술은 대표적인 적정기술의 하나로, 전력이 들어오지 않는 오지에서 유용하게 활용될 수 있다. 햇빛을 이용한 가로등(왼쪽)과 손전등(오른쪽).

있도록 물리적, 화학적 지식을 응용해 해결책을 제시한다. 그 둘이 매끄럽게 이어질 때 시너지 효과가 발생한다.

디자인은 사람을 향한다. 상대적으로 차갑게 느껴지는 과학에 비해 디자인은 말랑말랑하다. 같은 것이라도 어떠한 방식으로 디자인되었는가에 따라 그 느낌과 매력이 달라지는데, 그 예로 아트와 디자인이 있다. 비슷한 의미로 여겨지는 아트와 디자인의 가장 큰 차이점은 아트가 예술가 본인의 내면에 집중한 결과물이라면 디자인은 디자이너 한 사람이 아닌, 불특정 다수의 사용자를 위한 결과물이라는 것이다. 디자인을 하기 위해 사용자를 진정으로 이해하고 그들의 옆에 나란히 서서 같은 방향을 바라보아야 한다.

디자인하려면 더불어 살아야 한다. 생활 속으로 직접 파고 들어

가야 한다. 그렇게 만들어진 결과물은 가끔은 위트 있게, 가끔은 시니컬하게 사회적 문제점을 해결해 낸다. 주변에 대한 따뜻한 시선이 디자인의 출발이자 완성이다. 이것이 내가 디자인에 빠진 이유, 디자인을 사랑할 수밖에 없는 이유이다.

사실 카이스트 그리고 대전이라는 환경은 디자인을 배우는 입장에서 썩 괜찮은 곳은 아니다. 다른 프로 디자이너들의 작업물을 접하기도 어렵고, 공연이나 전시가 다양하게 열리는 곳도 아니어서 트렌드를 접하기 어렵다. 더군다나 효율과 실용성을 추구하는 공대인 만큼 심미성을 추구한 것, 더 잘 다듬어진 것들에 대한 관심도도 낮다. 맹자의 어머니가 맹자의 교육에 적합한 환경을 찾아 거듭 이사했던 것처럼, 카이스트에서 디자인을 공부하려면 좋은 환경이 갖추어진 곳을 찾아 꾸준히 자신을 '새로 고침' 해야 한다. 하지만 카이스트 산업디자인학과가 갖는 장점이 있다면 그것은 바로 사람이다.

이공계의 중심에서 디자인을 외치다

흔히 하는 농담으로 문과생과 이과생, 미대생과 공대생의 관점 차이를 든다. 예를 들어 '정의'가 영어로 무엇이냐 하고 물었을 때 문과생은 'justice', 이과생은 'definition'라고 답한다는 것이다. 또한 '벡터'가 무엇이냐 물었을 때 일러스트레이터에서 쓰는 이미지 프로세싱 방식이라 답하면 미대생, 크기와 방향을 갖는 물리량이라고 답하면 공대생이라는 것이다. 가볍게 웃고 넘길 수 있는 농담이지만 여기서 확인할 수 있는 관점의 차이는 실제로 협업할 때 큰 걸림돌이 된다. 서로를 겪어 본 적이 없으므로 어떤 방식으로 생각하는지, 중요하게 여기는 부분이 무엇인지 전혀 짐작할 수 없기 때문이다.

여기서 카이스트 산업디자인학과가 빛을 발한다. 우리는 기본적으로 공학적, 과학적 사고방식을 기초로 한다. 동시에 우리는 디자이너로서 생각하고 생활하는 교육을 받는다. 따라서 우리는 공학도와 디자이너 양쪽 모두를 이해하고 모두와 소통할 수 있다.

좋은 디자인이 만들어지려면 사람에 대한 이해와 더불어 아이디어를 실제로 구현하는 것도 중요하다. 특히 사용자와의 상호 작용이 필요한 제품이나 서비스는 더더욱 그렇다. 이때 디자이너 스스로 자신이 생각하는 결과물을 구현할 수 있다면 최종적인 완성도가 훨씬 높아진다. 다른 사람에게 자신의 아이디어를 설명하고 이해시키느라 소모되는 시간이 줄어 효율도 좋고, 불가능한 아이디어를 붙잡고 씨름하는 안타까움도 줄어든다.

디자인만 하는 것이 아닌, 구현 방법을 직접 배우고 활용하는 만큼 우리는 보다 능동적으로 우리의 정체성을 주장하고 실현할 수 있다. 결과적으로 문제점의 정의부터 사용자의 제품 사용 방식과 구현 방식의 결정까지 전체적인 과정을 주도적으로 이끌어 나가니까 보다 완성도 높은 결과물을 얻는다.

무조건 예쁘고 보기 좋은 것을 잘된 디자인이라고 생각했던 적이 있다. 물론 보기 좋은 떡이 먹기도 좋다고 하지만 정말 중요한 건 그것이 얼마나 사용자를 이해하고 배려했는가 하는 것이다. 디자이너가 어떤 철학으로 만들었는지 그리고 그 철학이 어떠한 방식으로 표현되었으며 얼마나 '잘' 전달되었는지가 완성도 높은 디자인과 그렇지 않은 디자인을 구별하는 기준이다.

지금부터 5년여 전쯤 스마트폰 사용이 막 확산되기 시작했던 시절을 떠올려 보자. 아이폰 3G, 갤럭시 S가 시장에 처음 등장했고, 새로운 제품에 반쯤은 열광하고 반쯤은 유용성을 반신반의했다. 이때 스마트폰 시장에서 최대 쟁점은 제품의 성능과 스펙이었다. 하나의 히트 상품이 나오면 1년도 되지 않아 시장엔 비슷한 성능의 스마트폰이 대거 등장했고, 새로운 모델이 나올 때마다 성능은 비약적으로 향상됐다. 성능이 일정 수준 이상으로 평준화되자 사람들은 더는 기능만을 기준으로 제품을 구매하지 않게 되었다.

사람들은 1차적으로 얼마나 본인의 취향에 맞는 외형을 가졌는지, 얼마나 쓰기 편한지, 관련된 애플리케이션 시장이 얼마나 활성화되어 있는지 고려하기 시작했다. 발 빠르게 이를 이해하고 관련된 서비스를 제공한 애플은 승리했으며, 시장을 따라가지 못한 회사는 도태되었다. 디자인이 갖는 힘과 중요성을 단편적으로 보여 주는 사례이다.

앞으로 기술은 점점 발달할 것이고, 기업 간에 기술의 격차도 점점 줄어들 것이다. 그렇다면 이제는 시장에서 기술력이 차별점이 되지 못한다. 모두 비슷한 성능을 제공하는 제품들 사이에서 소비자는 어떤 기준으로 구매를 결정할까? 사용하는 동안 얼마나 특별한 경험을 받을 수 있는가?

디자인이다. 외형뿐만 아니라 사람들이 사용하면서 느끼는 경험까지 모두 고려해 만들어진 디자인이 결국 시장에서 승리하도록 만드는 요인이 될 것이다. 디자인은 다른 분야와 비교했을 때 진입 장벽이 낮아 누구나 할 수 있는 일이라는 오해를 받기도 하지만, 그렇다고 아무나 할 수 있는 것은 아니다. 공학도 중에서 인문학, 심리학에 조예가 깊은 융합형 인재를 선호하는 추세도 이와 무관하지 않다.

지금 나는 이공계의 중심에서 디자인을 외친다. 정말로 쓸모가 있는 것을 만들기 위해 그리고 더 나아가 사람들의 불편함을 개선해 더욱 나은 세상을 만드는 데 보탬이 되기 위해 말이다. 선녀님의 떡가루를 관찰하며 신기해했던 나는 이제 결정의 형태적 구조에서 새로운 아이디어와 응용 가능성을 찾는다. 나는 주어진 정보를 일방적으로 수용하는 학생에서 능동적으로 콘텐츠를 만들고 데이터를 가공해 응용할 만큼 성장했다.

지금까지 카이스트는 나에게 공학적 지식과 사고방식을 기반으로 기능과 사용성이라는 두 마리 토끼를 모두 잡을 기회를 주었다. 어떤 문제를 해결하는 과정에서 과학은 항상 내게 힘을 실어 주는, 나만의 차별성을 만들어 주는 요소였다. 나는 과학이 처음부터 지금까지 내 곁에 묵묵히 함께해 왔기에, 앞으로도 나에게 새로운 가능성을 보여 줄 것이라 믿어 의심치 않는다.

어느 꼬맹이 철학가 양반의 인생 담론

물리학과 11 윤호진

햇병아리의 당찬 자기소개서

"저는 어릴 적부터 무언가를 생각하는 것을 좋아했습니다. 논리적으로 사고하는 천성 덕분에 처음 수학을 접한 순간부터 그 매력에 매료되었습니다. 학교에서 더 많은 공부를 하면서 수학과 비슷하면서도 엄연히 다른 학문인 물리학을 접하게 되었고 거기에도 빠져들었습니다. 공부가 너무 재미있었어요. 한때는 충분한 음식 및 기본 생활 요소만 갖추어진다면 평생 지하 깊숙한 곳에서 연구하면서 보내는 것이 로망인 적도 있었습니다. 이러한 동기로 이공계 분야로 진출하기로 마음먹었습니다. 다행히 적당한 학습 능력과 운이 받쳐 준 덕분에 카이스트에 진학할 수 있었습니다."

상당수 카이스트생의 입학 후기에 위 내용과 비슷하거나 그에 준하는 내용이 적혀 있지 않을까 하는 생각이 든다. 재학생들이 카이스트 및 이공계 분야로 진학했던 계기는 여러 가지가 있을 것이다. 공부를 잘해서, 엄마 친구 아들이 준비한다기에 덩달아서, 과학이 재미있어서, 성취감을 위해서, 부모님이 이공계 출신이어서, 의학전문대학을 가기 위해서……. 비교적 순탄하게 길을 걸어온 사람도 있을 것이고 피눈물을 흘리며 절박하게 달려온 사람도 있을 것이다. 하나하나 따져 보면 각양각색의 이야기가 나올 것이다.

그런데 과연 이 동기라는 것이 중요할까? 물론 나름의 의미는 충분히 있을 수 있다. 인생 초반부에 겪은 경험인 만큼 평생에 걸쳐 큰 추억으로 남을 것이다. 하지만 이는 인생사의 극히 일부분일 뿐이라고 반박할 수 있다. 더욱 장기적인 시각으로 본다면 어떨까?

인생 후반부에 자서전을 쓰더라도 이 부분은 몇 페이지 정도면 충분히 상세하게 기술할 수 있지 않을까? 뒤에서 설명하겠지만 어린 나이에 충분치 않은 경험으로 세상을 이해하고 바라보기란 쉽지 않다. 특정 목적을 향한 동기도 상당 부분이 우연으로 이루어지기도 한다. 다시 말하면 인생 초반부는 무작위적 요소가 반영되어 있다고 말할 수 있겠다.

나는 누구인가?

“인간이라는 존재는 참으로 정교하게 설계된 기계입니다. 뭐, 인간뿐 아니라 여러 생명이 그러하죠. 다들 태어날 때부터 어떤 법칙을 따라 살아갑니다. 이를 보통 ‘본능’이라고 부릅니다. 사자는 고기를 먹으며 성장하고 쥐는 땅굴을 파면서 살아갑니다. 물론 학습을 통해 발달하는 기능도 있겠지만 일단은 논외로 합시다.(어쩌면 부모가 자식을 학습시키는 것 또한 본능이라고 볼 수도 있겠네요.)

인간의 경우는 더 복잡한 과정을 통해 본능을 따릅니다. 우리를 하나의 생존 기계라고 가정한다면 생존을 위한 수많은 기능이 탑재되어 있죠. 사랑, 복수, 우정, 배신, 기쁨, 좌절감 등. 아, 생존을 위한 기능이기보다는 생존의 산물이라고 말하는 것이 좀 더 정확한 표현이겠네요. 아무튼, 이런 기능들 덕분에 단순한 의식주를 위한 삶에서 약간 더 큰 발전을 이룰 수 있었죠. 그러면서 추구하는 삶, 가치관 등이 생겨나지 않았을까 하는 생각이 듭니다. 그나저나 이야기가 좀 길어지는데 이따가 마저 마무리 짓도록 하겠습니다.”

위 주장의 가정을 따라 논리를 확장하면 인생에 딱히 정해진 길(혹은 운명 등)은 없다고도 말할 수 있다. 다만 사람마다 어떠한 인생을 살 때보다 큰 행복과 만족감을 얻을 수 있는지에 대한 편차는 존재할 것이다. 많은 사람은 본인이 가장 행복함을 느끼는 길을 걷고 싶어 한다. 그러다 보면 현재의 내 인생이 진정한 인생이 아니라고 생각할 수도 있고, 더 나아가서 내가 태어난 이유에는 어떠한 목적과 정답이 있어야만 하고, 그것을 꼭 찾아야겠다는 결론을 내린다. 좀 더 심해지면 자신이 보고 싶은 것만 보고 믿으며 이러한 자신을 정당화시키는 데에 시간과 에너지를 소비하기도 한다.

나도 한때는 인생에 있어 물리학이 유일한 길이라고 생각했다. 다른 그 어느 학문보다 직관적 관찰 및 논리 전개를 가장 많이 할 수 있는 학문으로써 나에게는 물리학만한 것은 없었다. 만약 물리학을 만나지 못했다면 어떻게 살았을까도 생각했었다. 나는 계속 '나의 존재 목적은 물리학을 연구하기 위함이었던 거야!'처럼 물리학을 해야만 하는 이유를 찾았다.

최근에 와서 이에 대해 다시 생각해 보았다. 과연 물리학이 최고의 학문이어서 좋아한 것일까? 반대로 물리학이 가장 좋아서 그 이유를 설명하고자 물리학만의 장점을 탐구하게 된 것은 아닐까? 가령 문학, 철학, 예술 등 다른 분야로 진학하더라도 나는 그 분야를 최고의 학문이라고 생각할 것이다. 어떤 학문이든 본인이 만족할 수 있는 요소들이 갖추어진다면 충분히 그 분야를 자신의 숙명으로 삼을 수 있다는 것이다.

내가 물리학과를 선택한 특별한 이유는 없다. 단지 우연히 물리학을 만나서 좋아하다 보니 전공으로 삼게 된 것이다. 과거에 어떠한 계기로 여기까지 오게 되었는지는 그리 중요한 것 같지 않다. 게다가 어릴 때는 별다른 지식도 없으니 제한된 시각으로 진로를 탐색할 수밖에 없다.

Y군의 이야기

내가 과학의 묘미를 즐길 수 있게 된 시점은 극히 최근이었다. 이전에는 물리학이 나의 사명이기에, 최고의 학문이기에, 가장 큰 즐거움을 주는 학문이기에 공부했다면 지금은 재미있어서 그저 공부를 즐긴다. 추구하는 가치관이 '목적과 결과'에서 '현재와 과정'으로 바뀌면서 가능해진 것 같다.

대체 어쩌다가 이런 동기부여를 해야 했을까? 사실 물리가 좋아서 시작한 것이기는 했지만 입시 스트레스 등의 과정을 거치면서 나 스스로를 압박하기 시작했다. 일종의 생존 본능이었다. 환경이 한가롭고 넉넉하지 못하니 신경이 예민해졌다. 무언가를 즐길 여유 따위는 없었다.

그러한 과정들을 거치면서 '미래에 무언가를 하기 위해서 지금은 앞으로 달려야 해.', '너는 어떤 숙명을 따르고 있고 그에는 항상 고난이 따르는 법이야.' 등의 공부 목적과 당위를 만들었고 자신에게 강한 책임감을 요구했다. 시간이 흐를수록 무언가가 잘못되었다는 불안감에 휩싸였고 점점 행복, 여유와는 거리가 멀어져 갔다.

지난 학기에는 휴학을 했다. 학기 말만 되면 극도의 불안감에 시달려 식음을 전폐하고 아무것도 못한 채 온종일 컴퓨터 앞에만 앉아 있는 생활이 반복됐었다. 예민한 성격 탓에 여러 혼잡한 생각이 머릿속을 휘젓고 다니는 통에 일단 시간과 공간에 구애받지 않는, 자신과의 대화가 절실했다.

4개월의 휴학 기간 동안 스스로에 대해 많은 생각을 하게 되었다.

조용한 새벽에 바닥에 누워 내면의 목소리에 귀를 기울였다. 나는 무엇을 좋아하는가? 아무리 생각을 해도 결국 휴학의 원인이 되었던 공부야말로 내가 가장 좋아하는 것이었다. 망가진 생활을 다시 천천히 가동시켰다. 아침에 일어나 공부를 하고 뒹굴거리다가 점심을 먹고 다시 좀 쉬다가 공부를 하고…… 이런 생활을 규칙적으로 반복했다. 중고등학교 때 받은 스트레스로부터 발생한 생각들은 물론이고 아주 어릴 때 처음 과학에 흥미를 느꼈던 때까지 꼼꼼하게 점검하고 분석했다. 주위 사람들과 많은 대화를 하였고 결국에는 공부는 별것 아니라는 것을 깨닫게 되면서 공부의 흐름을 즐길 수 있었다.

이렇게 보면 물리학은 나에게 정말 소중하고 특별한 동료인 동시에 내가 흥미를 느낄 수 있을 만한 여러 학문 중 하나일 뿐이다. 물리학은 처음부터 지금까지 큰 변화 없이 한결같았다. 공부는 그냥 지금 그 자체를 즐기는 것이라는 것을 깨닫고 변한 것은 나다. '그때, 물리학이 내게로 왔다.' 보다는 '그제야 비로소 내가 물리학에게 다가갔다.'는 표현이 좀 더 잘 어울릴 것 같다. 별 특별할 것 없는 학문이, 내가 다가감으로써 비로소 삶의 소중한 일부가 된 것이다. 참 행복하다. 지금 이 시점이야말로 물리학에 대한 흥미와 애정이 넘치는 순간이다.

여담

"이어서 이야기 마무리 짓겠습니다. 아까 말했듯이 인간은 수많은 생존의 산물을 지니고 있죠. 어떻게 보면 'Y군'도 나름의 짧은 인생 경험을 통해 터득한 생존법을 몸에 새겨 넣은 것이겠네요? 자신감을 얻는다면 불안 등 불필요한 곳에 에너지를 낭비하는 일이 줄어들 것이고 따라서 생존에 유리한 요소로 작용하겠군요. 인간의 사고방식, 뇌, 진화 과정은 참으로 흥미로운 주제입니다. 인간은 무엇이며 어디까지 갈 수 있는 존재일까요? 마침 Y군도 이에 대해 관심을 갖는 것 같습니다. 지금은 글쓰기 숙제 등으로 좀 바빠 보이지만 여유가 생기면 뇌과학 분야로도 한번 다가갈 용의가 있어 보이네요. 또 하나의 새로운 만남이 있겠군요. 기대되네요. 하하. 당찬 소년에게 건투를 빕니다.”

나는 그를 이길 수 없었다

수리과학과 10 김동준

주위를 보면 꼭 그런 사람이 하나씩 있을 것이다. 누가 봐도 '저 사람은 저걸 매우 좋아하고 남의 눈은 신경 쓰지 않는구나.' 하는 사람 말이다.

누군가의 눈에는 내가 그런 사람으로 보였을지 모르지만 나에게도 그렇게 보였던 사람이 있다. 당신이 떠올리는 누군가를 생각하며 읽어 주길 바란다.

첫째 가름 – 남들과 경쟁하기

나는 아주 어렸을 때부터 수학을 하는 것이 마치 내게 주어진 소명인 것처럼 초등학생 때는 방과 후 경시 대회 준비반, 중학생 때는 대학 부설 영재 교육원 영재 학교에서 공부하였고 결국에 과학고등학교에 입학하였다. 수학이 매우 좋았지만 순수하게 좋아했던 것보다 남들과 비교해서 내가 더 잘하는 것이 있다는 사실이 더 좋았다. 그래서 나는 늘 나와 비교 가능한 친구를 염두에 두고 마음속으로 몰래 경쟁을 벌였다.

하지만 작은 학교 안에서 전투적으로 덤벼들면 못 이길 사람이 어디 있을까? 나는 늘 남과 비교하며 한 명 한 명 차례로 무찌른 것을 확인할 때마다 악당을 물리친 것처럼 기뻤다. 나는 그런 식으로 내 자아를 확립했다.

꽤나 순조롭게 내 구역에서 수학왕을 하다가 카이스트에 입학했는데 나보다 잘하는 친구가 별로 없어 보였다. 그래서 나는 친구들 사이에서 동네 수학왕 노릇을 계속할 수 있었다.

누구에게나 인생을 전반과 후반으로 가르는 시점이 존재할 것이다. 나에게는 군대 생활이 그러한 시점이었다. 어린아이가 세상에 나가서 세상의 것들과 부딪혀 보아야 비로소 어른들이 어떠한 생각을 하는지 알듯이 나에게는 군 생활이 그런 시간이었다.

그전까지는 몰랐던 사실이지만 내가 '왕재수'라는 것도 알았고, 나에게는 당연한 것이 남에게는 아닐 수 있다는 것도 알게 되었다. 그렇게 나의 자아는 찢어지고 상처받았다. 주변 사람들과 서로 바라보는 방향이 다르기 때문에 가까이 지내기가 불편했다. 즉, 군 생활은 공부에 집중하느라 더불어 사는 방법을 잘 몰랐던 나에게 참 힘들었던 시절이다.

이것이 다시 공부가 너무나 하고 싶었던 이유이다. 나는 세상에서 가장 수학을 잘하고 싶었다. 곧 다시 공부할 수 있을 거라는 사실에서 내 찢어진 자아를 보상받았고, 그만큼 나의 의욕도 불타올랐다.

전역을 하고 처음 듣던 위상수학 시간, 찬찬히 주위를 둘러보며 마음속으로 나의 경쟁자들을 선별했다. 어…… 어……! 저놈, 저놈, 수학 잘해 보인다. 저놈으로 결정했다. 그렇게 그 친구는 내 마음속에 들어왔다. 그렇게 경쟁자를 정하여 그 후 몇 년간 참 괴로웠다. 나보다 잘하는 친구가 있다는 사실이 괴로움의 근원이었다. 아니 정확하게는, 경쟁을 해야 자아가 충족되던 내 마음이 괴로움의 근원이었다. 그 힘들다는 군대를 전역하고도 자아를 좋은 방법으로 안정시킬 수 있다는 것을 깨닫지 못했고, 또 아는 것은 많아졌지만 정작 나의 태도는 그대로였다.

내 경쟁자는 무시무시한 속도로 발전해 갔다. 나는 그 친구에게 덤벼들었지만 늘 지곤 했다. 이유는 곧 알 수 있었다. 사람에게 100의 에너지가 있다면 청년 김동준은 욕심이 너무 많았던 탓에 수학에 30만 투자했기 때문이다. 당시의 나는 연애도, 학점도, 첼로도, 학생들을 가르치는 것도 해야 했다. 그들이 70을 수학에 투자했다는 사실은 옆에서 볼 때 쉽게 내릴 수 있는 결론이었다.

이 경우를 거꾸로 뒤집어 보아, 내가 어릴 적에 계속 선두를 유지할 수 있었던 것은 90의 에너지를 수학에 투자했기 때문이라는 것도 깨달았다. 어릴 때와는 상황이 바뀌어 수학에 쏟는 에너지의 절대적 양이 다르다 보니 시간이 지날수록 실력의 차이가 뚜렷이 드러났다. 그렇게나 잘할 수 있다고 생각했던 수학에서 이렇다 보니 나의 자아에는 회복되지 않을 상처가 새겨졌다. 나는 그것을 여자 친구와의 관계 혹은 첼로 켤 때의 희열감으로 해결하려고 노력했다.

1년이 지나고, 2년이 지나니 나는 마치 언제 함몰되어도 이상하지 않을 조각배 같았고 나의 경쟁자는 거대한 함선이 되었다. 하지만 그때에도 나는 여전히 끝없는 욕심에서 벗어날 길을 찾지 못했다. 나에게는 이공계 공부도 하며 철학 공부도 하고, 음악도 공부하며 여자 친구도 잘 사귀는 것이 대한민국을 사는 20대 청년이라면 꼭 해야 할 것들처럼 여겼다. 다양하게 공부하려는 욕심을 비워 내는 것만으로 한참 걸리는 일이다. 그러니 심지어 이 공부를 욕심이라고 보지 않는 청년이라면 여전히 겉에서만 맴돌 뿐이다.

물론 이것은 나의 경우에 한해서 욕심이라는 말이다. 세상 어떤 것도 쉬운 것이 없지만, 수학자가 되는 것은 특히나 어렵기 때문이다. 늘 수학 생각을 하더라도 평생에 훌륭한 업적 하나 못 남기는 사람이 많다. 즉, 기초과학 분야는 너무도 공부할 것이 많기 때문에 특수한 경우라고 생각하면 된다.

그렇기 때문에 훌륭한 수학자가 되기 위해서는 결단해야 한다. 다른 사람보다 하고 싶은 것을 조금 덜하면서 업적을 남길 것이냐, 평범하게 살 것이냐의 기로에 서 있는 직업이다. 그때의 나에게는 수학자가 아득히 먼 이야기였기 때문에 아직은 하고 싶은 것들을 하면서 살아도 괜찮다고 생각했다.

그러던 와중, 생각이 많던 나에게 또 다른 문제가 찾아왔다. 바로 이것이었다!

"내가 수학 공식을 발견해서 제2의 원자폭탄이 발명되어 수많은 사람이 고통받는다면, 심지어 그 무기가 내가 죽은 뒤에 만들어졌다 해도 나는 거기에 책임이 없는 것인가?"

나는 이 문제에 대한 답을 여기저기서 찾으려고 노력했다. 처음에는 제도와 사회 그리고 과학계의 자정 능력에서 찾으려 했다. 그다음으로는 철학과 종교, 문학에서 찾아보았다. 도가 사상, 유가 사상, 기독교, 힌두교, 불교, 헬라스(희랍) 사상, 밀란 쿤데라, 헤르만 헤세, 간디 등등 말이다. 책을 읽고 나니 피상적인 앎만 많아졌다. 결국 나는 이 문제에 대한 답을 얻지 못했다. 이때의 나는 수학과 가장 먼 길을 걷는 사람이었다. 해결되지 않던 고민과 걱정이 참 많았다.

스티브 잡스가 말한 것처럼 문제는 해결하지 못해도 그 과정에서 얻은 것이 있었다. 문제를 해결하려고 동양 고전에 심취했던 나에게 어느 날 문득 노자가 찾아왔다. 어렴풋이 하늘 위를 두둥실 떠가던 노자의 무위(無爲, 무언가를 억지로 하려는 마음이 없음.)가 무엇인지 알 것 같은 순간이 왔다.

그것은 어떠한 특정한 것에 대한 깨달음이 아니었다. 문득 전체적인 것을 보는 눈이 달라지는 순간이 찾아온 것이다. 그날 이후 나는 완전히 다른 사람이 되었다. 가슴이 벅차 저절로 눈물이 나던 그 순간을 어찌 잊을 수 있을까?

노자의 무위는 나에게 이러한 가르침을 주었다. 내가 좇는 사람들은 나처럼 고민을 많이 하고 많은 가지치기를 하면서 수학에 에너지를 집중한 것이 아니었다. 외면적으로 그들은 에너지의 대부분을 수학에 투자하는 사람들이었지만 내면적으로 그들은 그저 수학이 좋아서, 그 이유 하나로 계속 수학을 했던 것이었다. 첼로보다, 이성보다, 철학보다 수학이 더 좋아서 수학을 하는 것이다.

맹인에게 코끼리를 보여 주면 이리저리 전략적으로 더듬으면서 '이건 코끼리요.' 하고 결론을 내릴 것이다. 하지만 앞이 안 보이는 사실을 오히려 즐기는 맹인에게 코끼리를 보여 주면 자신이 만지는 대상의 정체를 밝혀야 한다는 강박관념 없이 순수하게 다리, 코, 꼬리 등을 만지고 즐길 것이다.

나는 맹인이었고, 내가 좇는 경쟁자들은 즐기는 맹인이었다. 그들도 나와 같이 많은 것을 알지 못하지만 수학을 대하는 내면적인 태도가 다른 사람들이었다.

그렇다고 내가 수학을 덜 좋아했냐고 묻는다면 그것은 아니다. 나도 수학을 너무나 좋아했다. 하지만 거기에는 근심이 포함되어 있었다. 내가 장차 무엇이 될지, 내가 수학을 해서 어디에 사용할 수 있을지 같은 근심이 포함되어 있었다.

더군다나 수학 말고도 좋아하는 것이 너무 많았다. 하지만 나의 경쟁자들에게 수학의 용도나 효용성은 아무래도 이차적인 문제조차 되지 않았다. 나도 남들 못지않다고 생각했지만 난 유위(有爲, 무언가 억지로 하거나 하려는 마음.)로써 수학에 접근했고 그들은 무위로써 접근했다. 우리는 유위와 무위를 모를 수 있지만 그 태도를 보면 누가 더 대단한지는 귀신같이 알 수 있다.

마찬가지로 나는 극명하게 차이 나는 우리 둘 사이를 알고 있었지만 그때까지는 어디서 차이가 벌어지는지 깨닫지 못했다. 늘 남과 비교하고, 어떻게 하면 수학을 전략적으로 잘하게 될지, 어디에 사용할지를 고민하는 사람이었기 때문이다.

셋째 가름 –ICM 참가

더 이상 뒤로 미룰 수 없었다. 깨달은 즉시 실천해야 마땅했다. 그랬기 때문에 나는 2014년 여름에 개최된 세계수학자대회(ICM)에 참가하였다. 사람들이 어떤 태도로 수학을 하는지, 대가들은 어떤 말을 하고 어떤 생각을 하는지 직접 보아야 단단히 묶였던 끈이 풀릴 것 같았다.

학회 첫날, 나는 배수진을 쳤다. 여기에서 수학을 계속할지, 그만할지 결정하겠다는 심산이었다. 인생의 기로가 달린 선택을 해야 한다는 압박 때문인지, 귀에서 이명이 들렸고 학회가 열렸던 8일간 그 이명은 계속되었다. 스트레스가 심한 경우 들린다는 이명은 신기하게도 학회가 끝나니 수그러들었다. 나는 이런 마음가짐으로 참가하였다.

지하철 2호선을 타고 코엑스로 가는데 어떤 외국인이 심상찮았다. 그래서 꼬부랑 영어로 학회에 참가하느냐고 물어보았더니 그렇다고 대답했다. 서로 통성명을 한 후 간단한 수학 이야기를 했는데 알고

필즈상 메달의 앞뒷면. 필즈상 메달의 앞면에 새겨진 얼굴의 주인공은 고대 그리스의 수학자 아르키메데스이다.

보니 자기 옆방에 근무하는 교수가 필즈상[•]을 받는다는 이야기를 들었다. 그때 나는 귀의 이명이 커지는 것을 느꼈다. 나는 필즈상 수상자와도 비교하며 열등감을 느낀단 말인가!

학회 개막식에는 개최국의 대통령이 참가하여 직접 필즈상을 수여할 만큼 학회는 영예로운 자리이다. 나는 이런 영예로운 자리에 걸맞지 않다고 생각했고, 내가 잘 모른다는 사실은 나를 점점 옭아매었다. 귀의 이명은 작아질 기미가 없었다.

일주일 넘게 진행되었던 학회가 막바지에 올라섰을 때 나는 지하철에서 만난 실리 교수를 다시 만나게 되었다. 이때 나는 마치 부처가

• 수학계에서 노벨상에 해당하는 가장 권위 있는 상. 젊은 수학자의 연구 의욕을 고취시키려는 목적으로 나이 제한(40세)이 있다. 하지만 40세 이후에 탁월한 업적을 세우는 수학자도 많기 때문에 최근 들어 나이 제한이 없는 아벨 상이 제정되었다.

보리수나무 아래에서 유미죽(乳糜粥)을 먹는 평범함을 통해 진리를 깨달은 것 같은 느낌을 받았다. 실리 교수는 땅바닥에 쭈그리고 앉아서 문제를 풀고 있었던 것이다! 대학교수가! 그 평범한 순간에 나는 세상을 보는 눈이 진정으로 바뀌게 되었다. 실리 교수의 평범함은, 즐겨야 한다는 것은 알지만 남의 눈이 두려워 마음껏 즐기지 못했던 내게 용기를 주었다.

다른 눈으로 바라본 세상은 정말 달랐고 새로웠다. 사람들은 신기하게도 그전과 다르게 열정을 가지고 있었고, 그들이 너무 행복해 하는 것이 눈에 보였다. 나는 방황한 만큼 답을 얻었다. 수학을 하는 것이 내 길이라는 생각이 그렇게 강하게 들었던 적은 없었다.

내면적으로 고민하며 깨달은 것을 경험을 통해 다시 내면화하는 과정은 한 사람을 단단하게 만들어 준다. 문제를 해결하려고 노자를 읽었던 것은 내가 수학을 얼마나 좋아하게 되었는가를, 또한 그 좋아함에 있어서 옳은 태도는 무엇인가를 깨닫게 해 주는 길잡이 역할을 했다. 그리하여 나 자신이 세상을 보는 눈을 바꾼 후 세계수학자대회에 참가하여 직접 그것을 경험하였다. 결국 나 자신만의 고민거리를, 아무도 가르쳐 주지 않았던 고민을 해결하는 데 성실했던 그 순간순간이 나를 성장하게 했다.

다만 경계해야 할 것은, 개인에게 있어서 늘 무위적인 삶을 살려는 것도 무위적이지 않은 삶이라는 것이다.

무위적인 태도를 유지하려는 그 마음이 곧 유위적인 마음이기 때문이다. 내가 수학을 늘 순수하게만 좋아하는 그 태도가 고상할 수 있겠지만 다르게 보면 아집일 수 있다. 그래서 나는 무위란 무위를 행한다고 여기지 않을 때 나오는 것이라고 생각한다. 무위적이 되려면 무위적인 태도를 유지하겠다는 생각 없이, 내가 가장 좋아하는 것은 수학이 되어야 한다. 그리고 세계수학자대회 참가자인 실리 교수의 평범함은 나에게, 남들 눈에 어떻게 보일까 고민하지 않고 수학을 좋아할 용기를 주었다.

내가 수학을 사랑하게 된 이유도 이러한 맥락에서다. 나는 자아가 매우 강한 사람이기 때문에 사실 수학을 나 자신보다 더 사랑할 수는 없다. 하지만 수학은 나에게 늘 성장할 수 있는 기회를 주는 학문이기 때문에 수학을 사랑한다. 수학이 없었다면 나는 성장할 동기를 주는 일을 찾는 데 성공하지 못했을지도 모르기 때문이다. 즉, 수학이 없었다면 나를 찾는 일도 실패했을 것이다. 그래서 나는 나의 근원을 찾게 해 준 수학을 사랑할 수밖에 없게 되었다.

나는 지금도 계속 성장하는 중이다. 아직도 고민이 많고 하고 싶은 것이 많다. 하지만 수학은 늘 나와 함께했고 늘 그 고민의 중심에 있다. 앞으로의 일을 섣불리 이야기하는 것만큼 어리석은 일이 없다지만 수학은 앞으로도 나와 함께 성장해 주는 동반자가 되지 않을까?

과학을 향한 고해성사

화학과 12 정우주

며칠 전, 오랜만에 중학교 때의 친구와 통화를 했다. 대화는 늘 그렇듯 시답잖은 잡담으로 시작해 서로의 근황으로 이어졌다. 요새 뭐 하고 지내니, 안부를 묻는 말에 과제로 사흘째 밤을 새운다고 대답했더니 힘들겠다는 탄식 같은 추임새가 들려왔다. 그 친구는 지겹지도 않은지 나와 이야기할 때마다 같은 말을 또 묻고는 한다. "거기 가서 공부하는 건 재밌니? 난 책상 앞에 붙어 있는 건 도저히 못 하겠던데." 라고, "그렇게 밤잠 새우며 공부하면 나중에 큰돈이라도 버니?"라며.

비단 이 친구뿐만 아니라 주변의 많은 사람이, 카이스트라는 학벌을 부러워하고 대단하다고 추어올리면서도 묻고는 한다. 너는 거기 왜 있느냐고. 각도를 조금씩 달리하지만 끊임없이 내게 부딪치며 부풀어 오르는 그것은 내게도 가장 큰 의문으로 남은 채 해소되지 않는다.

과학자를 꿈꾸게 될 줄 꿈에도 몰랐던 나

카이스트에 오기까지 내 꿈은 한 번도 과학자였던 적이 없었다. 어렸을 때, 흔히 적어 내는 장래희망을 적는 란에 기재되었던 단어들은 동화 작가라던가 화가, 변호사나 선생님이었다. 네모난 빈칸을 채우는 나의 꿈, 여러 갈래 중에서 단 한 줄기도 과학으로 뻗어 있지 않았다. 이따금 내 앞을 보던 시선을 거두고 지나온 발자국을 더듬다 보면 깨닫는다. 정말 사람 일이란 모를 것이라고.

시나브로 갈림길에서 샛길로 슬금슬금 빠져나온 내 걸음은 어느새 이만큼 멀리 나와 있었다. 과학 영재 학급에 과학고등학교에 카이스트까지. 이러한 이력이 내게는, 누군가를 붙들고 내 길은 이게 아니었다고 하소연을 늘어놓아도 한낱 농담으로 치부될 만하다. 그리고 그 앞에, 몸집이 커다래진 물음이 굴러와 떡하니 가리고 선다. 진정 내가 여기 와 있는 이유가 무엇일까?

"그게 왜 좋니? 난 들춰만 봐도 질리던데."

쉽게 들을 수 있는 자조 섞인 물음에 "그러게, 왜 좋을까?"라며 대꾸하는 것은 중학교 시절의 일상이었다. 무엇을 왜, 어떻게 좋아하게 되었느냐는 물음에 답하기는 쉽지 않다. 좋아한다는 인간의 정서 현상에는 합리적인 이유가 없기 때문이다. 그게 좋아졌으니까 내게 그 모든 것이 좋게 느껴질 뿐이다. 숨겨진 진실과 마주하게 된다는 과학의 특징이 좋다고 해서 그러한 성질을 가진 역사학도 함께 좋아지는 것은 아닌 이치이다. 단순한 계산과 논리로 질서 정연하게 맞아 떨어지지 않는 것에 대하여 답을 도출하려고 하는 것은 모순이다.

그렇다. 일견 남들 눈에 이해가 되지 않는 일이라면 그 이유를 댄다고 해도 비합리적으로 비치는 것은 매한가지일 테다. 결국 그런 물음은 모두 '내가 좋아했기 때문이다.'는 결론으로 귀결되고야 만다. 객관적으로 생각하고 반추하려 해도 이 이상의 답이 나오지 않는, 스스로도 이해할 수 없는 비이성이다. 빠져든다는 것이 그러하다.

여섯 살, 나는 또래보다 조금 일찍 글자를 읽을 수 있었다. 또래 아이들과 나가서 아스팔트 지면에 무릎을 갈며 뛰어놀기보다는 책장에 코를 박고 있기를 좋아하는 꼬마였다. 모르긴 몰라도 우리 아버지께서는 그런 당신의 큰딸이 퍽 어여뻐 보이셨나 보다. 그해 생일 선물로 『어린이 과학 백과』 한 질을 통째로 사다 주셨으니. 책장이 닳도록 애벌레가 주인공으로 나오는 동화책 시리즈만 뒤적거리던 꼬마에게, 다섯 번째 생일 선물은 가뭄에 내리는 단비와 같았다. 빳빳한 커버를 펼쳐 들고 살펴본 책은 글씨도 많고 그림도 많았다. 그것이 마냥 좋았다.

두 눈으로 직접 보지 못하는 미시와 거시의 세계를 순간순간 유영했다. 하늘 높이 날아간 풍선은 왜 다시 내려오지 못하는지, 바람은 어디서 어떻게 불어오는지, 개미는 어떤 모양으로 집을 짓는지, 게의 새끼들은 언제 껍질을 벗는지. 비밀을 엿보는 기분과 두근거리는 마음으로 다음 페이지를 넘겼다. 나오는 단어의 절반 정도는 무슨 뜻인지 몰라 읽던 책을 끌어안고 엄마에게 달려갔던 여섯 살 꼬마, 녀석은 태양이 50억 년 후면 폭발한다며 책장을 덮고 울기까지 했다. 그때의 과학이란 놈은 머리가 여물지도 않은 아이에게 놀라움과 두려움을 심어 준 존재였다. 우리 사이의 거리는 딱 그만했다.

열 살, 나는 드디어 책을 내던지고 신나게 팔꿈치가 까지고 발바닥에 물집이 잡히도록 흙먼지를 뒤집어쓰며 운동장에서 뛰어다니는 녀석이 되었다. 그러나 공교롭게도 기연이 있었는지라, 나를 좋게 보셨던 우리 반 담임 선생님께서는 추천이란 형식을 빌려 나를 플라스크와 막자와 알코올램프가 놓인 실험대 앞에 세워 놓으셨다.

한 주에 한 번씩 가는 과학 영재 학급. 집에서 반찬용 생선 손질도 한번 안 해 본 내가 잉어 배를 쨌고, 라면 한 그릇 끓여 본 적 없었지만 초산 냄새가 짙게 나는 용액을 절절 끓였다. 익숙하지 않은 것은 생각 이상으로 피곤한 법이다. 다녀온 날은 죽은 듯이 늘어졌다. 학교 수업을 가듯 나는 매주 수요일 오후면 구청 근처 학교의 과학실에서 무료하게 실험 기구를 만지작거렸다. 반 친구들과 방과 후 내기 피구를 하다가 수요일인 것을 새까맣게 잊어버린 탓에 귀를 붙잡혀 끌려가는 일도 적지 않았다.

그런 내게 과학은 밀린 학습지 같았다. 수업을 마치고 돌아오는 날이면 소매 끝에서 풍기는 유기 용매의 눅은 내와 손가락에 붙인 반창고가 싫지는 않았다. 하지만 가끔 밉살스럽기까지 한 그놈은 여전히 내게 우선순위일 수 없었다.

열한 살, 당연한 일인 듯 또 시험을 쳤다. 시 교육청 영재원에 들어가는 시험이었다. 그곳에서 만난 아이들은 괴짜라 부를 만큼 수학이며 과학에 푹 빠져 있는 녀석이 대여섯, 나머지는 다 나 같은 녀석이었다. 우리는 금방 친해졌고, 머리를 맞대고 어떻게 하면 오늘은 집에 일찍 갈 수 있을까 고민하는 시간을 보냈다.

차를 타고 먼 거리를 이동한 탓에 속은 메슥거렸고 눈앞은 어지러웠다. 그럼에도 불구하고 나는 잘도 수학 퍼즐을 꿰맞추고 소눈깔을 까 제꼈다. 시도 때도 없이 편두통이 찾아온 것은 딱 그즈음부터였다. 골치 아픈 통증에 편승해 과학이 내 언저리에 조각조각 자리하기 시작한 것 또한 그 무렵이었다. 어느덧 그것이 내 삶에 끼어드는 게 당연해졌다.

과학 잡지를 구독하고, 과학고등학교 산하 영재원에 들어가고, 학원까지 등록해 다니던 열네 살, 어깨에 메고 다니던 가방은 돌보다 무거웠다. 아침 일곱 시에 집을 나서서 새벽 세 시가 되어서야 들어와 쉴 수 있었다. 점점 보는 얼굴들이 일정해졌다. 초등학교 때 만난 얼굴을 학원에서 만나고 영재원에서 만났다.

과학에 대한 애정, 끝없이 묻고 답하다

우리 중 누군가는 오늘의 귀가 시간을 앞당기는 논의에서 벗어나 저 먼 곳을 보기 시작했다. 그런 녀석들이 가는 학교와 참가하는 경진대회 이름이 줄줄 쏟아졌다. 녀석들의 장래희망 란에는 버젓이 과학자나 연구원 따위의 세 글자가 자리했다. 나는 작은 웅덩이 위에 고개를 빼끔 내밀고 갓 숨을 쉬기 시작한 개구리였다. 달음박질해 나가는 그 모습을 내가 굳이 쫓아가야 하는가? 그때까지도 의문이었다. 하루에 한 움큼씩 머리가 빠지고 속에는 불덩이가 들었다. 여섯 살이었던 나에게 과학책을 한 보따리 안겨 주셨던 아버지는 이제 기쁨이 아니라 안타까움을 품으셨는지 머리를 쓸어 주시며 힘들면 내려놓아도 괜찮다고 말씀하셨다.

곧 다가오는 올림피아드 준비로 새벽 세 시까지 학원에 남아 있다가, 데리러 온 아버지의 차 조수석에 올라탄 나는 아무런 대답도 할 수 없었다. 집에 돌아가서 나를 기다리던 어머니와 아버지가 주무시러 방으로 들어가는 것을 본 후 책상에 앉아 스탠드를 켰다. 파르스름한 새벽 공기를 밝힌 아래 나도 모르게 또 책을 펴 놓고 나서야 아아, 깨달은 것이다. 참 좋아하는구나, 하고.

연일 나를 들볶는 피로에 입이 늘 쓰고 어깨가 결리고 잔병을 호흡처럼 달고 살아도 아무렴 어떠랴 하고 넘어갈 만큼이었다. 울음으로 다 쏟아 버리지 못할 만큼 버거워도 동행하는 즐거움을 내려놓을 수 없을 정도였다. 이미 벅찬 설렘이었다. 그냥 그랬다. 첫 시작점을 감히 잡을 수 없었다. 어쩌면 아주 오랜 일일지도 몰랐다. 깨닫지 못했을 뿐이다. 며칠을 걸려 꽃망울이 개화할 적에, '어느 날에 피었습니다.'라고 찍어 낼 수 없듯 그것은 돌아보면 흐드러져 있었다. 좋아한다는 것이 그러했다. 그러나 내 사랑은 여전히 약하고 겁이 많았다. 나는 부득불 안 가겠다고 우겼지만 등 떠밀리듯 과학고등학교에 갔다.

고등학교 재학 중 가장 기억에 남는 순간을 꼽으라면 실험실 기기 앞에서 보낸 시간일 것이다. 매 순간은 즐겁기보다 스트레스였다. 우리 팀은 오랜 연구 주제 미정으로 의욕이 없었고, 팀원들끼리는 소원했으며, 실험은 기대했던 만큼 신선하지도 않고 자극적이지도 않았다. 귀찮고 지루한 작업만이 남아 있을 뿐이었다. 그럼에도 불구하고 돌이켜 보면 연구실에서 실험을 하고 실패도 겪고 결과를 적고 보고하고 혼이 나는 일련의 과정을 겪는 가운데, 처음으로 내 생각보다 좀 더 오래 이 길에 머물러도 괜찮지 않을까, 하는 생각을 했다. 그 어떤 계산도 섞이지 않은 소심한 답이었다.

나보다 잘나고 빼어나고 열정이 넘치고 이 길을 기꺼워하는 사람은 많았고, 나는 몹시 두려웠다. 좋아한다 한들 그 위로 기어 올라갈 자신이 없었다. 우물 안에 남고 싶은, 보잘것없고 어리석은 개구리에 불과했다. 그래도 어쩌면…… 처음 가졌던 용기였다. 대학 원서를 쓸 때 주저도, 고민도 없이 질렀다. 나는 그때 좀 더 진지하게, 좀 더 오래 내게 물었어야 했다. 그리고 깨달아야 했다. 근본적인 문제는 우물 안이 아니라 개구리라는 존재 그 자체에게 있었다는 것을.

친구의 전화를 받았던 며칠 전의 그때도, 이 글을 쓰는 지금도 생각한다. 그리고 놀라워한다. 내가 이렇게나 가슴 벅차고 설레던 순간들이 있다는 것을. 내 열정은 위대한 과학자들과 같지 않아서 높은 벽을 마주하는 순간 금방 시들었고, 일찍 풀려 버린 다리에는 힘이 자꾸만 빠졌다. 수많은 물음이 둑을 터뜨리고 내게 급류처럼 밀려온다.

네 주제에 할 수 있겠니? 졸업하고 그걸로 먹고살 수는 있겠니? 고생스럽진 않겠니? 보다 현실적이거나 비현실적인 것, 유혹적인 것, 맥이 꺾여 버린 지금의 나는 그 숱한 물음에 입을 닫아 버린다. 그중 답을 내놓기 가장 무서운 것이 있다. 지금도 그렇게 좋으냐는 물음. 맹목성도, 추진력도 사라진 지금에 와서는 더욱 그렇다.

첫사랑처럼 과학이 남기고 간 흔적들

나는 여전히 과제를 하기 위해 밤을 새우고 내일 있을 시험을 위해 한밤중에 스탠드를 켠다. 속에서 신물이 오르고 입천장이 허는 것은 예삿일이다. 인천의 본가에서는 매일 꾸준하게 전화가 온다. 잘 지낸다는 거짓말은 삼시 세끼 튀어나온다. 프린트와 전공 책이 볼썽사납게 널브러진 책상에 이마를 대고 또 묻는다. 내가 하고 싶은 것이 대관절 무엇인지. 오랜 시간 샛길로 새다가 붙들었던 줄마저 놓친 나머지 갈 곳이 없어 마지못해 질질 끄는 것은 아닌지.

그럴 때마다 생각하는 것이다. 내가 사랑했던 시간을. 곧 지나갈 이 찰나가 힘겨워 주저앉고 싶을 뿐으로, 아직도 내가 사랑하고 있다고 믿기 위함이다. 내가 쌓아 올린 노력을 헛되이 하고 싶지 않기 때문이다. 열정은 재능보다 더 가지기 어렵다는 말을 읽은 기억이 난다. 열정을 지닐 수 있는 사람을 따진다면 나는 비범과 평범 중 평범 그 이하로 들어갈 것이다. 열정과 애정이라는 인간의 정신 과잉은 모두 이성에서 태어나지 못했다.

때문에 이렇게 곱씹어도 느끼는 것이다. 이미 마음이 떠난 것을. 그래도 읊조리고 남은 조각이나마 붙들려고 한다. 권태기가 온 연인의 부질없는 자기 세뇌처럼.

곧 취업 준비를 하고 돈을 벌 것이라고 말하던 친구의 목소리가 귓가에 맴돈다. 중학교 시절에 친구는 나와 함께 그림을 그렸다. 나는 과학을 택하며 마카와 붓을 놓았고 친구는 다시 잡았다. 친구는 내가 가지지 못한 기회비용을 쥐었다.

대신 나는 무엇을 가졌는가를 떠올린다. 돌아보는 자리에는 지나간 열정과 쏟고 쌓은 노력이 있다. 비록 이성으로도, 감성으로도 포장하지 못할 콩깍지가 남지 않았다고 하나, 첫사랑이 남기고 간 흔적들이 나를 버티게 한다.

김동준

21세기에 해결해야 할 문제들로 다음의 것들을 꼽을 수 있다.

1. 과학과 종교의 화해

2. 과학과 자연의 화해

과학은 나 자신을 알기 위해 나온 학문이지만 현재의 과학은 나 자신의 일이 되어 버렸다. 현재의 과학은 종교와 반목하고 자연을 파괴한다. 그 대안으로 적정기술도 제시되었고 지속 가능한 발전도 비슷한 맥락에 있지만 20년째 이야기만 나오고 있다. 이것이 새로운 프로파간다가 되고 편 가르기에 동원될 때에만 잠깐씩 빛을 보는 것이 현실이다. 과학 기술은 중립이지만 이를 이용하는 사람만이 중립인가? 과연 이용하는 사람만의 문제인가?

아니다. 과학기술도 중립적이지 못하다. 이미 과학기술은 돈과 뗄 수 없는 사이가 되어 버렸기 때문이다. 어느 강연에서 들은 말이다. 어려운 질문은 1년에 한 개씩만 생각하라고. 나도 마찬가지이다. 이번 년도에는 어떤 태도로 인생을 살아야 하는지 생각해 보았으니, 과학과의 화해는 다음 년도에 생각하기로 하자.

서승현

'내가 언제부터 과학에 흥미를 가지게 되었던 걸까?'

밤늦게 실험을 끝내고 기숙사 방에 돌아와 의자에 앉아 과거를 더듬어 나갔습니다. 제 자신과의 어색한 대화로 시작한 이 책과의 인연이 저에게는 참 값진 선물을 주었습니다.

4년 동안 카이스트를 다니면서 과학과 함께하는 일상에 무뎌졌습니다. 처음 학교에 입학했을 때 갖고 있던 과학과 연구에 대한 설렘보다는 매일하는 공부와 과제에 익숙해진 것 같습니다. 이런 저에게 '내가 사랑한 카이스트, 나를 사랑한 카이스트' 글짓기는 잊고 있던 과학의 매력을 다시 한 번 일깨워 주었습니다.

편집에 참여하는 건 마치 오래된 친구들에게 마음속 깊이 간직했던 이야기를 듣는 것 같았습니다. 그동안 캠퍼스에서 서로 모른 채 수 없이 스쳐 지났을 친구들의 진솔한 이야기를 들었습니다. 우리는 모두 같은 학교를 다니고 있지만 과학을 사랑하게 된 계기는 참 다양하다는 것을 느낄 수 있었습니다. 이 아름다운 이야기들을 어떻게 하면 더 빛낼 수 있을지 고민하는 과정이 참 즐거웠습니다.

편집이 끝나고 나니, 출판에 한 걸음 가까워진 것 같아 설렙니다. 소중한 경험을 할 수 있도록 도와주신 모든 분에게 감사드립니다.

윤호진

우연히 참가하게 된 '내사카나사카' 글쓰기 대회 덕분에 이렇게 편집 후기까지 작성하게 되었다. 많은 학생이 자신의 인생에 있어 과학이라는 것이 어떠한 의미를 지니는지에 대해 생각해 볼 좋은 기회였다.

편집하면서 크게 느꼈던 점 중 하나는 우리 학교 학생들이 글을 상당히 잘 쓰며 감수성이 매우 풍부하다는 것이다. 각 작품을 통해 저자의 내면을 투명하게 들여다볼 수 있었다. 별 걱정 없는 듯 해맑게 웃으며 길을 걸어가는 여러 '카이남', '카이녀' 들에게도 다들 고단한 경험을 딛고 일어나 성장하는 과정들이 있었나 보다. 이런 생각들을 하다 보니 기분 좋은 온기가 몸을 한 바퀴 휘감고 지나간다. 휘리릭!

이근민

좋은 글이란 무엇일까? 참 어려운 질문이다. 한 가지 확실한 것은 글의 의도와 주제에 얼마나 부합하는지에 따라 좋은 글이 될 수도 나쁜 글이 될 수도 있다는 것이다. 문학적인 소질이 별로 없는 나에게는 글을 멋들어지게 쓴다거나 그림이 그려질 정도로 자세한 묘사 따위는 불가능하다. 다만 내가 쓸 수 있는 글은 담담하고 투명하게 내 이야기를 쓰는 것뿐이다. 그리고 운 좋게도 이번에 쓴 글은 그 주제와 잘 맞아떨어진 듯하다.

과학이 언제 내게로 다가왔는가라는 주제를 받고서 글을 어떻게 써야 할지 막막했던 기억이 난다. 식상한 글이 되지는 않을까? 애초에 그런 계기가 존재는 할까? 하지만 가만히 자판 앞에 앉아 생각해 보니 과학은 나의 짧은 인생 곳곳에서 나에게로 온 것 같다. 그리고 난 솔직하게 아무런 꾸밈없이 나의 이야기를 써 내려갔다.

그렇게 나의 글은 생각지도 못한 상을 받았고 나는 이 책의 편집부원이 되었다. 다른 사람들의 글을 읽어 보니 처음에 했던 우려와는 다르게 모두 식상하기는커녕 너무나 다양한 경험이어서 놀랐다. 초등학교 때 날리던 고무 동력기, 쇼팽과 맥스웰의 공통점, 레고, 그리고 해리 포터처럼 마법을 부리고 싶어서 등 과학이 학우들한테 다가간 여러 가지 경로가 신기했다. 살아온 환경도 다르고 경험한 것도 다르니 어찌 보면 당연한 것일 수도 있다. 하지만 이 책에 있는 27가지의 에피소드는 이 사람들이 카이스트에 진학하여 공부하게 된 열정의 시작점을 보여 주기에 '공부만 하는 아이들'이 아니라 각자 나름의 계기를 안고 목표를 향해 달려가는 개성 있는 사람들임을 보여 준다.

학우들이 과학을 좋아하게 된 계기, 전공을 선택하게 된 이유 등을 읽다 보니 나도 다시 과학에 대한 열정이 불끈불끈 솟아오른다. 이 책을 읽는 사람도 자신만의 과학에 대한 열정을 되살리고 아직 과학이 다가오지 않은 사람들에게는 그 멋진 순간이 빠른 시일 내에 찾아오기를 바란다.

조영민

한 아이가 있었습니다.

그 아이는 과학을 좋아합니다. 그의 앨범은 고무 동력기를 포함해 라인 트레이서, 과학 상자 등 많은 친구와의 반짝반짝 빛나는 추억으로 가득합니다. 과학과의 만남은 언제나 신선한 경험을 선사해 주었고, 아이는 활자 위에서는 알 수 없었던 색다른 것들을 피부로 느낄 수 있었습니다.

그 아이는 활자 또한 좋아합니다. 글을 읽을 때 행복합니다. 단순한 단어의 모음인 백과사전부터, 눈이 빙글빙글 돌아갈 만한 전공 서적까지 정신을 차리고 보면 시간 지나가는지 모르고 읽고 있습니다. 글을 쓸 때도 행복합니다. 시와 수필을 사랑하며 소설의 세계에 푹 빠져 있습니다.

과학과 글, 이과와 문과를 모두 좋아하는 아이는 장래에 무엇이 되고 싶었을까요? 마음의 천칭은 딱 '50:50'일 수가 없습니다. 결국 아이는 결정을 하고, 열심히 공부해서 과학의 상아탑인 카이스트에 오게 되었습니다.

어느새 카이스트에서 졸업을 앞둔 시기가 되었습니다. 아이라고 부르기에 무색한 나이가 된 그는 아직도 고민 중입니다. 아무리 과학을 공부해도 글에 대한 애정을 떨쳐 낼 수 없었기 때문이죠. 글을 취미 생활로 삼아 여러 대회를 나가고, 결실을 얻어 봐도, 본분인 과학 공부를 하다 보면 어딘가 허무한 느낌을 지울 수가 없었습니다.

그렇습니다. '권태기'가 온 것이죠.

이래저래 답을 찾아 헤매던 그에게 '내사카나사카'라는 글쓰기 대회가 눈에 들어왔습니다. 주제는 '그때, 과학이 내게로 왔다'입니다. 그에게 기회가 찾아온 것입니다. 초심으로 돌아가서 과학과 자신이 만났을 때, 자신이 과학을 사랑하게 됐을 때를 돌이켜 본다면 이 권태기도 끝나지 않을까요? '내사카나사카'는 방황하는 그에게 과학과의 추억을 되짚어 볼 기회를 주었고, 생각지도 못한 큰 상과 출판의 기회까지 안겨 주었습니다. 활자에 대한 애정 때문에 과학과의 사이가 서먹해진 그에게 주어진 해답은 아이러니하게도 활자에 있었습니다.

그는 이제 다시 과학을 사랑합니다. 아니, 원래부터 사랑하고 있었지만 글 덕분에 권태기를 벗어났을 뿐이지요.

그의 망설임은 여기서 끝납니다. 하지만 독자 중에서도 그와 비슷한 사정을 가진 분들이 있겠지요. 이 책은 과학을 향한 카이스트 학생들의 솔직한 러브레터입니다. 과학에 대한 그들의 열정과 애정을 느껴보고, 자신의 초심도 돌아보는 책이 되었으면 좋겠습니다. 여러분에게 과학이 다가온 순간은 언제인가요?

과학이 내게로 왔다

펴낸날 **초판 1쇄 2015년 12월 20일**
초판 5쇄 2020년 12월 17일

지은이 **김동준, 서승현, 윤호진, 이근민, 조영민 외 카이스트 학생들**
펴낸이 **심만수**
펴낸곳 **(주)살림출판사**
출판등록 **1989년 11월 1일 제9-210호**

주소 **경기도 파주시 광인사길 30**
전화 **031-955-1350** 팩스 **031-624-1356**
홈페이지 **http://www.sallimbooks.com**
이메일 **book@sallimbooks.com**

ISBN 978-89-522-3281-6 43800
살림Friends는 (주)살림출판사의 청소년 브랜드입니다.

이 도서의 국립중앙도서관 출판시도서목록(CIP)은 서지정보유통지원시스템 홈페이지(http://seoji.nl.go.kr)와 국가자료공동목록시스템(http://www.nl.go.kr/kolisnet)에서 이용하실 수 있습니다.(CIP제어번호: CIP2015032604)

책임편집·교정교열 **최진우**